味绿居闲话

严克勤 著

商务印书馆
The Commercial Press

2019年 · 北京

图书在版编目(CIP)数据

味绿居闲话/严克勤著.—北京:商务印书馆,2019
ISBN 978-7-100-16651-5

Ⅰ.①味… Ⅱ.①严… Ⅲ.①随笔—作品集—中
国—当代 Ⅳ.①I267.1

中国版本图书馆 CIP 数据核字(2018)第 216242 号

味绿居闲话

严克勤 著

商 务 印 书 馆 出 版
(北京王府井大街 36 号 邮政编码 100710)
商 务 印 书 馆 发 行
北 京 中 科 印 刷 有 限 公 司 印 刷
ISBN 978 - 7 - 100 - 16651 - 5

2019 年 2 月第 1 版　　　　开本 787×1092 1/16
2019 年 2 月北京第 1 次印刷　　印张 14
定价:95.00 元

目　录

水墨丝竹再相识

于殿利

　　我与严克勤先生相识，缘于全国文化名家暨宣传文化系统"四个一批"人才工程，我们是"批友"，他做电视，我搞出版，一起学习，一起开会，一起考察。但相知则源自于看似完全不相干的爱好，他爱艺术，我爱学术；他痴迷于水墨丹青，我钟情于古典文明。对于艺术，我绝对属"文盲"一类，从小画圆不圆、画方难方，所以对艺术家有着天然的崇拜，对艺术作品有着天然的神秘感。以我这等艺术"文盲"，本与克勤先生难有共同语言，但我的古代美索不达米亚文明研究同样让他有着某种神秘感，苏美尔人、巴比伦人和亚述人的伟大艺术创造，成为我与他交流艺术话题的唯一"资本"，因为除此之外我再也说不出关于艺术尤其是中国传统绘画艺术的哪怕点滴话语了。就是这么一点爱好的"交集"，当然还有新闻与出版的天然"兄弟"关系，使我们越走越近。然而，真正让我们保持亲近且持久关系的，还是我们在艺术内外的思想相通、性情相投。他作为艺术家对于艺术的见解，与我作为外行对艺术的浮观，竟时有妙合之处。在这里不是内外有别，而是里应外合，他居里，我于外。他赠予我的代表绘画艺术最高成就的人美版的"大红袍"作品集以及他关于紫砂和明式家具的论道，让我产生这种感觉；这本《味绿居闲话》让我的这种感觉愈益强烈。

可以说，通过水墨丝竹、诗书画乐，我再一次认识了克勤先生。他是绘画艺术名家，集诗书画于一身；紫砂壶、明式家具和扇子等中国传统艺术的研究者、鉴赏家和收藏家；他还酷爱音乐，对音乐如醉如痴。2011年我们一起随"四个一批"人才赴美学习、考察文化产业。在二十余天的时间里，我们在哥伦比亚大学上课，考察《洛杉矶时报》《华盛顿邮报》和大都会歌剧院等，其中也包括参观纽约大都会艺术博物馆。在大都会博物馆，我们只有短短两个小时的时间，我全部花在了巴比伦和亚述文物馆，克勤先生则一直陪伴着我，人类最早期文明的伟大创造也同样深深吸引着他。离开大都会博物馆，我便如约到香港商务印书馆在纽约开办的东方书店考察，没想到克勤先生竟愿意陪我一同前往，作为出版的"局外人"，他却同样对图书的文化传播感兴趣，这让我深受感动。正是在纽约的东方书店，我第一次见识了克勤先生的艺术品鉴力，具体说是他在紫砂和砚台方面给我露了一手儿。在上世纪七八十年代，东方书店曾引进一批紫砂壶和砚台，我们去的时候还剩下几把壶和几方砚台摆在不太起眼的位置。不起眼的摆放也没有逃过他的眼光，他很快叫我一同过来，他一把壶一把壶地端起来审视，我也忍不住拿起了一把颜色和形状我都喜欢的，并让他把关。这把壶吸引我的是它不似传统的紫色，而是宝石蓝色。他接过壶翻过来掉过去仔细端详，最后把目光聚在了壶底的落款上，跟我说："你中彩了，赶紧买下，这是紫砂壶名家何道洪的作品，你可以上网查一下。"我随即上网一查，果然第一幅图片便与眼前的这把壶一模一样。至于架子上摆放的几方砚台，他说也有可以挑选的，有一方竹子造型的砚台我甚喜欢，但碍于太重不方便携带只得作罢，回国后很长时间还心心念之，后有机会托人购买，惜已被买走了。借着紫砂壶和砚台的兴，克勤先生不无得意地跟我炫耀说，几天前他还在纽约的旧货跳蚤市场上，淘到了一把日本古旧艺术折扇。这把扇子看起来不起眼，不惹人注意，只有他这般行家里手才能识得。

见识克勤先生的绘画艺术造诣，是在中国美术馆举办的严克勤水墨画展，我受邀冒充艺术爱好者临场。说实话，对于绘画我真的是一窍不通，对于技法和画派什么的，一点儿也说不出所以然。本来不愿意到艺术家堆里露怯，但朋友之邀不能不去捧场，反正静静地看不露声色就罢了。不露声色就不会露马脚吧？我抱定这样的想法。可是到了展览现场，我发现我错了，面对克勤先生的一幅幅画作，不出声即不发表任何评论是可以通过克制而做到的（作为外行就算有所感受也不敢造次乱说呀），但不露色却是无论如何也无法做到的。我虽没有用笔、着墨、深浅、繁简、结构和留白等技术眼光，但一幅幅画作呈现的意境和意念却不时叩击着我的心灵，它们仿佛呼应着我从非艺术的角度和领域对世界的理解。

古往今来曰世，宇宙纵横为界。世为人世，界为人寰。在我看来，世界乃人类所创设，又为人类所预设。世界是彼在，而非此在。世界只存在于远离自己的地方，人一旦抵达，世界便不复存在。当我们说"世界那么大，我想去看看"时，我们心向往之的是远方。当我们抵达远方的巴黎时，巴黎已不再是世界，巴黎只是巴黎。当我们在巴黎说"世界那么大，我想去看看"时，巴黎已不在其中，这时的世界指的是远离巴黎的地方。当我们到达远离巴黎的纽约时，纽约也已不再是世界，纽约只是纽约。世界是所有地方，世界不是任何地方。世界是一种虚幻的存在，似有却无，说无还有。

于我而言，艺术就是以自己的方式表现和传达世界，其表现和传达之妙，必在虚实之间，有无之间。水墨画所描绘的意境和传递的意念，就是虚幻的存在，其美恰在虚实之间，在有无之间。它的美不只在于画作本身，更在于画外留给人甚至激发人生出无限的想象。这种美一旦在心灵中产生激荡，其想象便在远离画作之后仍能持续，并时时在脑海中形成一个个幻象。克勤先生的水墨画不仅把我带入了一个个的想象中，而且我脑海中甚至时而浮现出他在其得意的味绿居执笔作画的神情和仪态，那是我似曾熟悉的神情和仪态，又绝对是陌生的神情和仪态。作为普通的"艺术盲"，大凡具有心灵共鸣的水墨画，不仅让我有怦然心动的感觉，还会让我有想看又不敢多看的时刻，好像多看一眼便把它看跑了似的，或者准确一点儿说是，多看一眼便把它看实了。而看实了，虚幻的意境便被破坏了。这不禁让我想起周敦颐的爱莲名句"可远观而不可亵玩焉"，以及韩愈诗名句"草色遥看近却无"所传达的意境。其实，很多艺术形式都是如此，其美就在虚实之间，给人以想象的空间与余地，多一分则满而滞思，少一分则空而乏据。生活之美在于度，源于生活、超越生活的艺术，其美同样在度上。诚如《味绿居闲话》中所引一句戏谚所云："艺多了傻，术多了假。"克勤先生在观看实景版《牡丹亭》之《游园惊梦》时的感慨就是："仿佛在梦境与现实中穿梭，似梦还真。"

以我完全不懂艺术的外行角度看，伟大的艺术家与普通画匠的分野，不在于所谓的技艺，而在于思想，即对世界的深刻理解和对人类的深切关怀。克勤先生水墨画所达到的境界，与其学问之气和踏遍山水之风是密切相关的。尽管在美术界他被称为是某一派某一方面的代表人物之一，而一般的社会经验告诉我，这通常标志着很高的"江湖"地位，但任何艺术圈内的评价对于我这个艺术门外汉而言，都没有任何意义。我对于他艺术成就的理解仅限于他对艺术的态度和他对艺术的洞见，以及为艺术的灵感而亲近自然与社会的追求。这与我个人在出版和学术领域的追求，颇有几分相似之处，我也常能从他那里得到启发和鼓励。他对艺术的态度，诚如他自己所言："绘画阴差阳错未能成为职业的选择，却成为我人生的一种态度；不是我社会角色的全部，却是我生活中'不可须臾离'的一个重要部分。"一个"不可须臾离"虽比不上其他豪言壮语之重，却真实而毫不逊色地道出了绘画对于他生命的意义。

几乎所有西方古典哲学家，其哲学研究都离不开语言、历史和艺术，文史哲不分家，其根本在于它们研究的核心都是人，它们努力揭示的都是人性。在古典哲学家看来，任何事物都是双重性的存在，即艺术存在和精神存在。所谓的艺术存在，指的是物质存在，物质是看得见摸得着的东西，是人创造的结果，"人造的"就是艺术的，这是"艺术"（Art）一词的本来意义，与其对应的是"自然"（Nature）。很多人包括一些艺术家认为，艺术的价值在于审美，而在大哲学家尼采看来，世界上无所谓美，美来自于人自身，只有人是美的；世界上也无所谓丑，只有退化的人的心灵是丑的。艺术就是创造，艺术让人成为人，艺术的根本在于揭示和表现人性，其价值不一定在于所谓的审美，揭露丑恶的艺术作品比比皆是，往往更有感染力。因此，真正的艺术也不在于追求所谓的真不真与像不像，而在于意义的表达。克勤先生认为："一个真正的艺术家的水平，不在技如何，而在意如何；不在像不像，而在笔墨之间产生的韵味。"而"意"之所得不仅在于书斋里的研习，还在于在自然与社会中的熏陶与体悟。克勤先生有着深厚的学养，这源于其自幼家庭环境的熏陶，名家大师的指点，勤奋研读古今中外各类艺术，以及成人之后受各种社会角色的浸染，常年笔耕不辍，等等，这一切因素集于一身，有如交响乐一般在他身上释放出来，其艺术"韵味"自然非同凡响。

古往今来的大学问家多是大旅行家，艺术家亦不例外。大艺术家不是把自己关在屋里画出来的，而是在天地之间行走出来的。行必有思，必有感，有思有感之后才有表达的意愿和冲动，它们是艺术创造的动力和源泉。克勤先生同样酷爱旅行，他说："我是一个对旅游一往情深的人，旅游是我生活中最惬意的文化大餐和精神享受，也是最好的文明交流和文化体验。"关于他是如何在普通的旅行中获得艺术营养的，且听他坐高铁时油然而生的感慨："现在的高铁出行真应了'一日千里'的老话。岁月可以改变你的容颜，却抹不去沉淀于人心底的记忆。列车行驶过每一个站台，你总会有意无意地想起彼时彼地发生的大大小小的故事；窗前所闪现的每一幅画面，你总会在咀嚼与回味中感受到几分意趣。"记得几年前，我们曾经有过在去青海的旅行中"擦肩而过"的遗憾，虽然电话中相约同行，但最终却免不了"身不由己"。好在遗憾倒也有美的留存，它留在了日后我们对这次旅行的交流中。

现在，退休的老严过上了神仙般的生活。旅行、作画、著书、讲学……诸如此类，退而不休，悠然自得，羡煞人也！或许，这让我们有机会期盼和欣赏他更多的新作与新著。

克勤先生谦虚地邀我为他的新著《味绿斋闲话》写序，我这个"艺术盲"哪敢应这个差。为感谢他赐稿，也为表达对他艺术成就的敬意，写下以上文字，不敢当序，就算作"老友新识"的一个纪念吧。

2019 年元旦后

人生咬得菜根香

母亲的菜

开春以来阴雨绵绵，气温比往年低许多，临近清明突然放晴，大地回春，迎春花、梅花、山茶、海棠、玉兰、樱花竞相斗放，满目的烂漫春色，让那些被思亲痛楚噬咬着的断魂人情何以堪？真正是"故园肠断处，日夜柳条新"。

今年是母亲病逝二十周年，我早早地便和家人去母亲的墓地祭扫。母亲辛劳一生，未享清福就仙逝了，每每念及，不禁潸然泪下。母亲长眠在离家最近的一片墓园中，举目望去能看到梅园的塔顶，母亲名梅仙，葬在此地，每年清明前后，既可见她的亲人，又能感受远处梅园花开时伴随春风送来的幽香。母亲临终前关照我找一个近一点的墓地将她安葬，可是此意？

母亲一生勤劳、聪慧、清

全家福

高，她穿什么衣服都是那样得体又别致，她给儿女编织的每一件毛衣都是温暖又漂亮，她给孩子烧的每一样小菜都是鲜美又可口。每到时令转换，母亲总是变着花样地将一样样时令菜搬上餐桌，让我们这些老小大快朵颐。古诗云："江南好，风景旧曾谙。日出江花红似火，春来江水绿如蓝，能不忆江南？"其实，忆江南，最忆的是故人，最忆的是那鱼米之乡的物产丰富，"西塞山前白鹭飞，桃花流水鳜鱼肥。青箬笠，绿

幽香

蓑衣，斜风细雨不须归"。特别是清明前后，万物复苏，各种时令菜纷纷上市，这时节，江南人家哪家不是忙忙碌碌，除了忙春耕春种，剩下的就是忙着吃啦，江南人的吃福可是不小的。母亲是典型的无锡人，到了清明前后当然也不会亏待自己和家人。每逢礼拜天，她便早早地去菜场采购，那时物资紧俏，有时，她会拖着我一起到菜场帮忙排队买菜。

清明前后有几样菜，母亲是最喜欢做的。

荠菜与小箱豆腐。菜场上一出现农民一大早挑的新鲜荠菜，虽然价格高一些，母亲也会买回来做着吃，或剁碎了放些麻油与小箱豆腐凉拌，或与小箱豆腐加少许肉丝、切碎的香菇和西湖藕粉做汤羹吃，青涩的菜香和着黄豆及香菇的香味，吃来齿颊留香，至今难以忘怀。特别是荠菜拌小箱豆腐，碧绿的菜叶和雪白粉嫩的豆腐拌在一起，活脱脱地像一盘翡翠，让人不忍下箸。但我们几个孩子又往往经不起诱惑，没等开饭就一扫而光。每每见此光景，母亲从不会责怪我们，有时还会不声不响地再拌一盘出来等待父亲一起用餐。

清炒菜薹。开春以后，天气放暖，小青菜很快拔节，在没有开花之前，农民们会从自留地里挑选一些送到城市的自由市场上出售。那一篮篮菜薹，一小扎一小扎齐整整地摆放着，绿油油的叶子上还淌着晨露，晶莹剔透，十分诱人。母亲最喜欢将菜薹清炒着吃，铁炒锅里的油烧得油烟直冒还不下锅，有时我在旁看着都着急，大声叫"快放菜要起火了"，说时迟那时快，就在烟浓火苗尚未出现的一刹那，母亲将切好的一盘菜薹往锅里一倒，顿时油烟四起，只见母亲不紧不慢地炒两下，再放些黄酒下去，一股酒香和着菜香扑鼻而来，那才叫刺激。

炒金花菜。金花菜是母亲一生的挚爱，只要上市就买回来炒着吃，有时一碗不够再炒一碗，一个春天，一直要吃到金花菜由嫩变老，连后来有些开了小黄花的金花菜也买回来，从里面挑些嫩叶下锅炒着吃。母亲炒金花菜有她的独门功夫，除了和炒菜薹一样须下在冒烟的热油锅里外，放的料酒却不是黄酒，而是洋河等上好的白酒，炒出来的菜更香、更嫩，再稍稍放一点白糖反串就更鲜美了。

莴苣三吃。莴苣上市时，母亲也是不会放过的，隔三岔五就要买来吃。莴苣刚上市时，她将莴苣去叶去皮切片后稍稍腌一下，然后将水分挤干，放点切碎的香葱，浇上滚烫的豆油，再放少许白糖相拌，十分清脆、香甜、可口。如果遇到礼拜天，母亲就会把莴苣叶去茎后切碎并挤干水分，再放火腿丁或者上好的咸肉丁和猪蹄心肉丁一起煮菜饭，那个菜饭的香味相隔几家的邻居都能闻到。往往这顿饭我起码要比平时多吃一碗，而且也不用吃其他菜了，从橱柜里的猪油罐里挖一块猪油拌在菜饭里，端着饭碗串门边吃边扯老空去了。莴苣快落市时，不比早先嫩，但还没有空心，母亲就买回来去皮去叶，和切成块的素筒肠一起在铁锅里用油爆炒后就放水慢慢文火煮，待到莴苣和素筒肠都煮得脱脱烂，起锅上桌时，吃到嘴里，清香肥美，让人欲罢不能。

墨竹

竹笋三吃。江南多竹，到了春天，雨后春笋便是江南人家桌上常见的佳肴。母亲也喜欢将春笋做菜吃，与平常人家一样，江南人烧春笋老三样：腌笃鲜、笋烤肉、笋煨黄豆。母亲烧腌笃鲜，除了新鲜笋、咸肉和猪肋条，有时是猪蹄髈或猪脚圈。吃到后来，只剩汤了，母亲买些百叶打成百叶结放到汤里再煮，结果百叶结比肉还好吃。如果那一年春笋是大年，上市量多且价格特便宜，母亲就要买不少春笋回来切成块和黄豆一起煮，然后捞出来放在竹匾里慢慢吹干，用旧报纸包好收藏起来，待青黄不接时拿出来当菜下饭。其实，我们几个小鬼每回都会发现母亲藏笋煨黄豆的地方，时不时偷偷地抓一把带到学校当小食吃，既解馋又充饥。母亲发现少了也只当没看见。笋烤肉，是家常菜了，因为笋是吸油的，那个年代油又是计划供应特别紧缺，母亲总要买上肉膘很厚的猪肋条切成大块做红烧笋烤肉吃。礼拜天做笋烤肉给孩子吃是奖励，有时，当我们不听话犯了小错时，母亲也会威胁我们是否要吃顿"笋烤肉"了。哈哈，其实那样的"笋烤肉"母亲一顿也没舍得给我们吃。

清明时节的蔬菜品种很多，除了上面讲到的，还有马兰头、香椿头等，母亲的菜单里也断不会少了这些时鲜货。除此之外，有几样时令水产品是母亲每年或多或少必烧给我们吃的。

长江三鲜。刀鱼、鲥鱼和鲴鱼。那时的长江三鲜上市量多，价格也不贵，一般工薪阶层都吃得起。母亲好像不太烧鲴鱼给我们吃，往往喜欢买刀鱼回来清蒸。刀鱼大年时，母亲下班回来会兴冲冲地手里拎几条用根稻草串起来的刀鱼，清洗后即放些葱姜下锅清蒸。无锡人清蒸刀鱼总要放点白糖，母亲也不例外，我们往往等刀鱼吃光了，也不怕鱼刺就用刀鱼汁拌饭吃，鲜美无比。

葱油炒蛳螺。俗话说"清明蛳螺抵只鹅"，据说吃了会让人眼目清亮。其实，母亲喜欢吃明前蛳螺除对眼睛有好处外，常常听到她讲清明前的蛳螺壳薄、好吸，且壳里没有小蛳螺。炒蛳螺也有窍门，既要烧熟，又不能太老，这样才方便把里面的肉吸出来。一般人家炒的蛳螺要么欠火候，要么炒得太过，蛳螺肉花多大劲也吸不出来，只能一番手脚两番做，用针一个个从蛳螺壳里挑出来吃，那就麻烦了，真正叫"蛳螺壳里做道场"。而母亲炒的蛳螺既嫩又易吸，一碗蛳螺端上来，没有几分钟，母亲面前已是一堆蛳螺空壳了。

母亲辞世后，这些母亲亲手做的清明节令菜也永远地留在了我们的记忆中。每年到了清明上坟时，我们几个孩子总要在母亲坟前念叨她在世时的点点滴滴。母亲真是能干，我有时总要对姐姐讲你怎么不如母亲，

菊露

老姐不服气，我就举母亲烧菜的手艺云云，其实在姐姐烧的菜里早已有了母亲的做菜传统，只是我们更恋旧罢了。

都说好人有好报，可为什么如此慈祥贤惠能干的母亲偏偏早早离我们而去？我们家没有一个人吸烟，而母亲得的病却与吸烟有关，我猜想，会不会跟母亲烧菜喜欢油烟直冒的热锅有关？可惜早已无从考证，只是我的慈母走了，舍下她用一生来珍爱的家人走了。

母亲离开我们整整二十年了，她走的时候离清明节只有一周时间。二十年来，每每清明将至，我们做儿女的心便会被那无尽的思念撕扯着，耄耋之年的父亲也同样深深地牵挂着母亲。清明节前，苏州老友来无锡看我，送我一点新上市的洞庭东山的碧螺春茶，我特地给父亲送去，母亲在世时一直对我说，父亲对吃什么菜从不挑剔，他没有什么爱好，就是喜欢喝杯绿茶。说实在的，在孩子的眼里父亲是母亲做菜的第一粉丝，不管母亲烧什么菜，父亲总归说好吃。

想来，长眠地下的母亲也是想念我们的，只是她再也不能将那些春天的菜肴一一烧给我们吃，再也不能无微不至地关怀她的家人了。春天里，那一样样时令菜还是会诱人地出现在我们面前，只是其中再也品不出母亲做这些菜时一并烹饪进去的那份对家人的至爱。

清明，一段让人失魄断魂的时光，在思念母亲的日子里，我吟下这首小诗："生死两茫茫，默忆菜根香。松鹤挥毫就，追思欲断肠。"

2012 年 5 月

吃的风景

把梦想装进行囊，如风一般行走，让灵魂自由飘荡。这多半就是我们喜欢旅行的原因了。而踏上旅途，随时随地你都可能置身于未知的风景、遇见未知的人物、打开未知的故事。行走的有趣之处还在于，这是

一场与未知的艳遇。

这场"艳遇"中值得期待的东西因人而异，对于我来说，"吃"也是其中之一。"吃"，不仅要品其味、观其色、赏其形、闻其香、听其声，更在于何时何地以何种心情去吃，吃的风景是大不一样的。来到陌生的地方，每到一处我总要抽空尝尝地方小吃，哪怕是一碗面、一盅酒、一杯茶。与那些"风情万种""性情各异"的异乡美食的邂逅总是那么让人心驰神往。

前年秋天的新疆之旅至今记忆犹新。从天池回来，去白杨沟观景，高山深处的瀑布飞流直下、壮观无比，大有"疑是银河落九天"之感。然后骑马下山再观哈萨克牧民在广阔的草原上进行叼羊比赛，群马奔腾，势不可当。完了，坐下来吃着主人特意准备的手抓羊肉、马奶子，草原牧民粗犷豪爽、热情奔放的性格充分体现在了这些饮食中，特别是马奶子，酸中有甜，一连几碗下肚，觉得特别痛快。主人说，马奶子多喝也会醉，我不大相信，但饭后再在地毯似的草地上行走，竟如云中漫步般轻盈，仰望苍穹，白云卷舒，极目四野，宽广的草原一望无际，完完全全是一幅"敕勒川，阴山下。天似穹庐，笼盖四野。天苍苍，野茫茫，风吹草低见牛羊"的高原牧场风景。高天白云，苍茫大地，人的胸怀也一下子变得坦荡无垠。

堪与之一比的当然是热情奔放的重庆火锅了。上个月到重庆，朋友们非常热情，在一家饭店里请我吃火锅。重庆火锅听起来就叫人冒汗，更不用说这大热天吃火锅，重庆人的热情算是到位了。因为苏南人喜甜，故叫人上了鸳鸯锅，但吃到后来，我只管往辣的一边去涮。那满桌的腰片、毛肚之类，加上调料考究，边煮边烫，脆嫩味美，麻辣鲜香，虽然满头大汗，却津津有味，汗流嘴烫，非常痛快，大有洗桑拿浴般的快感。我想重庆是山城，盆地湿度高，多出汗可能对身体有好处。火锅的功效除了可口开胃以外，还能出汗通气、健人体魄。巧遇我的生日，人逢喜事精神爽，酒逢知己千杯少，对酒当歌，畅怀痛饮，无忧无虑，其乐陶陶。酒足菜饱后已是半夜，朋友扶着我上南岩看重庆山城夜景，整个山城灯火通明，火树银花，星汉灿烂，嘉陵江、长江如天河环绕，气象不凡。一阵山风吹来，我真有些醉了，似入云雾之中，宛如无数仙女伴我共舞。此情此景似乎已到辛弃疾《青玉案》词中所写的境地："东风夜放花千树。更吹落，星如雨。宝马雕车香满路。凤箫声动、玉壶光转，一夜鱼龙舞，笑语盈盈暗香去。众里寻他千百度，蓦然回首，那人却在灯火阑珊处。"

　　近来到峨眉，一心想要爬上三千多米的高山去金顶观云海日出。不知是旅途劳累，还是主人有意不叫醒我，一早醒来，太阳早已从窗外钻了进来，梦寐以求的日出是看不到了，但山还是要上。汽车盘旋而上，到了雷洞坪搭缆车上了金顶。那金顶华藏寺似天上神宫，一会儿白云飘过，似有似无；一会儿阳光直射，金碧辉煌。此时此刻，杂念烦恼、尘世间的一切纠葛都倏然不见了，好像飘浮在白浪滔天的云海之

云涛

上，令人陶醉。据说，三百六十五天，峨眉山上能见到阳光的时间仅有九百四十六小时，见到佛光更是屈指可数，大约诗仙李白算是见过佛光的一个，而我们这些凡夫俗子只能望山兴叹了。不管怎么说，我算是领略了秀丽峨眉的神韵，正如清朝诗人谭钟岳赞咏峨眉的诗云："一抹祥光画不成，三峨山势极纵横。琳宫梵宇尘缘绝，胜似蓬莱顶上行。"我从金顶下来，在山腰间一家小酒店吃饭，叫了几个菜，要了瓶酒品尝起来，不过清炒笋片、酸菜鱼和豆瓣酱炒肉丝等几个家常菜而已，却十分新鲜可口。峨眉天下秀，秀色可餐，想不到山上的饭菜也如此鲜美。

　　同样在山上吃饭，湘西张家界又是别一番景象。从山上下来，走出十里风景带，一路峰回路转，景色各异，使人流连忘返，待到歇下来早已饥肠辘辘。找了一户人家，是土家族人。屋内没有桌子，把门板放下，

静嘉

一头搭在门槛上，一头垫上几块砖就成了桌子。摆上只小土炉子，放入几块炭，上面再搁上黑乎乎的小铁锅就烧起山鸡野兔来了。边烧边吃，好不热闹，味美汤鲜，闻之香气扑鼻，食之回味无穷。张家界不仅景奇，食物的风味也"别有洞天"。吃得尽兴，环顾四周，这户人家可说是家徒四壁，家境贫寒，我们能品尝到如此美味的饭菜，心中十分感激土家族老乡的厚道热情。

去年暑天在莫干山小住，早晨起来在山间竹林中散步，空气清新，一尘不染，一路鸟语虫鸣，水流风轻，闭目静听，万籁俱寂，大有唐诗"清晨入古寺，初日照高林。曲径通幽处，禅房花木深。山光悦鸟性，潭影空人心。万籁此都寂，但余钟磬音"的意境。来到竹林前的小吃店里，一碗"扁尖"汤面下肚，那感觉现在想起竟还犹如神仙般快活舒畅。

记得有一年圣诞节前在奥地利，我来到阿尔卑斯山边的小城萨尔茨堡，去瞻仰著名音乐家莫扎特的故居。我在一座大教堂的广场边选了家咖啡馆坐下，店里陈设典雅古朴，烛光下只有一对老人坐着低声闲聊，温润静穆。我要了一杯咖啡，一块巧克力蛋糕，品尝起来。那咖啡是现碾现煮，喝起来滴滴香浓。窗外的广场上虽然人头攒动，熙熙攘攘，但一点嘈杂声都没有，一阵教堂的钟声过后，小店的一角竟悠悠传出恬静的琴声，好像是莫扎特的钢琴曲，琴声孤寂而纯净。定神一看，原来有位静穆的少妇在那儿独自弹奏，旁若无人，烛光下她那白皙的脸上泛着红光，若隐若现。我静静地听着，一杯咖啡竟也让人醉了……

很多时候，那些不经意邂逅的看似寻常的饮食，竟会与彼时彼刻身处的风景在记忆中神奇地合而为一，他年他月悠然忆起，不由得会心一笑，哪怕只是一碗面、一杯咖啡。

1995 年 10 月

说 "吃"

　　围绕"吃"这个字做文章，古往今来可谓多也。所谓"君子之于禽兽也，见其生，不忍见其死；闻其声，不忍食其肉。是以君子远庖厨也"，这话听起来多少有些虚伪，倒不如一句"饮食男女，人之大欲存焉"来得实在。饮食之道，在一般人眼里就是个俗事儿，其实却暗藏世间的大智慧。这世上不乏但求果腹的俗夫，也不缺贪恋口腹之欲的老饕，但真正能够"吃"出情趣、"吃"出人生滋味的却是少而又少。所谓"人莫不饮食也，鲜能知味也"。清代文人兼美食家袁枚撰《随园食单》，其《序》引魏文帝曹丕《典论》云"一世长者知居处，三世长者知服食"，可见这"会吃""懂吃"、真正在饮食之道上成大智慧，还真不是件轻而易举的事。

滋味图

　　从古至今，文人中多有美食家。一句"食不厌精，脍不厌细"让我们看到了孔夫子对待食物的态度，也引出了后世文人对饮食的恭敬和热爱。宋代的苏东坡和陆游就是两位美食家，苏东坡自称老饕，著有《老饕赋》《菜羹赋》，他在《初到黄州》一诗中写道："长江绕郭知鱼美，好竹连山觉笋香"，当时他刚刚出狱又逢贬官，但这样的诗句中并无半点颓然反而充满了豁达、乐观和对生活的热爱。黄州期间是苏东坡一生的重大转折，此后几年他在政治上十分不得志，却在创作上渐渐臻于炉火纯青的境界。他从美食中获得了不少生活的乐趣：黄州的猪肉非常便宜，苏东坡买来猪肉，用慢火清炖，加入酱油等调料，做出的肉美味无比，他还专门写了《猪肉颂》："净洗铛，少着水，柴头罨烟焰不起。待他自熟莫催他，火候足时他自

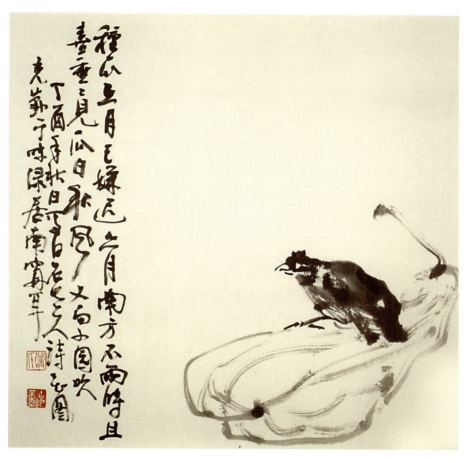

美。黄州好猪肉，价贱如泥土。富者不肯吃，贫者不解煮。早晨起来打两碗，饱得自家君莫管。"而他的《於潜僧绿筠轩》又写下这样的句子："可使食无肉，不可使居无竹；无肉令人瘦，无竹令人俗。"其实对于苏东坡而言，肉与竹二者兼得恐怕才可称得上完美。而在陆游的诗词中，咏叹美味佳肴的有上百首之多。比如"东门买彘骨，醯酱点橙薤；蒸鸡最知名，美不数鱼鳖"，又如"霜余蔬甲淡中甜，春近灵苗嫩不蔹；采撷归来便堪煮，半铢盐酪不须添"。诗人所中意的并不是什么山珍海味，不过是排骨、鸡和时蔬等寻常食材罢了，但诗人对恬淡生活的挚爱与享受却溢于言表。

到了明清，文人中的美食家当数李渔与袁枚二人。李渔一生未有功名，却生活得有滋有味，他是一个热爱生活并很会享受生活的人，拥有现代人感到陌生和羡慕的"闲情"，不仅诗词戏剧都有相当造诣，而且对于"吃"也是颇有研究。《闲情偶寄》中，李渔对他精致而闲适生活的记述，传递出这样的信息：闲，并非一种生活状态，而是一种心境、一种情趣，是每一个热爱生活的人都可以享有的心灵的放飞与舒展。它并非遥不可及、高不可攀，而恰恰就在常常被我们不经意间忽略的平淡生活中。与苏东坡的酷爱吃肉不同，李渔始终认为蔬菜是最上等的美食，"吾为饮食之道，脍不如肉，肉不如蔬，亦以其渐近自然也"；"论蔬食之美者，曰清、曰洁、曰芳馥、曰松脆而已矣。不知其至美所在，能居肉食之上者，只在一字之鲜"。在《闲情偶寄》中，李渔将蔬菜放在美食的首位大加赞赏，认为山中之笋、树上之蕈、水面之莼都属至鲜至美的妙物，不可不食。重蔬食、崇俭约、尚真味、主清淡、慎杀生、求食益，他对待饮食的态度竟与大多数现代人惊人地契合。除了李渔，有人称明清两代文人当中袁枚算是第一等的妙人儿，官做得潇洒，学问也做得精妙。《随园诗话》让人喜爱，《随园食单》更是难得。一册《食单》写得活色生香，让人爱不释手。《随园食单》可称是那个时代的美食范本，不但记载了许多令人垂涎的菜肴，而且还用相当大的篇幅记录了菜肴的技法、佐料的应用和饮食的规制。《随园食单》全书分为须知单、戒单、海鲜单、江鲜单、特牲单、杂牲单、羽族单、水族有鳞单、水族无鳞单、杂素菜单、小菜单、点心单、饭粥单、茶酒单。书中所列三百二十六种菜肴和点心，自山珍海味到小菜粥饭，品种繁多，其中除江南地方风味菜肴外，也有山东、安徽、广东等地方风味食品。书中讲述的烹饪饮食理论，有许多至今仍是具有应用价值的妙理与高论。"学问之道，先知而后行，饮食亦然"，袁枚用做学问的态度对待美食，《随园食单》也写尽了作者的真性情。

及至现代，文人著文论吃依然是雅事一桩，林语堂、梁实秋、周作人、郁达夫等现代文人都有不少谈论美食的妙作。梁实秋自嘲嘴馋，一生中写下了无数谈吃的文章，《雅舍谈吃》充满现代"名士"的归隐之心和闲适情怀，轻轻拂去周遭的纷乱与不安，快乐地享受生活，艺术地诗化生活，以一份超然的淡定呈现坦然、淡泊的文人情怀。可说是字字珠玑，篇篇精妙，让人津津乐道。即便一些并非专为美食而作的文字，也常常在不经意间流露出文人关于"吃"的雅趣，像丰子恺的《湖畔夜饮》，文中叙述四位朋友在西湖畔小屋里饮酒，"酒阑人散，皓月当空，湖水如镜，花影满堤"，此情此景可谓温润静穆，如梦如幻。他日老友郑振

湖上人家

铎来访，"窗外有些微雨，月色朦胧，西湖不像昨夜的开颜发艳，却另有一种轻颦浅笑，温润静穆的姿态"。老友相对，一壶酒、四只盆子，酱鸭、酱肉、皮蛋和花生米。二人对坐饮酒，吟着墙上贴着的数学家苏步青的诗："草草杯盘共一欢，莫因柴米话辛酸。春风已绿门前草，且耐余寒放眼看。"不禁感慨："有了这诗，酒味特别好，觉得世间最好的酒肴，莫如诗句。"可见文人于"吃"，多半是以吃见趣，以吃会友，以吃悟道。吃的是性情、况味、心境，吃什么倒成了其次，无非是个载体。

时至今日，"吃"的风气是越来越盛了。不过此"吃"却已非彼"吃"，不是"吃请"就是"请吃"，与文人的雅"吃"早已不相干了。"吃请"与"请吃"，有些人长于此道，有些人疲于应付，有些人数日无宴，则坐立不安若有所失。王了一有一篇《请客》的文章，其中有一段绝妙的文字，他认为，吃请的人应该是高兴的，"一高兴，再高兴，三高兴，高兴的次数越多，被请的人对请客的人就越有好印象。如果被请的人比我地位高，他可以'有求必应'，助我升官发财；如果被请的人比我地位低，他也可以到处吹嘘，逢人说项，增加我的声誉，间接地与我有益。中国人向来主张'受人钱财，与人消灾'的。"知道了这个道理，"原来大多数人的请客不是目的，而是手段，不是慷慨，而是权谋"，这大概也是吃风之盛的风源吧！

我最近也曾与一位烹调专家交流，在大同小异的菜谱、千厨一味的菜肴、越开越豪华的酒家时尚中，能不能杀开一条路子，办一家像苏州"老苏州菜馆"、南京"秦淮人家"、上海"沈记靓汤"一类的特色馆子，寓传统文化于风味小吃之中，不但能品尝美味佳肴，又可享受风土人情、文化遗产，可谓一举多得。但我的那位朋友讲，办这样的菜馆吃力不讨好，现在公款吃请，讲的是豪华、论的是排场，那些一掷千金请客豪饮的人哪有这份"闲情"。

而现在的厨师也不过使出浑身解数想方设法推出利润高的"帝皇菜"，哪有精力去研究菜谱，提高技艺。袁枚写过一篇《厨者王小余传》的散文，文章对自己家中厨师的高超烹调技艺和高尚竭尽溢美之辞，把他的烹饪理论及处世为人提高到"有可治民者焉，有可治文者焉"的高度。文中有这么一段话："曰：'以子之才，不供刀匕于朱门，而终老随园，何耶？'曰：'知己难，知味尤难。吾苦思殚力以食人，一看上，则吾之心腹肾肠亦与俱上，而世之嚆声流歠者，方与腐败同饫也。'"现在的厨师有几个能做到"一看上，则吾之心腹肾肠亦与俱上"？反之，现在又有多少食客能像袁枚一样，成为美味佳肴的知音，能品其味而非嚼蜡。

把"吃"这个问题上升到极高境界的还有一个人，就是孙中山。孙先生曾经说过："悦目之画，悦耳之音，皆为美术，而悦口之味，何独不然？是烹调者，亦美术之一道也。""是烹调之术，本于文明而生，非深孕乎文明之种族，则辨味不精；辨味不精，则烹调之术不妙也。中国烹调之妙，亦足表明进化之深也。"看来，不管是官是民，是厨师还是食客，都有一个把"吃"的境界提高的问题。

1996 年 8 月

丹青难写是精神

关于水墨画的审美价值，历代画论林林总总、蔚为大观，早已言之凿凿，毋庸赘言。一种艺术形式的起源与发展，往往与其文明背景、文化渊源一脉相承，中国画以水墨画表现形式为主，作为一种承载着中国传统文化思想和审美理念的独特艺术样式，水墨画蕴含着中华文化的精髓，蕴含着中国人的才情智慧，在长期的艺术实践中形成了完备而成熟的美学观和绘画模式，在世界艺术之林中独树一帜，极具个性特征。水墨画之审美传统源远流长，内涵博大精深，任何人都难以撼动。

"江南董源传巨然，淡墨轻岚为一体。"（沈括《图画歌》）水墨画，以笔墨为语言，是由笔墨构成的独一无二的视觉表达方式，凝聚着中国文化独有的气质与性格。"墨分五色"也好，"笔墨变化"也罢，笔墨是水墨画的核心，也是其独有的要素。以墨色深浅层次表现对象的形体、色泽，其明暗对比、空间层次，均以一管毛笔掌控，以一色深浅造就。王维所言："画道之中，水墨最为上。"自王维始，张璪、荆浩、董源、米芾等画家不断开拓，水墨画渐成中国画中高标独步的一脉，同时也成为文人画的主流。宋元以降，水墨画以其简素的艺术风格和变幻莫测的艺术手法，成为中国画诸多品类中的逸品。

然而，近百年来西学东渐，西方艺术思潮与审美观对中国画的创作与发展影响甚大，对西方绘画 "状物" "写实" 功能的崇拜，引发了对中国画价值特别是水墨画的人文价值的重新审视，标新求异的风气超过了对传统的坚守。在一派喧嚣与浮躁中对中国画所进行的改革或改造，演变成了对中国画传统尤其是水墨画传统的令人痛惜的空前漠视。一些民族虚无主义者，对中国绘画的传统审美理论和观念弃如敝屣，盲目地进行机械的 "中西合璧"，甚至是简单的模仿和挪用，完全无视水墨画所富有的人文精神，背离了中国画写意抒情的独立品格与精髓。

曾几何时，由于缺乏对水墨画独特审美价值的体认和坚持，以至于一些人在技巧和观念上逐渐疏离了中国画的传统内核。画界的这种风气着实堪忧，长此以往，恐怕将从根本上动摇中国画的审美基石，迷失水墨画固有的价值坐标。因此，当下我们迫切地需要反思，需要从历时性上去体认和研究中国画审美的独特价值，以全面的哲学思考对其加以观照和衡量。

水墨画的审美之要，概括起来可以从以下六个方面加以考察——

一、水墨画的神韵之美

中国画审美原则的早期提炼、归纳，界定了中国绘画审美与技巧的范畴，标志着中国绘画是成熟而系统的艺术。

从顾恺之的 "传神写照" 到谢赫的 "气韵生动"，奠定了中国画神韵之美的美学基石。东晋顾恺之自言，"四体妍蚩，本无关于妙处，传神写照，正在阿堵之中"，认为画之精妙不在形体而在内在精神气质。顾恺之还提出 "迁想妙得" "以形写神" 等著名论点，认为画家在艺术创作的过程中，要把主观的情思投入到客观对象中去，使客体之神与主体之神融合为 "传神" 的、完美的艺术形象。离开了 "迁想"，离开了艺术家的主体意识，是不可能获得传神的艺术形象的。顾恺之的画论，以 "传神" 作为点睛之笔，首开中国画审美中以精神气质描摹为第一要务的宗旨，"传神论" 奠定了中国画以写意为主线的绘画思想，对后世中国画创作气质和美学思想的发展具有深远影响。而形与意的关系，正是中西方绘画分野之核心所在。形似还是神似，历来是中国画发展史上的辩证范畴，但从神似的角度来把握形的描摹，是中国画从远古岩画就已经形成的审美观念。及至顾恺之提出"传神写照"、谢赫提出"气韵生动"，可见画家们的观念已经相当成熟。作为绘画提纲挈领的第一宗旨，"传神写照"和"气韵生动"集中概括了中国绘画艺术的审美特征和基本精神，是构成中国绘画艺术的最根本的审美要求，也是中国画发展长河中的理论源泉。

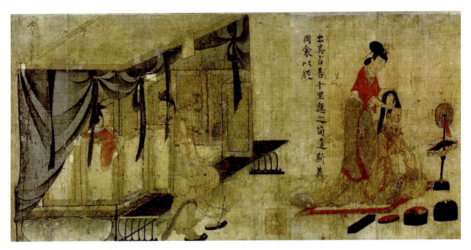

女史箴图（局部）
东晋 顾恺之

南齐谢赫的"六法论"是古代品评中国画的重要标准和美学原则。分析"六法论"，我们能够窥探到古人对绘画技艺的理性认识和侧重点。"画有六法，……一气韵生动是也，二骨法用笔是也，三应物象形是也，四随类赋彩是也，五经营位置是也，六传移模写是也。"（谢赫《古画品录》）谢赫把"气韵生动"放在第一条。"气韵生动"是指作品中的形象具有生动的气韵，能以生动的形象充分表现人物的内在精神，此为其他五法的宗旨和统领。这也就是中国画审美中最重要的观念——"立意"，既是鉴赏标准，也是创作的最终目标，与之前顾恺之提出的"传神写照"一脉相承。

在"六法论"里，"应物象形"服从于"气韵生动"和"骨法用笔"。一旦"气韵生动"与"骨法用笔"兼具，则"应物象形"就唾手可得。我们知道，东西方绘画对"形"的把握有着很大的分歧，两者也因此走上了不同的发展道路。我们并非否认对物形的把握，对象形的研究中国人从来没有落后，我们的文字始于象形，至今保留着"象形"的元素。但即便如此，"应物象形"仍然"屈居"第三位，并且，象形的过程是"应物"，也就是追求气韵的用笔，落实到具体对象时，可以形成各种物形，前后侧重不同十分明确。总而言之，这是中国绘画美学以描摹精神气质为主的宏观追求和水墨画注重笔法运用的微观要求的开宗明义。

及至唐代，画家张璪提出"外师造化，中得心源"，这一千余年来被画坛视为"真言"的不朽名句，对后世中国画的发展影响极其深远。所谓"外师造化，中得心源"，就是通过观察、认识、学习外在客体，结合自己内心独特的审美感受，形成一种心灵上的自我感悟和升华，从而达到更高层次的艺术境界。"望秋云神飞扬，临春风思浩荡"，化自然丘壑为胸中丘壑，写胸中丘壑为画中丘壑，画家们在春山秋水、林壑幽泉间寄托心灵与情感，体悟自然万物之道，抑或"含道映物"，抑或"澄怀味象"，殊途而同归，水墨画的神韵之美一发不可收拾。

二、水墨画的品格之美

从其他国家的绘画发展史来看，参与早期绘画的主要是文化程度与社会地位都很低的工匠，而中国画中最早有记载的画家顾恺之就是文人。知识精英"游于艺"的同时，也将他们的品格、修养与才情融入到中国画创作的发展史中去，画家的文人化、画品的人格化以及画艺的人本化，支撑着水墨画艺术逐渐成为一种精英艺术。

唐代张彦远的《历代名画记》有云："自古善画者，莫非衣冠贵胄，逸士高人，非闾阎之所能为也。"此说对后世影响甚久。近代陈衡恪则认为："文人画有四个要素：人品、学问、才情和思想，具此四者，乃能完善。"中国文人在中国画审美理论中，经常将作品与画家的审美追求及道德修养联系起来，认为两者不可割裂。对逸品、气韵、写意的审美追求，同时也是对道德修养、学识陶冶和人品修炼的尊崇。这是传统的"文以载道"观念的体现，是中国古代画家对于艺术追求与人格修养之间关系的发现与认可，也对画家艺术水准的提升提出了更高的要求。

从荆浩的"心随笔运"到倪云林的"逸笔草草"，中国画的品格之美日渐彰显，一幅传统的水墨画作品，观者欣赏其外在的翰墨风华之余，更能体味到其内在的对画家气质禀赋和人格魅力的体现。画家的创作心理和品行，如镜像般呈现在他的画中。这既是对于水墨画绘画格调的一种审美方式，也可以视作对画家艺术创作动机的心理学分析。

五代的荆浩在分析、整理谢赫"六法"的基础上，提出"六要"："夫画有六要：一曰气，二曰韵，三曰思，四曰景，五曰笔，六曰墨。""气者，心随笔运，取象不惑；韵者，隐迹立形，备仪不俗；思者，删拨大要，凝想形物；景者，制度时因，搜妙创真；笔者，虽依法则，运转变通，不质不形，如飞如动；墨者，高低晕淡，品物浅深，文采自然，似非因笔。"其中的"备仪不俗""凝想形物"，运用了拟人化的比喻，而"如飞如动""似非因笔"，则似乎是对"气韵生动"的诠释，同时也是对"骨法用笔"所应达到的效果的诠释，这种效果，最终要达到的境界就是水墨画画面的"不俗""凝想"，显然是画家人品学养的物化。荆浩又反对形似，他提出"似者得其形遗其气，真者气质俱盛。凡气传于笔，遗于象，象之死也"，明确把"气"放在第一位，同样是这个道理。

元代的倪云林把"人品""骨气"与"气韵"联系起来，提出"逸笔草草，不求形似"。在当时，倪云林提出"逸气"，一是泄愤，不甘心同流合污；二是自谦，保持其人格之独立。所谓"逸气"即"人品"，人品高低好坏直接影响作品的品位和高下。众所周知，倪云林的"不求形似，聊以自娱"，不是对笔墨的不追求，恰恰相反，其画构图之严谨，

笔法之精练和用折带皴的平远山水，使后学者难以比肩。这种"草草"，实则是最为精练的技巧，而称之"逸笔"，则体现出画家超然世外的淡泊人品。

在元代，等级制度十分严格，士人们只能把情感、时间与精力投向文学艺术方面，中国画因此又一次得到复兴。从元朝始，"文人画"的形式才真正形成和成熟，"元四家"是这个时期文人画的典型代表。他们摒弃了刻板而粗略的南宋绘画传统，以文人的心态作画，作品强调文学性和笔墨韵味，在创作思想上继承北宋的文人画理论，提倡遗貌求神，以简逸为上，追求古意和士气，重视主观意兴的抒发。作品气韵生动，以相对写意的手法追求个人内心世界的展示与思想情感的抒发，强调绘画的主体意兴张扬与心绪寄托。他们以水墨画为基本表现方式，以笔墨高逸、画境幽淡为目的，以个人的学识修养为关键，将水墨趣味、笔墨技巧独立于绘画形象之外予以欣赏。中国画的人文价值也因此借助于"水墨"和"笔墨"，成为审美的重要组成部分。

苔痕树影图
元　倪瓒
纸本　墨笔

三、水墨画的线条之美

从老子的"大音希声，大象无形"，到苏东坡的"论画以形似，见与儿童邻"，中国画在逐渐成熟的过程中完成了成为抽象审美大宗、集

丹青难写是精神

23

人类抽象美学大成的历史走向。这一与西方画派迥异的走向，无疑深受中国书法美学的影响。"是时也，书画同体而未分，象制肇始而犹略。无以传其意，故有书；无以见其形，故有画"（张彦远《历代名画记》），"书画同源"早已为中国艺术史所公认，中国书法所体现的那种纯粹的"抽象美"，对水墨画的发展产生了极大的影响，水墨画的线条、墨韵充分运用了书法艺术的抽象手段，处处透露着抽象之美。"中国画的线、点子，富有韵律感的墨色深浅变化——这些抽象性的东西，本身就会有一种跃动的生态，能在我们的头脑中诱发出一种特殊的思想情绪的境界。"（徐书城《介乎抽象与具象之间》）

而这种主观意识对客观世界的审美再现的重要审美情趣，是以"水墨"和"笔墨"来展开的。笔墨可以在不表现任何具体事物的情况下独自展示其独特的艺术生命力。各种线条的运用，线条自身的转折、流动、顿挫、提按、徐疾之间，充分蕴含了个人的情感、意趣与格调。自宋至清的历代画家，对于抽象审美孜孜以求，水墨画特有的"笔墨"在历代画家长期的实践与总结中积累了丰富多彩的抽象形式。历经千年发展，及至明清，水墨画的"抽象美"趋于成熟，"传神、写意不重形貌"的画风十分盛行。笔墨不仅有着描写物象客观形象的作用，更成了画家们个人性情、审美观念的象征。

当然，抽象审美并不是完全摆脱形象，而是摆脱客观真实对主观真实的束缚，让审美成为主观世界对客观世界的再现。清代石涛诗云："名山许游未许画，画必似之山必怪。变幻神奇懵懂间，不似似之当下拜。""不似似之"体现了石涛以及众多中国古代画家的最高审美理想。所谓"画不违其心之用"，强调的是意在笔先，写胸中丘壑，抒胸中郁气。"取形用势，写生揣意，运情摹景，显露隐含"，充分说明了这一点，艺术手法上"表意"为主，将最能"表意"的形象保留，删除其余的部分，两者结合，才是艺术的创作，而非自然的重复。可以说，这是水墨画的精髓所在，也是中西绘画的艺术分歧所在。

这是线条之美对水墨画审美的独特呈现。

四、水墨画的笔墨之美

　　随着历代精英文人的加入，水墨画的审美范畴不断地为各种思想所充实，成为一种高雅、高端的文化艺术，这种独特的艺术形式，在世界绘画史上独领风骚。其中，千变万化、形式多样的笔墨无疑是传统中国画演进过程中独一无二的视觉构架和表现形式，"夫画者，形天地万物者也；舍笔墨其何以形之哉"（石涛《画语录》），"画中三昧，舍笔

晓露

墨无由参悟"（黄宾虹语），可见笔墨的重要性。"用情笔墨之中，放怀笔墨之外"，文人画家们正是通过他们笔下云蒸霞蔚、气象万千的笔墨，来宣泄自己想要表达的所思所感、喜怒哀乐。

石涛在《画语录》中对"笔墨"的见解是："笔与墨会，是为纲缊。纲缊不分，是为混沌。辟混沌者，舍一画而谁耶？画于山则灵之，画于水则动之，画于林则生之，画于人则逸之。得笔墨之会，解纲缊之分，作辟混沌之手。传诸古今，自成一家，是皆智得之也。"水墨画对"笔墨"的微观审美追求可见一斑。"水墨"为体，"笔墨"为骨，水墨的出彩和灵动，以笔墨的功力是否厚实为前提。

首先，"笔墨"可以看作画家的传统绘画基本功，这种基本功从"骨法用笔"而来，是我们民族绘画工具所决定的，也是在绘画创作中探索出来的运笔规律，是画家功底的试金石，有无"笔墨"，"笔墨"的高下，也成为对画家功底的一个评判。

其次，久而久之，我们又将"笔墨"从画作中独立出来进行二度审美，笔墨审美，是水墨画审美中的微观层次，所谓墨分五色，就是"水墨"审美，就是借助"笔墨"表现的一种技巧审美。众所周知，中国的书法艺术和绘画艺术有"书画同源"之说。从笔墨角度来看，可以这样认为：书法是单线条的历时性艺术，而绘画则是多线条的空间性艺术，两者的基础都是线条，也就是毛笔的运动痕迹。水墨画应物象形的方式是以线条进行的，与中国象形文字的书写完全同理，如同对中国书法审美价值的肯定，水墨画笔墨的审美价值也毋庸置疑。笔墨随着个体的不同，承载着不同的文化经验和审美意趣，石涛有云，"墨能栽培山川之形，笔能倾覆山川之势"，"必使墨海抱负，笔山驾驭"，"借笔墨以写天地万物而陶泳乎我也"，或浅山淡水、悠然以远，或莽莽苍苍、大气磅礴，笔墨在绘画过程中不仅能描绘物象，更能发挥画者的主观情感，将其融入物象，在这里，笔墨担负着"状物"与"抒情"的双重任务。与此同时，笔墨又是随着时代的变迁由"画法"逐渐转变为"写法"，追求屋漏痕、折钗股、锥画沙等书法艺术效果，追求用墨的焦、浓、重、淡、清。

董其昌云："以蹊径之奇怪论，则画不如山水，以笔墨之精妙论，则山水决不如画"，对笔墨的推崇不言而喻。水墨画如果疏离了其传统的笔墨，也就失去了它最本质的元素，好比弃砖石和木料，而用水泥混凝土和钢筋去建造一座明式的大殿，能将它视为原汁原味的中国建筑吗？剥离了笔墨这一微观技法的"水墨画"，同样也将疏离中国画审美的范畴。那些失去传统笔墨的"新国画"，自然也就无法称为中国画。

泉韵

五、水墨画的空灵之美

水墨画之美，不仅在于笔墨的表现、构图的奇巧和线条的节奏感，还在于其空间的表现力，凭借一管细笔，以水墨的书法艺术拟太虚之画境，展示笔墨之外的"灵的空间"，达到一种空灵的美。

　　受中国古代哲学思想的影响，中国古代文学艺术中始终贯串着对"空灵"的追求。苏轼诗云："静故了群动，空故纳万境"，因静而空，因空而灵，中国古诗词向来讲究空灵之美，所谓"羚羊挂角，无迹可求……如空中之音，相中之色，水中之月，镜中之象，言有尽而意无穷"（严羽《沧浪诗话·诗辨》）。而在中国画的发展进程中，文人画作者超凡脱俗的清幽心境，自然而然造就了水墨画的空灵境界。对"空灵"的追求始于魏晋，从唐朝开始，空灵意境的营造更为突出。《宣和画谱》中提到王维的诗句如"落花寂寂啼山鸟，杨柳青青渡水人""行到水穷处，坐看云起时""白云回望合，青霭入看无"之类，称"皆所画也"，无一不是空灵如水。及至元代，倪云林笔下的一湾瘦水、几株疏树、一痕远山，超逸脱尘、虚静悠远的空灵之境扑面而来。其后的八大山人、石涛等画家，对空灵之境的营造更加得心应手。

清虚

水墨画的创作中，常常会留出大片空白，"留白"是水墨画处理空间关系的特殊技法，也是构成画面美感的重要组成部分。老子曰："知其白，守其黑，为天下式。""计白当黑"的审美辩证法成为中国艺术创造的重要传统，空白即是虚，虚从实而生，白从黑而来。化虚为实、化实为虚，虚中有实，实中见虚。"留白"正是为了虚实相生、形神兼备，以求空灵。画面上留下的空白，或为天，或为水，或为云，所谓画外之画、无墨求染、意到笔不到，与其说是空白，倒不如说是一片可供观者自由畅想的广阔天地。从这个角度，我们也就能向西方人解释为何水墨山水长卷中很多处是空白，为何水墨画多长卷而非方尺，为何总像是没有画完的草稿，水墨画之"妙境"正在无笔处、无画处。

历代大家如有神品出，无不是将笔墨和笔墨之外的空间关系处理得恰到好处，令观画者拍案叫绝。恽南田曾云："今人用心在有笔墨处，古人用心在无笔墨处。倘能于笔墨不到处，观古人用心，庶几拟议神明，进乎技矣。"笔墨之外，品玩无限，笔墨和空间如何相互照应，清初画家笪重光《画筌》中有一段话："空本难图，实景清而空景现；神无可绘，真境逼而神境生。位置相戾，有画处多属赘疣；虚实相生，无画处皆成妙境。"明清以降，水墨画家们将笔墨与空间的

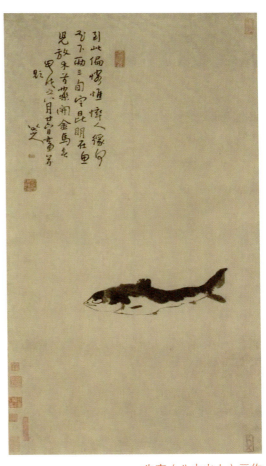

朱耷（八大山人）画作

29

关系处理得更加酣畅恣肆，其画作往往空灵变幻、浑厚华滋，既增进了相互间的关联关照，也强化了两者的独立性和抽象意味，进一步增强了笔墨内外的表现力。石涛《海上云帆》题云："奇游谁信坤维外，咫尺蛟宫鼓棹前。黄砚旅渡海之作，大涤子想象为之。"所谓"想象为之"可见其并未到现场写生，而是面对白纸，全凭想象，泼墨写就。水墨自然流淌所形成空间，似云似雾，似真似幻，天水之际，孤帆片舟，无限风光。此画空灵奇幻，令人品味无穷。正如宗白华在评介石涛的另一幅画时说："中国画是线条，线条之间是空白。石涛的巨幅画《搜尽奇峰打草稿》，越满越觉得虚灵动荡，富有生命，这就是中国画的高妙处。"（宗白华《中国美学史中重要问题的初步探索》）

　　这种笔墨之外的空间表现，这种"以无胜有""以少胜多"的空灵之美以及所营造的至高、至深、至美的空灵妙境，是水墨画中最高深的意境所在，也是中国水墨画之精华所在，所体现的文化内涵和思维方式是中华民族特有的精神财富，弥足珍贵。

六、水墨画的形式之美

　　中国绘画的形式之美，主要表现在诗歌、书法、绘画、印章的结合，或者说是诗、书、画、印这几种不同门类的艺术形式的有机结合。书画同源，中国画一开始，就借用了书法的手法，以书法入画是浑然天成之事。赵孟頫自题《秀石疏林图》云："石如飞白木如籀，写竹还于八法通。若也有人能会此，须知书画本来同。"书画同源之意十分分明了。明人董其昌也说过："古人如大令，今人如米元章、赵子昂，善书必能善画，善画必能善书，其实一事耳。"绘画史一般把王维看成是诗画结合的创始者，苏轼曾评价王维的画："味摩诘诗，诗中有画，观摩诘之画，画中有诗。"苏轼也是一个诗画结合的积极倡导者和实践者，提出"诗画一律"，后人评价苏轼"以诗为有声画，画为无声诗，盖诗者心声，画者心画，二者同体也"。诗与画的结合，使静止的画面变得灵动，使有限的画面变得丰满，使诗也有了形象的载体和意境的依托，诗与画的结合使二者交相生辉。印章在篆刻时讲究字体、刀法、风格，是一门独立的艺术。水墨画的发展过程中，印章则逐渐成为一幅画必不可少的组成部分，根据整幅画面的构图与色彩，由印章起到呼应、对比、配合的作用，让黑白的画面加上点缀其间的朱红印章，就格外夺人眼球，美丽而生动。

诗、书、画、印的结合，使水墨画具有了丰富的精神内涵和独特的艺术特色，并形成了一种完美的程式。诗、书、画、印交相辉映，相得益彰，其相互结合的水平高低，成为鉴别作品优劣的重要条件；是否"四绝"兼具，也成为评价文人的重要标准。宋元以降，"文人画"的进一步发展，对画家们的学养、品行、才情、笔墨功力甚至禀赋、出身都提出了更高的要求，画家的身份背后，常常是官员、诗人、画家、书法家、僧人等多种角色集于一身。在他们的绘

吴昌硕画作

画作品中，诗、书、画、印四位一体，作画、题字、题诗、钤印次第呈现，丰富了画作的内容，扩展了作品的意境，增添了画作与观者之间的沟通层面，给观者以更多的审美享受。

诗、书、画、印四者结合的艺术形式，充分表达出水墨画审美的人文追求。

结语

　　天下莫能与之争美 "水墨" 之道，从某种角度说是 "笔墨" 之道，水墨的表现，即是通过笔墨来展开，这是中国画的不二法门，构成了中国画的基本审美元素，确立了中国画审美的独特地位。中国画以水墨为基本呈现形式，仅以本文所关注的中国画审美而言，中国画所达到的高度可用八个字来形容，所谓 "元气淋漓、古淡幽深"。

　　千百年来，水墨画的发展与中国文化传承息息相关，与中国士大夫文人的人文追求和诗意理想相依相存，在他们的笔下，春山如笑、夏山如怒、秋山如妆、冬山如睡，水墨画承载和物化了他们生命的痕迹和精神的体验，呈现出他们简淡中和、恬静出尘的人格风貌。《庄子·天道》篇云："朴素，而天下莫能与之争美"，千百年来，无论历史如何演进、朝代如何更替，水墨画独特的审美精神从未曾湮没，或波澜不惊、低吟浅唱；或徜徉恣肆、长歌而行，它所散发出的独特人文魅力穿越时光而历久弥新、令人叹服。水墨画的存在价值毋庸置疑，对于这种价值，我们需要更为深刻的认识和比较，而非简单的否认与轻视。对水墨画存在价值的无视与低估，是对博大精深的中国传统文化的轻薄，是西方文明横扫下民族文化自信力丧失的表现，找回我们民族的文化自信是我们当下最迫切的事情。

清流映带右军书

上海博物馆曾经举办的"中日古代书法珍品展"在文博界、书法界产生了深远的影响，也使参观者感受到一种跨越千年的文化震撼。该展最引人瞩目的展品当属王羲之的墨迹，尤其《丧乱帖》更是存世王氏书迹中最为精良、地位至高的一幅。《丧乱帖》长期由日本皇室御藏，为一睹芳容，国人守望千年，吾辈亦翘首三十载。十天展期，奈何公务庞杂，脱身不得，直至展览预定闭幕前才急请上海的朋友联系，得知展期延长一天，大喜过望，次日下午匆匆赴展，终了夙愿。

对王羲之《丧乱帖》的向往，是从我中学时期开始的。那时正值"文革"，传统文化蒙难，传统文化精品尽数遭劫。我虽无法正常读书，却在老师和前辈们的呵护下，有机会吸收了中国传统文化中的一些"旧东西"。因为学校停课，父母分别被关进"牛棚"，我们姐弟三人只能在南通祖父处或上海姨妈家辗转小住。在上海，我常去的地方就是南京东路的朵云轩、福州路的古旧书店等处。一个中学生整天就在这几家店打发时光，直到吃晚饭时才踏上陆家嘴渡轮回家。那时的上海，虽然是阶级斗争风暴中心，但我在南京东路、福州路的几家书店，却还能在供批判的柜台里找到想要的书和帖。古旧书店虽没有几人问津，但其清雅的氛围、飘逸的书香与外面铺天盖地的大字报、喧嚣而过的宣传车形成强烈的对比，一片肃杀中让我感到一丝暖意，也让我得到那个时代难得的文化熏陶。进入七十年代，局势稍有了些好转，在上海还曾有过几个文化方面的展览，印象最深的是1973年上博举办的"中国古代书法展览"，让刚上高中的我开了眼界。其中，王羲之的《丧乱帖》更以其书体之优美、气势之雄奇，深深打动了一个少年的心。

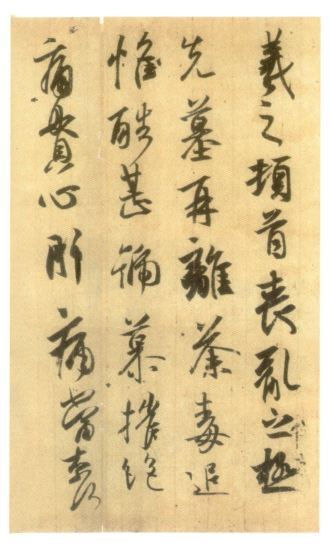

丧乱帖（局部）
东晋　王羲之

王羲之，人亦称"王右军""王会稽"。他秉性耿直不畏权贵，更不愿为一官半职折腰。在会稽内史任上时，同僚王述官气很重，王羲之很不以为然。后王述偏偏官运亨通，成为他的顶头上司，并常常与他作对，令他难堪。王羲之忍无可忍，愤然辞职，隐居于会稽的戴山之间。著名的《告誓文》书，就是他在受到王述压抑打击之后，去先人坟上诉告，发誓不再为官的一篇楷书檄文。王羲之习书勤奋超乎常人，他在山谷之中苦学钟楷、张草二十多年，山里的竹叶、树皮、木片和山石皆为所用，不计其数。随着王羲之书法技艺的不断长进，其艺术视野也不断扩展。他博采众长，遍学李斯、曹喜等人书体，融会贯通，终将汉魏以来的质朴书风变为妍美流便的行草。唐朝蔡希综的《法书论》云："晋世右军，特出不群，颖悟斯道，乃除繁就省，创立制度，谓之新草。"真可谓是开一代晋书之风流，领天下第一之风范。

我喜欢王羲之的墨迹，不仅仅因为那次展览《丧乱帖》给我带来的震撼，还在于孩童时描红练字，父亲常用王羲之苦练书法的故事给我以激励。我虽然没有像父亲希望的那样，苦练而成书艺大家，然而却养成了喜好书法的生活情趣。在以后的日子里，我参观古代书法展览时，便特别留意王羲之父子的书帖，以期一饱眼福。

上海博物馆离无锡很近，每当得知展出《鸭头丸帖》等藏品时，总是要去浏览一番的。其实王羲之流传下来的二十多件书作，均是历代摹本而无一件真迹，其中名声最大的要数乾隆皇帝收藏于"三希堂"的"三希"了。所谓"三希"，即王羲之的《快雪时晴帖》、王珣的《伯远帖》和王献之的《中秋帖》。现在除《快雪时晴帖》藏于台北故宫博物院外，其余两件藏于北京故宫博物院。后两件珍宝我已先后在其展出期间得以近睹，但《快雪时晴帖》只能在印刷品上相见，未能一睹其庐山真面目，多少年来一直引以为憾事。

有一次随团去台湾，我特地要求到台北故宫博物院参观，不巧那年王羲之《快雪时晴帖》竟不在展出之列。原来台北故宫博物院为保护书画珍品，防止加速老化，特选出时代久远、纸绢状况较脆弱、在艺术史上具有代表性的七十件作品辑为"书画精华"，每年选择部分作品轮流展出。王羲之的《快雪时晴帖》和《平安何如奉橘三帖》列为七十件精华珍品中前二位，可见其"书圣"的崇高地位。关于王羲之《快雪时晴帖》幸未散失并平安到达台北有不少美谈，那志良著《典守故宫国宝七十年》和吴瀛著《故宫尘梦录》都有涉及。《故宫尘梦录》第十一章《扣留书画，放出元宝》中有一段生动的记载：

> 这时已经是 11 月 17 日（1924 年），当日清晨将清室从前的警卫队解散完毕，由鹿司令派所部步兵代任警卫。溥仪夫妇以及两老妃的应用器具、衣服、物品，夹带一些珍珠宝贝都运出去了，仅仅在溥仪

的铺盖之内，发现了一件所谓"三希"之一的王羲之《快雪时晴帖》，同一件仇十洲画的《汉宫春晓图》，不客气地扣留下来，其余的都放走了。

如果当年被溥仪带出宫去，《快雪时晴帖》不知会是什么样的命运。

台湾之行，可惜"三希堂"中在台北的唯一"一希"还是未能看到，实在遗憾。所幸那年台北故宫博物院轮展的十六件书画精品中，王羲之的《平安何如奉橘三帖》尚在展出之列，并提供了与其相关的资料，独辟专室供观众观赏。此帖也是三帖合成一卷，北宋初年藏驸马都尉李玮家，有"李玮图书"收藏印。后入宣和内府，再绍兴内府，明清为项元汴及京口张氏、笪重光等所藏。入清内府未受重视，《石渠宝笈初编》著录列次等，《三希堂法帖》亦未收入。现藏于台北故宫博物院，先后放入《故宫法书》《晋王羲之墨迹》等。不管怎样，看到了王羲之的另一件珍品，也算不虚此行，难得，难得！

说到观帖，还有一件憾事。去年上海博物馆从海外收购的宋《淳化阁帖》最善本，展出轰动一时。《阁帖》第六、七、八为王羲之书，计四册，其间多处枣木板横裂纹、银锭纹粲然可鉴，为信实可靠的北宋原刊拓本。那次因公务繁忙，我未能赴上博观看。这次专程去上博看"中日古代书法珍品展"，除王羲之的《丧乱帖》之外，日本方面还特地带来了他的《孔侍中帖》《定武兰亭序》（吴炳本）、《十七帖》和王献之的《地黄汤帖》等，观者真是眼福不浅啊！其实王羲之还有一帖在日本，即《游目帖》，亦属唐摹本，纸本草书。有"绍兴""此外何求""正谊书屋珍藏图书""乾隆御览之宝"等印，清时藏内府，历咸丰、同治，赐恭亲王。后流入日本，安达万藏氏收藏，内藤湖南有跋，二次大战时在广岛毁于原子弹。

《丧乱帖》也是三帖合一（东京官内厅三之丸尚藏馆藏），共有十七行，首八行为一通尺牍（《丧乱帖》），第九行至十三行乃一行一行之断简（《二谢帖》），第十四行至末行另成一通尺牍（《得示帖》），帖名取自起始之语言。原为卷子，现改装成轴，典型日本式装裱，极为

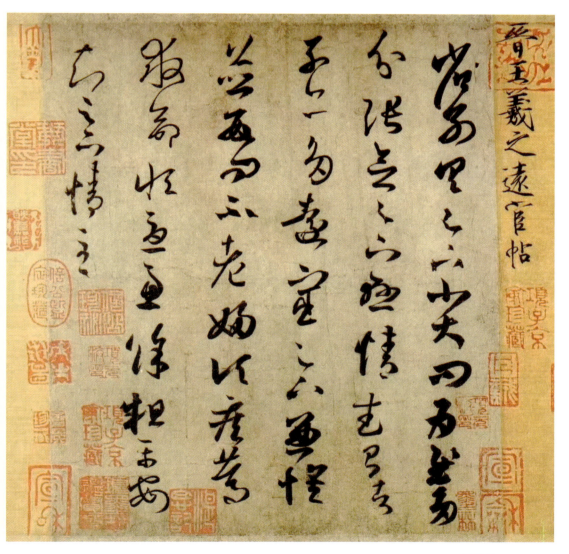

远官帖
东晋　王羲之

精美雅致，与书法浑为一体，不火不俗，虽有玻璃相隔，仍能感受到一股书卷之气扑面而来，这是近现代书法作品无法感受到的。《丧乱帖》虽属唐摹本，但文书俱妙，文笔优美，淋漓酣畅，笔势精妙，结体多欹，书体章法疏朗自然，质朴无华。全帖气韵不凡，枯润有致，潇洒跌宕，不愧为一件煊赫海内外的名迹，实属王羲之的典型之作，真正体现了其晚年书风的神采。相传唐太宗极爱王羲之书法，在位时不惜重价在全国搜罗王羲之真迹，并请高手勾摹复制，以便流传。不仅如此，太宗还在《晋书·王羲之传》中作赞辞云："所以详察古今，研精篆素，尽善尽美，其惟王逸少乎！"如此厚爱，真是前无古人，后无来者。《丧乱帖》在唐代就传入日本，盛行的说法是由鉴真和尚东渡日本时带去的，它的右方纸缝间有三方铭有朱文"延历敕定"的印记，昭示了其作为延历御府秘藏的文物地位。延历相当于唐德宗建中三年至唐顺宗永贞元年（782—805）。据日本《支那墨宝集》记载："此幅久藏御府，后西院天皇崩后，购于尧恕亲王，亲王为妙法院教皇，经该院保存至今，后献帝室保存。"众人所知，王羲之的字迹，如今存世仅二十余幅，几乎都被证明是后人的摹本。相比之下，日本宫内厅所藏《丧乱帖》最具晋时古意笔风，实属真迹下一等绝品了。

　　千年瑰宝得以重返祖国，可谓奇事，更可谓盛事。三十三年前我在上海参观"中国古代书法展览"初知《丧乱帖》时，曾想这辈子怕不能见到珍品了，如今梦想成真，岂不令人感激而涕零。兴奋之余，我在思考一个问题：观《丧乱帖》时的心情为什么出乎寻常地平和？我从头至尾注目欣赏，一遍又一遍地观看，一遍又一遍地体会。王羲之一代书圣，其神品如此平和，个性如此沉静，书卷之气盎然，难道这就是书圣的真谛吗？千百年来为历朝帝皇所喜欢、为历代文人所歌颂的，不就是书圣的人格品质和书体的卓然风姿吗？书法的内涵应在书卷气，历览古今书法家，从王羲之到颜真卿或是张旭，从苏东坡到黄庭坚或是金冬心，都从读书中来。只有以读书人的功夫打进去，才能以读书人的气质走出来，带着盎然的书卷之气，贯注到书法创作的全过程，作品自然也就洋溢着文人气息了。黄庭坚对苏东坡的书法就是这样评价的："学问文章之气郁郁芊芊，发于笔墨之间，此所以他人终莫能及耳。"苏东坡如此，王羲之又何尝不是如此呢？

书圣王羲之之所以成为书圣，不仅在于其书法本身，还在于其人品之高、其心境之平、其气质之雅，包含了文化、个性、情感、意境乃至哲学的深刻内涵。《丧乱帖》是王羲之晚年书法作品的典型，这件唐代摹本惟妙惟肖，最接近原作风格，体现了书圣的艺术功力和人格魅力。对此帖的艺术成就无论如何评价都不为过，其意义无可量也。《丧乱帖》这一书法瑰宝，去国千年，归省十日，国人得以一睹芳华，吾辈得以一解梦怀，当谢好事者。

风流蕴藉承千载

"春未老，风细柳斜斜。试上超然台上看，半壕春水一城花，烟雨暗千家。"江南如画，或许就是这满眼的秀水灵山、烟雨繁花、亭台楼阁，孕育了一代又一代彪炳千秋的江南画家。当我们将江南绘画史的长卷缓缓展开时，绵延于太湖之滨的无锡画脉瑰奇的一面跃然而出。

千年荣耀　多彩华章

二十世纪六十年代，故宫博物院举行过中国古代十大画家传世名画展，其中竟有三位无锡人，分别是东晋顾恺之、元代倪瓒和明代王绂。古代十大画家，太湖之滨的无锡竟占其三，对于无锡画史来说，这无疑是无上的荣耀。

自晋以降千年间，这三位开宗立派的绘画大师，在中国绘画史上的地位之高、作用之大，毋庸置疑。

无锡画脉始自顾恺之。而对于中国绘画史来说，顾恺之的出现也是一个节点，之前的画家大多只是工匠，而其后的中国画坛上，千百年间，士大夫文人次第走向前台。

顾恺之（约345—406），东晋时无锡人，人称"才绝、画绝、痴绝"，尊为"画圣"。顾恺之擅作佛像、人物、山水、走兽、禽鸟，尤擅点睛，自言"四体妍蚩，本无关于妙处，传神写照，正在阿堵之中"，认为画之精妙不在形体而在内在精神气质。顾恺之作画，善用文人的睿智来审察题材，画作富有思想内涵，在当时享有极高声誉，谢安曾惊叹他的作品是"苍生以来未之有也！"唐张彦远评其画："紧劲连绵，循环超忽，调格逸易，风趋电疾。意存笔先，画尽意在。"顾恺之提出的"迁想妙得""以形写神"等著名论点，对后世中国画创作气质和美学思想的发展具有深远的影响。他的"传神论"，奠定了中国画以写意为主线的绘画思想。而形与意的关系，正是中西方绘画分野之所在。

女史箴图
东晋　顾恺之

倏忽千年，画圣顾恺之的身后，又一位无锡画坛宗师飘然出世，这就是倪瓒倪元林（1301—1374）。诗分唐宋，画有宋元。宋人尚法，元人重意。宋代流行的以董源、巨然为首的写实主义风格自元为之一变，"士夫画"开始流行，元代至清末，文人画渐成主流。陈衡恪认为，"文人画有四个要素：人品、学问、才情和思想，具有四者，乃能完善"。文人画标举"士气""逸品"，崇尚品藻，讲求笔墨情趣，脱略形似，强调神韵，重视文学、书法修养和画中意境的缔造。它特有的"雅"与工匠画和院体画所区别，而独树一帜。

与黄公望、吴镇、王蒙并称"元四家"的倪瓒，号云林子，他诗书画三绝，其绘画开创了水墨山水的一代画风，画法疏简，格调幽淡。作品多画太湖一带山水，多以干笔皴擦，笔墨极简，所谓"有意无意，若淡若疏"。作为元四家的代表人物，倪瓒在士大夫的心目中享誉极高。明何良俊云："云林书师大令，无一点尘土。"明代江南人以有无收藏他的画而分雅俗。倪云林以其独特的平远山水、疏朗静谧的简约气韵，别开生面，在中国绘画史上开创了前无古人、后无来者的艺术高地。其绘画实践和理论特点，对明清数百年画坛有很大影响。

正是自元四家始，中国画不再仅仅是对自然的描摹，而是主观意念对客观的反映，这种反映是客观的，更是主观的，它是画家个人精神世界的精微体现。不仅倪云林是这样，与他同时代的著名画家也是如此。大家熟知的被誉为"画中兰亭"的黄公望长卷《富春山居图》，看似表现浙江富春山一带自然风光的巨制长卷，其实更是画家心灵深处丰富的人文情怀和哲学思考的体现，是一部饱含人文精神和自然情趣的山水画卷。

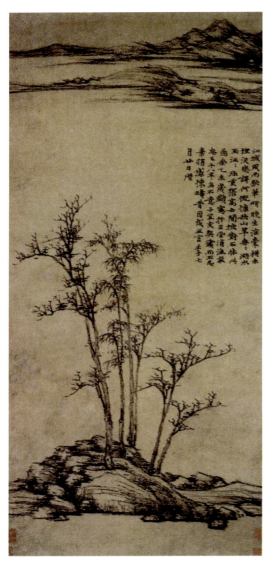

渔庄秋霁图
元　倪瓒

倪瓒曾自题其画竹云："余之竹聊以写胸中逸气耳，岂复较其似与非、叶之繁与疏、枝之直与斜哉！或涂抹久之，他人视以为麻为芦，仆亦不能强辩为竹，真没奈览者何。"（《题为张以中画竹》）这是一段具有代表意义的文人画论。而所谓"逸笔草草，不求形似，聊以自娱""聊写胸中逸气""有出尘之格""意态毕备，而庶几自然"的绘画观完全是顾恺之"传神论"的发展。

倪瓒与顾恺之，两位相隔近千年的无锡人，在中国画史上遥相守望，这是古代无锡对中国绘画史最大的贡献。

晚于倪瓒仅六十年的王绂（1362—

杨竹西小像
元　倪瓒　王绎

1416），博学，工诗歌，能书，画山水竹石，妙绝一时，尤以画竹被誉为明朝第一。王绎师法元四家，尤以王蒙、倪瓒为主，其画风幽淡简远，继承了元人水墨山水画法的传统，他的山水高古苍郁，兼有王蒙的苍郁和倪瓒的旷远，对后世吴门画派的山水画有一定影响。王绎的画品极高，文徵明在《湖山书屋图》题跋中说他"人品特高，能不为艺事所役，虽片纸尺缣非其人不可得也"。他不轻易为人作画，用金钱索画者更是拒之于门外，因此王绎传世的作品极少。

上述三位由晋至明一千多年间无锡画家中的巨匠，他们的艺术和理论一脉相承，对中国画的发展做出了重要贡献，同时也说明了无锡的画脉在实践与理论上都走在时代的前列。古代无锡画坛上，三位巨匠卓立千古却并不寂寞，在其身后，这片传承深厚的画坛土壤上，无锡画界厚积而薄发，一个灿若星河的画家群体华丽登场。

据不完全统计，无锡画家中享誉千古、名播海外的有二十多人，而出类拔萃的则有近两千人。继顾恺之、倪瓒、王绎之后，清代有邹一桂、秦炳文、秦祖永等卓有成就的画家。清末以来，吴观岱、丁宝书、胡汀鹭、徐悲鸿、诸健秋、贺天健、钱瘦铁、顾坤伯、钱松喦、陶寿伯、周怀民、秦古柳、黄养辉，以及吴冠中、程及、杨令茀、方召麐等，这些中国绘画史上的杰出人物纷至沓来，不仅传承了中国画的技法和思想，也积极地创新，影响了国画的发展和中西方绘画的交融。这些画家，有些始终

枯木竹石图
明 王绂
纸本 墨笔

不离乡土创作育人，有些则走出无锡，对一些画派的产生和成就做出了重要的贡献，如钱松喦等。而徐悲鸿、吴冠中等人，他们将中国画与西洋画进行了探索性的结合，对东西方艺术的交流做出了贡献，也为西方人认识中国画架起了桥梁，成为绘画史上的一代巨匠。

　　毫无疑问，在顾恺之、倪瓒和王绂之后，无锡画坛又为中国绘画史增添了浓墨重彩的一章。

群而不党　特立独行

由晋及明，无锡画坛在巨匠的薪火相传中代代传承，而清末以来，无锡画坛终成燎原之势。

清末以来的这个画家群体，自吴观岱（1862—1929）始。吴观岱少时即以画称于乡里，壮年得到了同乡廉泉（号南湖）的帮助，去北京增广学识，饱览历代名画，尤其对廉泉收藏的石涛作品细心揣摩，取法乎上，得益匪浅。后又由廉泉荐入清宫如意馆当供奉，曾为光绪帝绘课本故事。回到无锡后，被誉为"江南老画师"。无锡画家诸健秋、杨令茀、秦古柳等均出其门下。由于当年眼界广阔，因此他的画风不同于周边地区"四王吴恽"的泥古，而倾向于青阳、白阳、石涛、八大的洒脱超妙画风，变古开新，成为首开风气的人物。宣统三年（1911），文明书局出版有《吴观岱南湖诗意画册》，影响颇著。贺天健曾说："我们无锡是最早摆脱四王吴恽的先驱者"，"归根到底是我们无锡人首先向徐天池、陈白阳、八怪、二石靠拢的"。这些是与廉泉、吴观岱超越时代的艺术鉴赏力分不开的。

这一时期中，除吴观岱外，又以胡汀鹭影响颇广。胡汀鹭初习花鸟，后兼画山水人物，先后在各地师范及大学教授美术，培养了一批画家。1924年与诸健秋、贺天健在无锡创办美术专科学校，后又与贺天健组织锡山书画社。曾在吴观岱和胡汀鹭指点下成长起来的画家，不少都青出于蓝而胜于蓝。诸健秋（1891—1965）早年师从父亲诸海萍，后师从赵鸿雪画人物，30岁又师从吴观岱，技艺日进。他擅长山水人物，对元四家及吴门画派深有钻研，其画风苍润清丽，淡雅天真。

秦古柳（1909—1976）12岁就师从吴观岱，14岁能作山水长卷，长期潜心宋元古画，又能于石涛、八大中继承衣钵，笔墨功力老到而全面，画意酣畅俊逸，清境绝尘，现代一批优秀画家出自他的门下。

这个时期的无锡画家，虽有师徒名分，却也亦师亦友，而且相互影响，转益多师，吴观岱、胡汀鹭、诸健秋、贺天健、丁宝书、钱松喦、秦古柳、

钱松嵒画作

王云轩等，盘根错节，一时俊彦蔚为壮观。在这些画家中，对海派画坛卓有贡献的，有贺天健、钱瘦铁、顾坤伯等。

历数这些杰出的画家，我们会产生一个疑问：近现代的无锡画家辈出，在美术教育和风格创新方面都称得上是中国画界的渊薮，然而，无锡处在周边吴门派、虞山派、海派、金陵派等各流派之中，又不乏大画家，却不以派称世——没有提出本地的流派，这很值得我们思考——是水准不够还是人物不众？是无人号召还是分歧太大？是风格各异还是门风不振？而各种疑问的解决，最终仍须回到地域文化的特征上，才能有所领悟。

这是一个地域文化命题。

著名史学家钱穆先生有一段十分有见地的话："各地文化精神之不同，究其根源，最先还是由于自然环境有区别，而影响其生活，再由生活方式影响到文化精神。"这句话足以解释许多文化现象，也足以解释环境、生活、艺术的关系。纵观无锡的画史，尤其披览近百年以来无锡绘画界名家辈出而又天马行空的气象，我们更是对钱穆这句批语有着深刻而亲切的体悟。

"太湖佳绝处，毕竟在鼋头"，这是郭沫若先生对太湖风光的赞美之辞，我想用来评价无锡一地绘画风格的形成历史和所作的贡献也是合适的。无锡位于国之东南一隅，南临太湖之梅梁湖，北枕江阴之扬子江，江南第一名山为其山脉，风调雨顺，物产丰富，可谓人杰地灵。考察无锡的画史，不由得慨叹这片风流蕴藉而又清奇特立的土地，人才辈出、风格多样，无以名状。从这里走出的人物，能成为某一流派的开山宗师，或是开创一代风气的巨匠，但无锡的画界仍不以流派为念。这似乎是一种潜在艺术理念的宣读。这种开放创新的气派、无拘无束的做派，恰如太湖的气象万千，变幻莫测，又如太湖的包孕吴越，广大宽容。

中国历史上的文明辐射交融，对无锡而言，最重要的有两次。第一次是永嘉南渡，第二次是南宋南渡。这两个不平稳的朝代，恰恰是文化极其自由的时代，也是中国文化史上的两次高峰。尤其是宋代以来，江南农耕文明非常先进的无锡地区没有经历过长期的战乱，又远离中原的政治旋涡，南迁的知识群体带来了文化的交流，在这个水网纵横、交通便利的平原地带，文化的传播和培育十分便捷。到了明清，这一带已成为一个在中国文化史上有着特殊含义的地域——江南。江南，意味着富庶、安闲、秀美、文雅，这是中国文化史上一片郁郁乎文哉的所在。

过去五百年来，中国的文人艺术几乎都与这片江南土地有关。文人画、园林、昆曲、古琴、紫砂壶、明式家具，都在这片富庶安闲、文人荟萃的土地上得以生根发芽、开枝散叶。在物质生活丰富之后，人们的精力和才华自然会转移到精神生活层面，而且不独文人阶层如此，"舟到梁溪莫唱曲"，说的是无锡昆曲家班水准的高超，而直到现代，作为下层民俗艺术的无锡惠山泥人，仍保留着昆曲戏文的泥塑题材，由此可见一斑。

无锡地处水乡，交通便利，大运河贯城而过，古代的漕运在此集结过境，到了清末又有铁路开辟，不久无锡又设为商埠，官员、文人、商人南来北往，带动经济的同时，也使得文化交流成为可能。清末以后，无锡经济出现了腾飞，民族资本主义在这里生根成长，使得无锡从一个小小的江南县城迅速成为工商业发达的近代城市，在以薛氏、杨氏、荣氏工商业家族为代表的开放思潮影响下，无锡文化走出了闭关自守的时期，目光远大，心胸开阔，已成为普遍的民众素质。而无锡士绅与外地如北京等城市收藏绘画界的关系，以及当地收藏家的积累，使得无锡画家得以有人际关系和交通便利去学习古今名画，开阔眼界。

经济的腾飞也刺激了绘画的艺术市场。大户人家悬挂、欣赏书画在无锡非常普遍，并不为文人家族所特有。近代无锡经济繁荣，那些士绅出身的工商业家对书画的喜好，让他们成为书画作品的购买者和收藏者。不要说乡绅人家都在中堂悬起古今名家的画轴，就是小户人家，也必以悬有乡贤作品为荣。再普通一些的，即使是行画，以今日的眼光看，那种民俗风味极浓的画风，也不失其价值。民众普遍的审美需求，同样也是近代以来无锡绘画繁荣的一个背景。

可以说，近代无锡画家群体的出现，既离不开历史的积淀，也与晚清以来无锡经济、文化的空前发展有关。而开放包容的社会氛围，还赋予了无锡人更多崇尚自主自由、积极开拓创新的性格特点。古人云"君子群而不党"，明代无锡的东林书院，在高攀龙、顾宪成影响下，讲学议政，轰动天下，但他们仍然群而不党，所谓的"东林党"，只是外人和后人对他们的概括，他们自己并不承认有此一"党"，他们的凝聚，只在对天理、纲常和学问的认同上。群而不党、特立独行的地域性格，也同样反映在文化层面。艺术家们由于个性的差异和对艺术理解的差异，特立独行，各树一帜，并不拘泥于一门一派。陈寅恪语"独立之精神，自由之思想"，也可以引为无锡文化的一种诠释。

　　这种地域文化现象，在无锡的其他学科和艺术门类中同样如此，在无锡的艺术史上，唯有琵琶出现过华秋苹的"无锡派"。无锡派地位虽高，然而转瞬即逝，迅速成为琵琶艺术发展的营养，融入在新的风格之中。这充分体现出了无锡人坦荡、包容的文化态度。

吴冠中油画《根》

　　事实上，从更大的时空坐标来看，清末以来的无锡画家群中，徐悲鸿、钱松嵒和吴冠中是超拔其中的巨匠，他们鲜明的艺术风格熔古铸今，对于中国绘画史的意义，已经远远超出了流派的层面。

千年风流　终归一脉

　　千百年来，尤其是近现代，众多无锡籍画家从画脉兴盛的故乡出发，带着兼收并蓄的开放心态走向全国乃至世界，成为中国画界的中坚，如今，其作品分布在海内外各博物馆和私人收藏家的手中。这些跨越古今的累累硕果，充分印证了无锡画脉的昌盛，可谓弥足珍贵。

　　如今，北京故宫博物院、台北故宫博物院、上海博物馆、辽宁省博物馆、南京博物院、浙江省博物馆、安徽博物院和苏州博物馆、扬州博物馆、镇江博物馆等二十三家博物馆均收藏有历代无锡籍著名画家的作品，共计有倪云林、王绂、邹一桂、吴观岱、徐悲鸿、钱松嵒等六十多位画家的一百八十一幅作品。这些馆藏无锡籍画家作品之多、年代跨越之长、所藏作品之精、艺术地位之高为海内罕见。北京故宫博物院所藏倪云林的作品无论数量还是品质都是极高的；辽宁省博物馆藏王绂山水画卷和秦祖永山水册页也极其精到。而北京故宫博物院藏王绂《墨竹图》，其艺术水准不在元四家之一吴镇之下，吴湖帆题鉴称之为"名贵罕见"；辽宁省博物馆藏王绂山水画卷《湖山书屋图》，是王绂应好友之邀所画，可称元四家之首黄公望《富春山居图》的明代版，融黄公望、倪云林于一炉，又不失王绂个人的艺术风貌。而在这些无锡籍画家的故乡，无锡博物馆也保存了一大批无锡历代画家的作品，如元倪云林的《苔痕树影图》、明王绂的《枯木竹石图》、清邹一桂的《五君子图》和秦仪的《芙蓉湖图》等，以及近代吴观岱、胡汀鹭、秦古柳、贺天健等大师的珍品。

　　千年无锡画脉，由画圣顾恺之始，倪云林、王绂、邹一桂、王问、秦炳文、秦祖永、安绍芳、谈志伊、安广誉、严绳孙、赵鸿雪、吴观岱、

丁宝书、胡汀鹭、徐悲鸿、钱松喦、秦古柳、贺天健、诸健秋、陈旧村、陶寿伯、杨令茀、周怀民、尹瘦石、钱瘦铁、顾坤伯、方召麐、杨建侯、黄养辉、吴冠中……历览无锡从古到今的画家作品，几乎看到了整个中国绘画史的发展历程，由无锡画脉一以贯之的无锡籍画家分别代表了中国画在各个历史阶段的各种画风和思潮，也代表了古今通变、中西交流的历程。

潘天寿先生在他所著的《中国绘画史》中说："石田翁（沈周）亦曾谓倪迂淡墨为难学，宜乎三百年来，云林一派，杳如空谷传音。浙江诸公，仅能得其简疏一端，而别开新安一派耳。"无锡一地因倪云林独树一帜，其画坛后学者，虽没有出现所谓的"新安一派"，但倪云林开创的简疏淡雅的水墨山水画风，深深地影响了明清至民国年间的无锡及太湖流域的画坛，产生了一批杰出的画家。

"春雨春风满眼花，梦中千里客还家。白鸥飞去江波绿，谁采西园谷雨茶。"这就是倪云林梦里的江南，也是数以千计无锡籍画者的故乡。漫步在五里湖岸，晨霭暮烟之间，一幅云林山水在造化中呈现出晴雨荣枯变幻的画境。一片万古清寂，这是倪云林画笔最后的归宿，也是众多无锡籍画者记忆中永不磨灭的精神家园。相隔万水千山，抑或身处他门别派，太湖之滨故乡的山水气韵、人文气质，都会在他们的画作中留下永恒的印记。

千年风流，终归太湖一脉。

腕底烟云笔底山

不求闻达　但愿清逸

　　"严克勤水墨画展"在中国美术馆落幕不久，《中国当代名家画集·严克勤》卷也即将由人民美术出版社付梓出版。一年之内，在中国美术的最高殿堂举办个展，又入选荟萃中国当代绘画名家的"大红袍"丛书，对于我这个并不以绘画为业的圈外人来说，可谓是莫大的鼓励，且更是一种鞭策，表明我经过数十年来的孜孜不倦，不懈以求，终于在壬辰年攀上了一个新的台阶。这一切，于以绘画为终身职业追求的业内人尚难以企及，却实实在在发生在我的身上，每念及此，我都要感谢那些关心鼓励我的师长与友人。

　　从事绘画经年，却始终是"余事"。于我而言，绘画阴差阳错未能成为职业的选择，却成为我人生的一种态

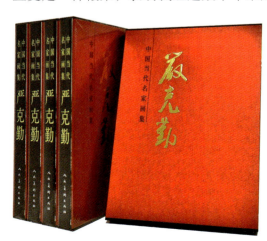

《中国当代名家画集·严克勤》卷

度：不是我社会角色的全部，却是我生活中"不可须臾离"的重要部分。在这个变革和发展的时代里，一向笃信"命为志存"的我自当承担更多的社会责任，但在案牍劳形之余，在时间的缝隙里，作为一种充满文化意蕴的自我调节，绘画更契合我的心灵和趣味，使我的生活有"游于艺"的质感。作为"余事"，我泼墨涂写时心态是放松的，心境是平和的，心绪也是格外舒畅的，借用朱屺瞻先生的话，其实是"白相相，瞎搨搨"，把玩而已矣。

这种把玩的态度，对我来说其实关乎绘画的灵魂。所谓"文章本天成，妙手偶得之"，绘画不光是一线一划的技术活，更是自我审美观和艺术观的自然流露与释放，凝聚笔端的有情思，有才识，更有那说不清道不明的感觉和意绪。邵大箴先生评说我的画："相当有格调、很雅致。水墨画很有灵气。主要来自两点，一个功力，一个修养。""修养就是有格调有趣味。"我没有受过专业的美术训练，这自有遗憾，但由此少了许多条条框框，多了几许心性的自由洒脱，更可跳出三界之外，感受到人生别样的风景。由此联想到诸多所谓专职与业余、方家与票友、学院派与非学院派之辩，如观西方艺术或美术，或有其分野，可在具有几千年悠久文化传统的中国，以此界定一个画家的文野雅俗似乎有些狭隘。就传统中国画尤其是文人画而言，其渊源可上溯到宋元，早已是叶茂根深、弦歌不辍，所谓"江山代有才人出"，在美术史上留下不朽印记的大家灿若星河，但又不都是出之于"专业"或"学院派"。况且中国现代美术教育不过百年，较之数千年流淌的水墨气韵，这百年不过短短的光阴。我无意对此作出评论，只是以自己对中国绘画艺术固有传统的尊崇和传承，来探求水墨的精神内核。

陈衡恪认为，文人画须具备四个要素："人品、学问、才情和思想"，而这也正是中国传统文人士大夫的立身之本。对艺术追求和人格修养二者关系的发现与认可，是传统文人对画家艺术水准评判的界尺。中国悠久的士大夫传统，使仕人和知识分子几乎融为一体，而历来的考官制度，又将现代人视若闲趣的琴棋书画，作为仕人基本的文化修养和人生追求。

历史上的诸多书画大家，大多都曾为官，既有官至尚书的董其昌、王铎，同为中书舍人的苏东坡、王绂，又有"七品芝麻官"、当过县令的郑板桥，等等，但真正让他们名垂青史的，还是他们的书画。文脉久远，艺术常青，此言不妄。有方家论及拙作，"严克勤对于文人画创作方式的回归，并不止于传统文人画的意向式观照方法，更在于在后现代社会图景中获得一种心理与精神的寄寓"，正是这种寄寓，成了我与古人进行时空对话和心灵沟通的一把密钥。

中国传统文人画须有功力，但更仰仗修养、品性与天赋的灵性。我生长于太湖之畔，吾乡向来为人文渊薮、文物之邦，钟灵毓秀，历代圣手大家辈出。就画家而言，远追顾恺之、倪云林，近接吴观岱、钱松嵒、徐悲鸿、吴冠中，均为一时俊彦，一代宗师。而"暮春三月，江南草长，杂花生树，群莺乱飞"，天然造就的美景，山水构成的画卷，在晨昏晴雨、四时变幻中，愈加生动多姿，仪态万千。更兼云林"逸笔草草，不求形似，聊以自娱"的境界、简约清逸的风尚陶冶历代，定义了江南绘画的传承。千古高风，孰能继之？在这样自然与人文的背景下，在这样文脉和气韵的浸润中，先贤的流风遗韵、道德文章，对我来说虽不能至，却朝夕思慕，心向往之，自然而然会流于笔端。

就画事而言，明季以降，有北派南宗之说。南方诸流派，无论吴门还是四王，总是灵秀有余，张力不足。然近代诸多大家兼收并蓄，潘天寿、吴昌硕等画中亦有大开大阖的张力，陈衡恪、齐白石的作品亦显灵秀妩媚的气韵。画家有乡土地域的归属，但成就大家者必外师造化、中得心源，从鬼斧神工的自然造化汲取充沛的养分，从源远流长的传统文化提升自我的修养，更从心灵的深处体察感悟，并借笔墨展现自然山水之气度，抉发大千世界之微妙。藉此见识胸襟，北派之"势"与南宗之"秀"汇注于笔端，给人以美的启迪。

习画作画四十载，不觉已年过半百。这些年经历的风风雨雨不仅是我人生的财富，亦对绘事大有裨益。陆游有诗云"汝果欲学诗，功夫在诗外"，身体力行的实践、格物致知的探索、情理交融的感悟，终会带来画品的升华。正因为公务繁忙，在绘画之道上我更惜时如金，从不放弃任何一个学习、品鉴、聆听的机会。"读万卷书、行万里路"，游历山川、遍访名家，神交古人、切磋友朋，滋养心灵、乐在其中。其后心摹笔写，在繁杂的工作之余，抓住一切可能，展纸泼墨，拈笔成文。通过艺术和思想上的修炼，来提升自我的修养与功力。李可染曾语"废画三千"，于我而言有形的废画不多，而心摹意揣的无形废画又何止三千。这些年我注重融汇古今之变，品味人生百态，从纷繁的世象和跌宕的人生中体察、揣摩、感悟，通过心灵的沉淀和提炼，涵泳生成一种气度，由此意在笔先，一旦有悟，辄研墨挥毫、怡然有得，不亦乐乎。

让我欣慰的是，中国传统水墨对生命的体察与感悟，我虽不能尽得堂奥，但已领略其中的精妙和神采。我将无悔无怨，继续沿着艺术和梦想的路标前行，不求闻达，但愿清逸。

梦回唐朝

　　我对唐诗一直保持浓厚的兴趣，从青葱岁月到双鬓染霜，常有暇就品读吟咏。爱其诗句洗练，含义隽永，蕴不尽之意在言外，如品橄榄，回甘无穷。读诗品诗，不但可以获取丰富的文学知识，更能够得到怡情悦性的精神享受。一部《唐诗三百首》置诸案头，百读不厌，常读常新。后世画家受唐诗影响尤为深广，特别是文人画兴起之后，书画家落款题跋常常借用与画作意蕴一致的唐诗，兴之所至，信笔拈来，诗画相济，即成妙构。

　　这与中国的文化传统有关：诗、书、画追求的是随性率意，直抒胸臆，一派天趣，气韵生动。文人画在笔墨上往往以"逸笔草草"的写意形式来表现，在题跋上以唐诗来抒情怀添雅趣，也是相得益彰。甲午盛夏，我蜗居陋室，辄藉唐诗以遣日消暑。湖光山色，翠嶂连绵，曲径环绕，长浪拍岸，层波叠影，朝晖夕映，万千气象。春夏秋冬，四时变幻皆精心营构又顺乎天然，如此美景契合唐诗意境，于是创作唐诗写意画六十开，同道师友见之怂恿我结集付印，我亦以此卷而自观焉。

　　传统绘画自宋元以降重在写意，近年来对传统中国画"写意"与"写生"之论，方家多有轩轾。但我认为传统诗画在技巧之外，是以意境和格调来判定优劣高下的。

　　关于"写意"，前贤有"逸品""逸格"之说。晚唐画论家朱景玄《唐朝名画录》以"神妙能逸"四品论画，"其格外有不拘常法，又有逸品，以表其优劣也"！宋代画论家黄休复也曾说过："画之逸格，最难其俦。拙规矩于方圆，鄙精研于彩绘，笔简形具，得之自然，莫可楷模，出于意表，故目之曰逸格尔。"元代大画家倪云林说得更加直截了当："仆之所谓画者，不过逸笔草草，不求形似，聊以自娱耳。"体会千年古诗，探幽访胜略知大意耳，若挥毫落纸唯有写其意而已！

　　唐诗已成为中华民族文化的一大基因，对现代人而言，要真正领悟唐人诗意并非易事，而要以诗入画，在笔墨间呈现出唐诗的形象与意境，于我更是一个挑战。择选六十首唐诗以绘画呈现，吟咏画意，阐明画理，融入情趣，谋篇布局，美化构图，还要做到所绘景物与诗意相通，所造意境有画外之意，于方寸之间展现万千气象，让赏画者游弋其间，思接千载，观画悟境，视通万里，有所悟有所得，难哉！

雪山寒寺图

但这套画作也没有刻意为之，而是随性而作，记录的是读诗的快乐、笔墨的情趣，是我对唐诗、书画的点滴感悟。我利用业余时间，凝神静虑，泼墨点染，诗画添趣，聊以消夏。明知不可为而为之，虽不能及古人于万一，然心摹手追，唯求不俗。

整个创作过程都是轻松自在的：纯以山水呈现，一诗配一画，意境各不同。我曾创作"鸟语花香"系列、"水墨写意"系列等，此次独醉墨唐诗，寄情山水，枝枝叶叶，片石丛花，皆从传统的森林里捡拾、采撷而来，凝聚了我的审美观念和价值取向，栽种到了现实的土壤中，沐浴了时风时雨。回顾整个阅读和创作过程，可以说自始至终贯穿着一条清晰的脉络：对中国文人画的倾心尊崇、对诗画一体传统的追慕接续，这便是我对中国画矢志不渝的探求态度。

杨诚斋云："万里学书最晚，虽遍参诸方，然袖手一瓣香，五十年来未拈出。"诚哉此言，令人动容。人若能拥有这样的"一瓣香"，哪怕一辈子"未拈出",也是一种极大的心灵享受。我发现,古往今来的翰林诗词之中,这样的"瓣香"可谓俯拾皆是,有的显而易见,摇曳绽放,让人陶然欲醉;有的比较隐秘,甚或被遮蔽,默默孤芳自赏,留待知音采撷。这套画作,可以说是"瓣香集",荟萃了唐诗的"瓣香"。我在品读沉醉之余,想到要和更多的朋友分享,让更多的朋友都沾染到诗画艺术所带来的不绝如缕的"余香"。

　　不知不觉间,花甲将近,鬓须皆白,未知一池浓墨,能染我双鬓白霜否?我虽久经风雨,然痴心不改,常梦回唐朝,偶梦见李杜。倾

心之下，勉力为之，缅怀前哲，辄欲附骥，以舒平生仰慕之忱，以求刹那之芳华！

特记之！

品读方召麐

10月末的无锡，秋意渐浓。周日一早，法国友人戴浩石先生（Jean-Paul Desroches）来访，为其晚些时候在泉城济南有关无锡籍画家方召麐的演讲搜集资料、充实内容。戴先生是法国文化部文化资产总监，卢浮宫艺术学院教授，知名的东方艺术研究专家。身为西人而专于中国绘画研究，对于戴先生，我在讶异及钦佩之余，也不禁想为他的研究稍尽绵薄之力。而作为方召麐先生家乡后辈与仰慕者，我也很愿意花点时间与法国同行作些交流与探讨，何况身兼无锡方召麐艺术研究会会长，更是责无旁贷。

方召麐，1914年年初出生于无锡，2006年以92岁高龄在香港辞世。她一生命运多舛，幼时父亲离世，抗战结束定居香港，丈夫方心诰又意外辞世，留下八个孩子靠其抚养。然而，在追求艺术的道路上，她又是每遇名家，真正站在了巨人的肩膀上。青年时师从钱松嵒、陈旧村，从临摹起步；在香港，她则追随岭南派大师赵少昂，学习岭南派的创作方法；1953年后，机缘巧合，方召麐成为张大千的入室弟子，在大师的指引和教导下，她的艺术天赋和潜力得到进一步挖掘，个人的努力让她最终形成了自己独特的画风。终其一生，国家的悲剧，个人的灾难，幸运与厄运交织，命运的跌宕起伏并没有中断她一生孜孜以求的艺术道路，反而成为她绘画成就的最佳注脚。

方召麐是我一直关注的画家。我关注她，倒不是因为她是中国绘画史上不可多得的女性画家，更多的是在于她的作品中所表现出的对传统的景仰，以及鲜明的个性和强烈的时代感。她历经磨难，性格坚毅，反映到作品中，则呈现出沉厚浑穆的风格，构图雄奇，笔墨刚劲，毫无女性妩媚委婉之气，国学大师饶宗颐称她为"自古女中画家之所未有者"。

她的绘画艺术继承了中国文人画的历史传统，是中国文人画自倪云林而至吴昌硕、齐白石以来在现代的传承者。在艺术生涯的起点，方召麐接受传统的艺术教育，在钱松喦、陈旧村两位名师的指导下，接受传统艺术教育，通过临摹前人和老师画作，学习山水和花鸟的传统技法。从其整个绘画生涯来看，张大千无疑对她的影响最为巨大。在张大千的"可以居"，她研习传统绘画思想，更接触到大量古代真迹，这对她画风的形成是最大的促进。绘画之外，方先生熟读文化典籍，探寻古代文化思想，对历代文物也多有研究，在各个方面都具有深厚的功底。传统文化的滋养，是她艺术成就的起源。

她的绘画风格深耕本土，吸收了大量民间艺术的特点和元素。江南的民俗文化丰富多彩又独具地方特色，方召麐在沉浸于文人画传统的创作实践中，以女性的温婉和细心，发现了江南地区剪纸、泥人、皮影甚至砖雕等民俗艺术的独特魅力，并把她的发现融入到她的创作中，她的画因而充满了生活的情趣。无锡前贤倪云林说"当世安复有人"，他的山水绝无人迹，世间俗物不入云林法眼。而反观方召麐的画作，则贩夫走卒亦可入画。她既有像《静穆》这样意境悠远、远离尘嚣的作品，也有《福地洞天》一类反映世俗、气氛热烈的绘画。而后一类作品，常常饱含画者对生活的炽热之情，画里画外充满了浓郁的乡土气息，色彩浓烈，具有极强的感染力。从齐白石到方召麐，中国文人画由出世而至入世，表现题材得到充分挖掘，瓜果菜蔬以至农夫商贾，均可入画。对江南民间艺术的借鉴和吸收，让方召麐的画既具传统文人气质与品格，又不失生活的童趣和天真。

她的绘画思想积极开放，求新求变成为她艺术生涯始终不变的主线。方召麐一生转益多师，又曾游历世界，行万里路，在欧美学习、旅居多年，创作思想上积极开放。绘画讲究"拙"与"生"的境界，无论古今中外，凡大师作品，概莫能外。这也是为什么张大千看不懂毕加索的画，却能看出毕画"生"的特点。而方召麐的绘画对西方当代绘画大师特别是毕加索、马蒂斯等的手法均有尝试和借鉴。她从巴洛克绘画的抽象线条中看到"拙"的气质，并运用在她自己的绘画创作中。方召麐多方学习，兼收并蓄，她的绘画出自传统，后师从岭南名家赵少昂，再至张大千，则风格大变。刘唯迈评价她"多年锲而不舍，力求创新，三年一小变，十年一大变"。她向当代中外名师学习讨教，将中国绘画传统与西方现代创作方法融会贯通，博采众家之长，至晚年而风格底定，形成用笔豪放、遒劲有力而又天真淳朴的艺术特点。

她的绘画技法以书入画，以书法的刚劲笔墨而得画风的雄奇浑厚。传统文人画的一大特点即以诗书入画，所谓"写干用篆，枝用草书"（柯九思语），体现了中国人独特的造型艺术和视觉感触。先有书法的功底，然后有绘画的成就。方召麐书法多临碑体，尤其是她的魏碑和汉隶颇见功力。因而她的书法刚毅沉厚，线条苍劲，这样的笔法运用到绘画中则形成了她古朴稚拙、雄奇豪放的画风。她中晚期的作品《湖光山色》，如刀砍斧凿，又似巨笔写就，山石如字，字亦如山石，画与书法相得益彰，深得"重、拙、大"的画坛三昧。难怪钱松嵒说她"笔墨雄厚质朴、浑成大方，点染全从造化及书卷中来"。从这一角度，可以说方召麐的绘画成就大半得自她深厚的书法功底。

她的绘画形式独具"方"式基因，呈现鲜明的"方"式风格。方召麐的艺术表现多以满构图为主，画面饱满，色彩浓烈，大异"逸笔草草"的文人画风格，却更接近现代人的审美情趣。她的荷花一反淡墨残荷的传统，而是浓墨重彩，撑满整个画面，表现得极为隆重而又热烈。再如她的《仙游》，线条粗犷，色彩温暖，渔夫、渡船、商家，与山顶的凉亭，一起组成了一幅充满浓郁生活气息的风情画。在她晚年，更喜欢以爱国情绪融入山水画，形成诸如《黄河咆哮》《黄土高原》等传世佳品。她还喜以时事入画，如1995年创作《第四次世界妇女大会》，又如1997年创作《保护我们的环境》，等等，充分体现了她对这个世界的关注与关爱。艺术是心灵的表现，文人画讲究"气清"，也讲究寓情于物，艺术家有什么样的情，他就会画什么样的物。方召麐一生坚韧积极，对艺术、对生活充满热情，反映到她的作品里，就是丰富的色彩、粗犷的线条、满舱的瓜果，还有挑担的农夫。这是她的画，更是她的心性。

古人言，中国画衰年大变，七十始成。文人画不讲技法，而是靠一生的蓄养，厚积而薄发，方召麐类此。她的绘画生涯，风格多变，于无人处开新路，而至晚年得"稚""拙"二字，由平正始，至平正终，是画之最高境界。我以为，对方召麐的艺术成就怎么评价都不为过。她的画是中国绘画史上又一座丰碑，直追齐白石、潘天寿而不遑不让。国内外的美术界、收藏界也已经开始认识到方作的艺术价值，逐渐认识到她在中国美术史上的应有地位。文章最后，我愿用大师张大千的一句题词来表达对方召麐先生的景仰之意："二三星斗胸前落，十万峰峦脚底青。"

百川汇流成沧海

2014年4月至6月，为纪念中法建交五十周年，中国国家博物馆联合法国卢浮宫博物馆、凡尔赛宫和特里亚农宫博物馆、奥赛博物馆、毕加索博物馆、蓬皮杜现代艺术中心这五家世界著名博物馆推出的"名馆·名家·名作"展，其中就有印象派大师雷诺阿等人的作品。2014年上半年，上海还举办了"印象派大师·莫奈特展"。同年初夏，一年一

与法国阿尔卑斯滨海省议会副主席弗莱尔、尼斯市亚洲艺术博物馆馆长杜蒙女士等人合影

度的伦敦苏富比"印象派与现代艺术拍卖夜场"可以说是万众瞩目，上拍四十六件拍品，成交四十二件，成交额达 1.22 亿英镑，创近十年来的新高。据西方媒体报道，买家来源主要在亚洲及俄罗斯等国家。在不久之后举办的伦敦佳士得"印象派与现代艺术"主题晚场拍卖会上，拍品成交率为 67%，成交总额突破 8578.4 万英镑，也可谓完美收官。纽约苏富比"印象派与现代艺术拍卖夜场"上，莫奈的《睡莲池与玫瑰》以 2041 万美元的价格成交，买家为万达集团。该作品完成于 1913 年，是莫奈绘画艺术成熟期的杰作。从这些拍卖行的成交数据可以看出，印象派与现代艺术拍卖因亚洲买家的加入，一改往年行情的颓势，再次掀起一轮交易新高潮。

西方印象派绘画为何受到艺术爱好者和收藏家如此的追捧？它在世界艺术发展史上有怎样的地位？它与中国的传统绘画艺术在精神气质上有没有共通之处？这些都值得关注与研究。

一、印象主义绘画的巅峰：莫奈笔下的光影世界

1. 莫奈其人：法国印象派艺术的集大成者

"印象派大师·莫奈特展"2014 年在上海淮海中路 K11 购物艺术中心展出，人气爆棚，双休日甚至出现排队购票观展的盛况。展览共展出五十五件展品，其中包括四十幅"印象派之父"莫奈真迹、十二幅其他印象派画家大师作品、三件莫奈生前所用物品，全部来自于巴黎的马摩丹莫奈美术馆。这家博物馆以收藏印象画派作品著称，莫奈著名的《印象·日出》就是这家博物馆的藏品，可惜没有出现在此次展览中，因为《印象·日出》在二十世纪八十年代曾被窃，后来虽然追回，但法国政府为此列出了一个禁止出境展出的著名艺术品清单，《印象·日出》即在其中。

莫奈的名字几乎成为法国印象画派的代名词。其实，"印象派"这一名词的由来确与莫奈有关。1874 年 4 月，在摄影家纳达尔的工作室中，

展出了三十九位艺术家的一百六十五件作品，都出自当时尚不知名的画家或雕塑家之手，其中就有莫奈的《印象·日出》。一家周刊的记者用嘲讽的语气评论这一展览，将参加画展的画家冠之以"印象派"这一称呼，带有轻蔑不屑的成分，没料想却开启了法国近现代最重要艺术流派的艺术之旅。莫奈的名字始终与"印象派"紧紧联系在一起，用法国艺术鉴赏家、收藏家菲涅翁的话说，就是"印象主义这个名词乃是为莫奈一人而创造的，而且也最适合他"。

克劳德·莫奈 1840 年 11 月 14 日生于巴黎一位商人家庭，1926 年 12 月 5 日去世，享年 86 岁。莫奈从小喜爱绘画，早年主要画讽刺漫画。1857 年，莫奈遇到了他艺术上的引路人欧仁·布丹，从布丹那里接受了有别于学院派的绘画思想，强调画家对景物的第一印象，尤其注意光线对景物与色彩的影响。他开始尝试绘制所谓的外光画，也就是户外风景写生，描绘同一景物或对象在不同时间及不同光线下呈现的不同面貌，从自然的光色变幻中抒发瞬间的感受，而不注重对象明晰的立体的形状。就这一点而言，便与中国古典绘画的技法有不谋而合之处，当然也有很大差异，传统中国画不重光影，主要看中线条和意蕴，这是审美上的不同旨趣。莫奈在布丹引荐下与巴黎的巴比松画派画家有了接触，这是一个信奉"回归自然"的风景画派，他得到了号称"巴比松七星"之一的特罗容的指点，开始学习素描和人体写生。1883 年，43 岁的莫奈在吉维尼定居，在风景优美恬静的花园住宅里生活创作直至去世。他后半生的大部分画作的题材，在这一他自己营构的花园里都能找到影子，比如，著名的"睡莲系列""日本桥系列""白杨系列"等。在先后两任妻子和大儿子去世后，孤独的画家视力急剧下降，但仍坚持在绘画中排遣寂寞。在去世前一天，他终于完成了《睡莲》大型壁画，壁画后来被安置在卢浮宫旁原法王亨利二世王后的土伊勒里宫中橘园的椭圆形大厅内。1927 年建成的该厅，被誉为"印象派的西斯廷礼拜堂（梵蒂冈教皇的礼拜堂）"，可见其地位之崇高。

印象派艺术的奠基者可能另有其人，如爱德华·马奈，他是法国绘画从古典到现代转折期的精神领袖，对莫奈、塞尚、凡·高等画家产生了很大影响，但只有到了莫奈手中，印象派才走向独立和成熟。莫奈精心构筑光与色的新世界，交织成光与色的交响诗，创作出印象派的巅峰之作，正如罗曼·罗兰所说："他的艺术是一个国家和一个时代的光荣。"

2. 莫奈与他的同道：换一个视角看世界

莫奈的一生有许多良师益友，可以说这些人一路伴随他成为艺术大师。欧仁·布丹是莫奈一生中最初的并且具有关键意义的导师，他对莫奈的教导渗透了莫奈的灵魂。雷诺阿、莫里索、卡耶博特、巴齐耶和西斯莱作为印象派的重要画家成员，都与莫奈有过艺术交往。

法国近现代绘画除了以马奈、莫奈为代表的印象派以外，还有新印象派、后印象派等流派。实际上，虽然在艺术风格和技法上有所差别，但基本都属于印象主义画派或是这一画派的延续，在艺术上有传承、借鉴，当然也有变化。其中新印象派的代表画家有修拉、西涅克、毕沙罗等。至于后印象派，也称"印象派之后"或"后期印象派"，主要的代表画家就是著名的后印象派三杰，以出生年月排列，为塞尚、高更、凡·高，都是与莫奈同时代的人，塞尚还比莫奈大一岁，高更与凡·高比莫奈分别小八岁和十三岁，但他们都没有莫奈长寿，尤其是天才的凡·高，只活了短短三十七年。这三位画家也应当是印象画派中人，但他们的艺术又与其他印象派画家有所不同，当时欧美的艺术评论家就专门发明了"后印象派"这一新名词。这三人的共同之处在于，他们都更多地强调在绘画中表现画家的主观情感和内心世界，这样，印象派所追求的光色效果就变得不那么重要了，他们完全可以凭借绘画时的心绪和感受来描绘客观世界，更多地体现自身的艺术个性和绘画技法的自由度。因此，即使是这三人，他们的创作倾向和风格也不尽相同。后印象派与其说是他们共同的标签，不如说是他们共同的精神追求。也正是这三位大师的创造，开启了西方现代艺术的大门，成为开辟新时代的起点。后来的毕加索的

立体主义、马蒂斯的野兽派、蒙克的表现主义、杜尚的达达主义、康定斯基的抽象艺术、达利的超现实主义、安迪·沃霍尔的波普艺术等等，门派林立，潮起潮涌，共同构成了现代艺术斑斓缤纷的全新版图。

3. 如何欣赏莫奈画作：色彩与光的完美表达

莫奈一生留下了五百多幅素描，二千多幅油画，作品以色彩和光线的精巧运用著称。他从启蒙老师布丹那里学会了野外写生、观察光线、描绘动态事物的技法，也就是即时捕捉光影下的景物并即时成画的本领，这对此后的印象派影响深远。

莫奈是将光线和色彩进行调和的大师，他曾长期探索光色与空气的表现效果，常常在不同的时间和光线下，对同一对象作多幅的描绘，从自然的光色变幻中抒发瞬间的感受。在莫奈看来，物体的固有色彩在不同的光线下会有不同的色调呈现，也就是说物体没有固有色，即使有也充满了变化的因素。莫奈作品所要表现的，正是物体瞬间的色彩呈现。为此，他常常乘着一辆装满画布的马车外出，去捕捉不同光线下的景物。同一个草垛，他画了十五幅；同一座教堂（鲁昂大教堂），他画了二十幅，他对光线、色彩的敏感确实超乎常人。

莫奈在绘画生涯的早期常常处于困厄的境地，他的画风在当时不被世俗接受，作品被官方沙龙回绝，屡屡遭到评论家奚落，这直接造成了他经济上的窘迫。在这样的境况下，莫奈依然坚持自我，凭借顽强的毅力继续创作。直到1886年他46岁时，他的画商丢朗·吕厄在美国找到了他画作的销路，这才使他能够在吉维尼村买地定居，过上相对平稳安定的生活。莫奈在此居住了四十三年，在这座他自己营造的花园里，种花植草，置景理水。他曾经说过一生只做了两件事：绘画和种花。他把精心修整的花园景物一一收纳进他的画作，营造了画里画外两个不可分割又相映成趣的艺术空间。去年上海"莫奈特展"展出了画家的几幅巨幅油画，如三米长的《紫藤》、两米高的《睡莲》等，还有著名的"日本桥系列"，尤其引人注目。

如《紫藤》，近距离观赏，可见画作细部毕现，笔触果断，色彩效果相当震撼。1903 年，莫奈在花园里种下了一株紫藤，它如期地生长并覆盖了亲水花园里的日本桥。于是，紫藤的藤蔓最终滑到了画布的边缘，使《紫藤》这件作品有了不同于睡莲的视觉冲击力，有了卷轴式的表达方式，有了一股清风与东方式的生动气韵，甚至融入了东方情调和类似中国画的笔触，有如水墨画中的大胆留白——这一点应该让所有熟悉中国水墨画的观众惊讶不已。

《睡莲》为莫奈画风的转折点。据相关记载，自 1903 年至 1908 年，莫奈以睡莲为题材一共画了四十八幅画，他本人把这些画取名为"睡莲，水景系列"。这些作品可以说是莫奈一生对光与色表现的总结，也是他晚年最重要的作品。以《睡莲》为代表，莫奈的晚期画作越来越接近所画的对象，画作的尺幅变成方形且是大尺度。画家在画中竭尽全力描绘水的一切魅力，画面是流动的，花朵随流水飘动，直向的垂柳倒影与横向的水塘混而合一，而蓝色的底色似乎比花朵本身的色彩更动人，构图充满立体感和装饰性。

"日本桥系列"作品在莫奈的晚年很重要。1905 年，莫奈在花园里建造了一座日本式的木桥，涂上鲜亮的绿色油漆，他希望通过对这座桥的描绘改变此前印象派绘画灰蒙蒙的调性。这组绘画色彩饱和，有一种迸发的美感逼视观众，构图上也借鉴了日本绘画，更加优雅平静，拱形的桥面与满架的紫藤形成有意味的对比，亲切地表达出莫奈对东方生活艺术的理解：一种与季节变化及时间流逝的节奏之间的亲密和谐。

莫奈晚年，越来越倾向于描绘他的感受；他所看到的东西给予他的感官感受，他要用色彩表达出来。所以，看他的画，可以退后一点，要从整体上感受那种质感和气息。在他笔下，草地、山峦、谷堆、教堂、池子、阳光、空气都成为一个整体，正如 1895 年批评家布劳内尔的评述："莫奈的艺术，已经成为了自然本身。"

二、艺术源流的汇聚与交融：法国印象派绘画中的东方元素

1. 东西方绘画艺术的差异性

2013 年，我在法国参观了著名的奥赛博物馆和卢浮宫。卢浮宫、奥赛博物馆和蓬皮杜中心并称为巴黎三大艺术博物馆。其中卢浮宫是世界上最大最著名的艺术宝库之一，被称为"万宝之宫"，原本是法国的王宫，以陈列西方古代艺术精品为主；奥赛博物馆则被誉为"欧洲最美的博物馆"，专门收藏法国十九世纪以后的艺术作品，尤其以收藏十九、二十世纪印象派画作著称；蓬皮杜国家艺术和文化中心是现代艺术博物馆与"文化工厂"。一天午后，我独自去看莫奈的长卷《花园》，在寒风里整整排队站了两个小时，屏息观赏，莫奈的画，虚实相间，远近相宜，明暗相交，变幻无穷，其画面空间任由色彩和光的精灵所支配，美妙无比，赏心悦目，具有纯粹性以及诗意激荡的空间感，是主观与客观融通通际会的解读，更是时空、超越、涅槃等时空转化的一种有超越意义的觉悟，艺术之花就这样静静地永恒绽放。坐下来慢慢地从几个角度欣赏莫奈的这幅油画长卷，"接天莲叶无穷碧，映日荷花别样红"，一瞬间，我的脑海里不由自主地冒出这样的句子。为什么会在绝对西化的艺术作品中如此强烈地读到了中国古诗的意境，品到了中国传统水墨画的神韵？中西方艺术间为何会有如此奇妙的契合？

我领悟到中西方绘画确实有不同的艺术思维和创作手法，然而，其对自然和美的追求是相通的。有人说，写实和写意是中西方绘画在风格上的主要区别，这话也对，也不对。中国画在宋元以前还是以写实为主，如顾恺之、展子虔、吴道子、阎立本等人的画，直到宋代院体画达到了中国古典写实的高峰，这些画的花鸟、山水、楼阁、人物等都是趋向写实的。但也正是在宋元之际，写意画，也就是文人画开始崛起，这是中国传统绘画艺术的一大革新，而此时，也正是西方文艺复兴运动开始兴盛的时期。文艺复兴上承埃及、希腊的雕刻艺术，重视在一定的立体空间中对物体和对象的精细描摹，也就是对客观事物的精准捕捉和"照相

式"还原，那真是毫厘毕现，惟妙惟肖。文艺复兴时期到浪漫主义，再到新古典主义，不论风格如何演变，模仿自然、坚持以反映客观为尺度的真实感原则始终没有放弃。但西方绘画的写实与中国绘画的写实在文化精神和审美思维上不尽相同，西方偏于外向，中国则重内省；西方是客观呈现，形貌逼真，中国是主观感受，形神相合；西方是宏大叙事，极尽铺陈，中国是婉转抒情，含蓄有致。到了宋元之后，中国的文人写意画不再注重具体物象的刻画，而倾向于用抽象的笔墨来表达人格心情和意境，这就更与西方绘画拉开了距离。美学家宗白华在《美学散步》中说："中国画真像一种舞蹈，画家解衣盘礴，任意挥洒。他的精神与着重点在全幅的节奏生命而不黏滞于个体形相的刻画。画家用笔墨的浓淡、点线的交错、明暗虚实的互映、形体气势的开合，谱成一幅如音乐如舞蹈的图案。"中国绘画至此形成了独立的话语系统和美学思维，具有唯一性和独特性，成为中国人的文化精神和哲学思想的形象化的宣示。到了十九世纪末，随着摄影技术的发明，西方这种古典主义的写实之路有点难以为继了。既然照相术可以轻而易举地还原客观，那么绘画的意义又在哪里？重新定义绘画及其表现方式势所必然，于是，以印象主义为先导的西方现代艺术就应运而生了，在这之后各种流派次第登场，潮起潮涌，无非是用各种方式去寻求艺术表达的种种可能

秋江渔隐图
明　姚绶

性，在探索实践中完成对艺术哲学的反思和更新。在这个过程中，某些西方画家自觉或不自觉地受到东方文化和绘画传统的影响（如浮世绘对莫奈的影响），这样，在印象派大师的笔下出现原本只有中国画才有的神韵与意境，所谓"道归自然，殊途同归"，就不再是不可能的事了。

2. 东方元素对法国印象派绘画的影响

印象派艺术从形成到发展经历了文化的融合，受到东方文化艺术的多重影响，从造型、构图、笔墨、表现策略及审美趣味上都明显受到东方艺术特别是中国水墨画和日本浮士绘的影响，带有许多东方情趣色彩。印象派作为西方近现代绘画的滥觞，不可避免地要寻求自身文化传统之外的艺术风格和审美趣味。实际上，早在十九世纪之前，一些东方的工艺品和绘画作品就漂洋过海，远播欧洲大陆。法国巴黎的国家图书馆就藏有一本约十七世纪末运到巴黎的著名木刻彩色版画集《十竹斋书画谱》。大量的中国瓷器也通过海上丝绸之路引入西方。还有像日本版画（浮世绘，这种版画其实来自于中国元末明初兴起的彩印版画，与我国民间的木版彩印如杨柳青年画很相似，只是反映的题材和内容来自于日本江户时代的民风民情和世俗生活）等其他东方艺术，也对西方绘画产生过一定的影响。

莫奈从绘有日本浮世绘的包装纸上接触到了这一他看来新奇而独特的艺术样式，并产生浓厚的兴趣。晚年，他在花园里建造了一座日本式的木桥，涂上鲜亮的绿色油漆，成为绘画的灵感来源之一。作为狂热的浮世绘收藏者，莫奈住所的房间甚至楼梯走廊上都挂着浮世绘，据说共有二百三十一幅。莫奈画过《穿和服的女人》，画过"日本桥系列"，显然都是在向日本绘画艺术致敬。不仅莫奈，其他如塞尚、凡·高直至毕加索，都对东方文化表现出了充分的尊重和敬意。塞尚的《蓬图瓦兹的加莱山坡》中所描绘的无论是树木、坡地或是天空，以方笔自上而下挥出，以小块面组成大块面，就像中国画南宋时期的斧劈皴法，使之向形式化、几何化的方向发展，以至启发了后来的立体主义等画派。塞尚的一些画作还出现了中国画常见的留白现象，当时的艺术评论家认为这是未完成的画作，实际上，这正是画家的精妙构思，把留白作为整体的一部分，实现了绘画构图造型的一大跨越。毕加索也对中国画始终保持了浓厚的兴趣。1956年，张大千偕夫人徐雯波到法国尼斯港的加里富尼别墅拜访毕加索。张大千夫妇落座之后，毕加索便拿出五大本百余张自己临摹的齐白石作品给客人看。当然张大千事后讲，这些画临摹得很糟糕。但当时，毕加索很认真地对张大千说："我最不懂的，就是你们中国人何以要跑到巴黎学习艺术？"在毕加索看来，齐白石画鱼并没有画水，他却能感觉到鱼在水里游，而齐白石画的墨竹与兰花的意境也是他实现不了的。确实，中国画与西洋画属于不同的艺术话语系统，虽然交流并不容易，但相互之间的对话在一定程度上会产生潜移默化的相互影响，有时这种影响会带来艺术上新的变革。

3. 法国印象派绘画与中国现代美术的渊源

　　法国近现代绘画，包括印象派绘画对中国现代美术的发展极为深远。二十世纪二三十年代是中法艺术的重要交汇期，一大批中国的年轻学子漂洋过海，来到巴黎这一西方文化之都。据统计，从民国初年到四十年代大约有八十多位青年出国学习西洋画，其中留法和留日的各占四成。当时，正是法国印象派发展的高峰期，传统的学院派绘画技术和观念已经衰微，新的印象主义成为艺术审美的主流和时尚的象征，所以，留法留日的画家都深受印象派绘画的熏染。不少画家后来成为引领中国现代绘画的重量级人物，如林风眠、徐悲鸿、庞薰琹、刘开渠、吴作人、吴冠中、吴大羽等，有的就一直留在法国继续他们的艺术创作，并都取得了极大的成功，如与吴冠中并称为"留法三剑客"的赵无极和朱德群。

　　由于这些画家在赴海外之前，已经受过良好的中国文化教育，在自身的文化背景上打上了深深的中国文化烙印，所以在学习和掌握西方绘画技术之后，大多注意将中国传统绘画与西洋画相互交融与借鉴，不断探索西画民族化或在中国画现代化的途径和方法，有成功的例子，也有不太成功的。但艺术本身就是在八面来风的各种思潮、观念的碰撞和交织中不断革新和进步的，无论成功的经验还是失败的教训，都是为后来者"蹚一条路"，让大家在比较、鉴别、取舍中，真正实现艺术精神的升华与回归。

在中国现代画家中，将中国传统水墨与国际现代美术潮流相融合，并取得最高成就的是林风眠（1900—1991）。有人称这位广东籍的画家为整个二十世纪中国美术界的精神领袖。他是国立艺术院（后更名为国立杭州艺术专科学校，简称杭州艺专，即今中国美术学院前身）的首任院长，李可染、赵无极、朱德群、吴冠中、王朝闻等都是他的学生。林风眠在留法期间，受到良好的西洋绘画技法训练，也深受西方印象派的影响，但他一直努力试图打破中西艺术界限，造就一种共通的艺术语言。他的画个性鲜明，有一种淡淡的悲情之美，呈现出浓郁的抒情性和表现主义色彩，被认为是二十世纪实践中西文化融合具有革新开拓精神的先驱之一。还有一位宜兴籍的画家叫吴大羽（1903—1988），也是留法的，就读于法国国立高等美术专科学院，学习西画及雕塑。吴大羽在法国与林风眠等人结识，回国后，应林风眠之邀，一起筹办杭州国立艺术学院，并成为最早的教员之一，担任西画系主任教授。如果说校长林风眠是学校的舵手，那么吴大羽就是其中威望最高的"灵魂"，是杭州艺专的"旗帜"。他始终潜心于中西方文化艺术的新探索，是中国新绘画的拓荒者、中国抽象油画的宗师。深受西方现代派绘画的影响，同时亦具有东方式的哲学思辨和文化积淀，他在绘画艺术上崇尚自由，敢于创新，在色彩和笔法运用上大开大阖，气势恢宏，用情专注，夺人心魄，被誉为"尊崇灵魂和生命的色彩大师"。吴大羽认为，"中西艺术本属一体，无有彼此，非手眼之功，而是至善之德，才有心灵的彻悟"。他说："艺术的根本在于道义。"由于众所周知的原因，二十世纪三四十年代出现的西画现代主义的探索在中国并没有走得太远，吴大羽也长期被排斥于主流美术圈之外，甚至被艺专解聘，失业长达十年，后来虽然被上海美专聘为教授，又成为上海油画雕塑室的专职画家，但

"文革"中受到很大冲击，晚年虽有了画画的自由，却并未得到与他艺术创作相称的声名与荣誉，生前几乎没有发表过他写下的大量文字，也没有举办过一次个人展览，几乎被人"遗忘"，成为画坛的"隐士"。但随着时间的推移，其艺术探索和实践的光芒越来越被人所重视和景仰，他在油画、书法、诗歌和艺术理论等方面的诸多创造，为中西方艺术的沟通与融合开辟了一个崭新的境界，这使他成为二十世纪中国美术界绕不过去的一座高峰。

其实，以西方印象派为开端的现代艺术之所以成为现代文化的主流，其主要原因就在于它找到了一条最能反映人的主观情感、在艺术创作中体现人的主观能动性的最佳方式和途径，这与宋元以来中国文人写意画的思想精髓和审美追求不谋而合，这是一种更加顺乎自然、顺乎人性，

莫奈花园：莫奈工作室

也更为先进的创作方法，所以说这种方法既是古代的，又是现代的。这正是艺术的奥秘所在。

三、殊途同归的审美理想：提升现代人文气质和品格

1. 从哲学和文化的维度看中西艺术审美的流变：万流归宗、一脉相传

中西艺术审美之间的差异背后，揭示出的是深刻的文化渊源和哲学观。中国人这种认识世界、认识自我、认识自然与人关系的思想，在先秦时期就已非常成熟，诸子百家，洋洋大观，为一代代人的生活提供了丰沛的精神养分。比如，中国人有着独特的宇宙观和方法论，《周易·系辞下传》曰："以通神明之德，以类万物之情"，对世事万物的理解总是要顺乎天理，合乎天道，无论是自然秩序还是人文秩序都应当是和谐共生、相依相存的，所以中国人从来就重视事物的关联性，从不就事论事，所谓"看山不是山，看水不是水"，不是山和水本身有什么变化，关键在于看山见水的人的心绪和态度，包含着人自身所处的境遇和人文背景不同，呈现在你面前的世界也就决然不同。这就是"天人合一""物我一体"。在这样的文化哲学观的支配下，中国人的形象思维特别发达，直觉非常敏锐，对外部世界到底是怎样的物质构成、运行规律又如何并不太关心，却更多地求之于己，追求和关注自身的感悟和修养。以这样主观的带有浓厚感情色彩的眼光去观察世界，自然是"天地含情，万物化生"，"意托象外，境由心生"。

因此，中国艺术，无论诗词赋画，都强调物我一律的"自然观照"，可以在山水花鸟、草木鱼虫中窥见自己心灵的投影，触景生情，睹物思人，所谓"感时花溅泪，恨别鸟惊心"（杜甫《春望》）、"我见青山多妩媚，料青山见我应如是"（辛弃疾《贺新郎》）。而西方哲学则以"天人相分"为前提，以逻辑分析为主要方法，带有科学精神和宗教幻想，理性色彩非常强，注重求真、求知，侧重于认识世界，告诉人们世界"是什么"，

核心是认识世界的自然本质和规律。因此，在艺术和审美文化方面就必然注重模仿自然，把艺术的本质看成是对自然的模仿。西方把外在世界作为人的对象，主体站在自然之外去冷静、客观地观察、研究、思考、分析它。这就是西方绘画从自然主义到写实主义的精神源头。法国思想家、自然主义的倡导者卢梭认为，上帝经手创造的东西本来就是尽善尽美的，艺术家最聪明的办法就是模仿它。

随着近代交通工具的更新，特别是现代通信技术的发展，中西文化开始相互观照，在认识对方的同时反观自身，在交流和融通中相互影响、相互渗透，尽管各自独特的话语系统还是根深蒂固地存在着，但谁能说，一切还是那么楚河汉界，泾渭分明？毕竟，已经是地球村的时代了，人们对于美的认识和追求也更加多元，更加丰富。换一种视角，换一种思维，换一种心绪看世界，世界也必然更加缤纷多彩！

守和

2. 从大文化的视角观照中西绘画的异同：水墨写意与印象派绘画

从大文化的角度看，中西绘画的差异有着各自文化背景的深层差异。西方现代主义绘画的产生有着中西方文化交流的因素，但从根本上说，还是来源于西方长达数百年的具象写实传统，是对真实物象光感和色彩的追求，也就是把色彩表现与形象塑造有机结合。当然，相对于古典学院派严整、肃穆，过于程式化、技术化的表达，现代派绘画更多地注入了画家的主观感受和个性特色，体现出画家主观与客观相融相通的创作新观念，具有更大的创作自由度和情感诉求，在视觉上体现出更加蓬勃丰沛的生命气息。而宋元以降，中国的传统绘画开始从院体的画工画向文人写意画转型，这与中国审美文化中固有注重心灵体验的写意传统有关，也与当时严酷的政治文化环境有关。宋朝是中国封建文化发展的繁盛期，但其文化发展的进程很快就被随之而来的异族入侵所打断，所谓"崖山之后无中国"，但传统文化的种子依然在政治高压的缝隙中顽强地生根发芽，只不过表现的方式更加深沉、内省，充满了思辨和哲理的意蕴，中国的士大夫通过这种方式曲折反映内心的情感诉求和精神取向，以形写神，以心照境，情境相融，虚实相生。担负传承和沿袭中国文化精神重任的文人借此寻求与生命、自然对话的渠道和方式，也重新找到了保持内在平衡和提升精神世界的心灵寄托。这种与自然、生命和心灵有关的艺术创作，是超越物质实体的，追求的是雅逸清疏、标格高古、自由洒脱、形随意附，也具有更大的开放度和自由度，这一点就精神取向上与西方现代绘画不谋而合，殊途同归。

因此，概括而言，中国水墨写意与西方印象派绘画确实具有相通之处。首先，两者都是社会发展到一定阶段后，对固有传统的一种革新和突破，是艺术思维和创造精神的一次解放与升华。其次，两者都重视主观和个性，追求个人的感受和意趣，而赋予了绘画更多心灵的色彩和情感的投影，在写意的观念和手法上异曲同工。三是从不同的探索中诠释了艺术的本质就是对美的追求，艺术的最高境界就是"大象无形"。而在这其中，创作者的学养、性情和审美理想、精神品格，决定了艺术创作的广度、力度和高度。

出水曹衣吴带风

　　五一节前，我应邀参加在无锡博物院举行的"吴为山书画艺术展"。吴为山是从无锡走出去的雕塑家，享誉海内外。最近，因为刚建成的国家博物馆创作了大型雕塑《孔子》，而倍受世人关注。临近展厅门口，一尊黄宾虹的青铜雕塑吸引了我的目光。塑像仅三四十厘米高，但身穿棉长袍、架着一副眼镜的他，瘦削清癯，文质彬彬，名士的清雅逸气扑面而来。那是只有黄宾虹才有的气质。虽然，塑像背后高大透亮的橱窗里挂着本次书画展的一号展品，尺寸是塑像的几倍大，但还是压不过那尊塑像的分量。塑像的雕塑手法是吴氏所特有的写意雕塑法，几个块面间简单利索的去舍，棉长袍的质感和脸部的神态便呼之欲出，不再是冷冰冰的青铜质感，而是一位栩栩如生的艺术大师。青铜雕塑之所以能达到如此效果，这尊雕塑背后，雅好丹青的作者那些功力深厚的传统水墨艺术作品便是最好的答案。

　　我与吴为山来往并不算多，但是我们对相互间有关艺术的交流却是彼此珍惜。记得几年前，他应邀来做本埠历史文化名人的雕塑创作，无锡电视台也应邀为这些名人制作一部本埠历史文化名人电视专题片。期间，我们交流对当下艺术潮流的看法，谈对中国传统艺术传承的紧迫感，相谈甚欢。这次吴为山来无锡举办书画展，一见面，他就谈起上次在无锡人杰苑名人塑像落成典礼晚会上我对他雕塑手法创新的评价。记得当时我认为他在创作古代诗人李绅雕塑时一反常用的大写意雕塑手法，而是用一种几何块面的组合来展示人物形象和诗人气质，大胆独到，不同凡响。他说我的评价很有见地，非行家莫属。时隔数年，我当时脱口而出的话他居然记忆犹新，一见面便旧话重提，可见再大的艺术家也会珍视知音。

展览的第二天，我请为山先生一起在青山居喝茶聊天，中午再相约几个好友一起共进午餐。酒过三巡，为山兴之所至，起身就拉着我弄起笔墨来。席间，我们天南地北无所不谈，当然还是离不开雕塑艺术。有朋友谈及国博北门前立孔子雕塑海内外反响很大，加上百日后，孔子塑像又由北门外移置南门园内。坊间对雕塑本身没有太多异议，却对置放之所的变动议论颇多。闻之，为山粲然一笑，未置可否，倒是趁着酒兴将几条他因此收到的短信念与我听。虽未经为山同意，但觉颇有雅趣，便在这里存录数则与看客共飨。一位全国政协很有声望的人士在获知孔子塑像移位后，给为山发了这样一条短信："圣人同于天地在，南耸北立皆仁爱。"于丹教授的短信则是："无论孔圣何处立，为山已有万世名。"为山答曰："孔至春风至，弘教正当时。于论播五洲，文泉涌不止。哲语五千言，字字发人思。而今凭君解，口碑立夫子。"闻之，我甚感欣慰。看来，不管孔子雕塑立于何门，国博请吴为山来塑像，是选对人了。

说起中国雕塑，常有人较之于中国油画，认为都是舶来品，认为中国历史上没有真正意义的雕塑。显然，这个结论是荒谬的。但二十世纪初，当西方雕塑进入中国，具有几千年历史的中国雕塑传统确实流于边缘、民间、非正统的境地。1949年后，雕塑界也出过几位名家，如刘开渠、钱绍武等，但他们身上多少都带有西方和苏联雕塑的影子。而吴为山的作品，最有价值之处正在于它与中国文化精神的一脉相承。近年来，活跃在雕塑界的人物，将"中国风格""中国气派"体现得较为充分的当属吴为山和韩美林。前者是以中国文人画写意手法和文人心态来塑像，后者是以商周青铜器和民俗民间风格去展示，各有所长，难分伯仲。对于他们的作品，我虽没有专门研究，却是一直关注。相比较而言，韩美林的作品比较多地体现装饰性、民俗和工艺特色，而吴为山的人物雕塑风格则更多体现了中国传统文化中比较为历代文人墨客所接受的元素，即以文入画，或者叫"以文造像"。对中国传统文化知识的研习，形成了吴为山对于中国文化精神的基本看法，也使他的雕塑作品有着他人作品所不具备的人文韵味。为山之作，重在"尚意"，他塑造人物，不是机械地为人物"造像"，而是在人物身上倾注了作者的主观感受和意趣，是作者与人物间的心灵对话。于是，当我们面对吴为山的作品，完全不会纠结于人物外表的像与不像，而是深深地为这些人物身上散发出的品格、性情、风华所吸引。这是吴为山的独到之处，也是难能可贵之处。吴为山的艺术风格中，我们隐约可见秦汉人物雕塑和早期中国人物画家吴道子、顾恺之作品的神韵，也可见明清人物画家如陈老莲、八大山人以及任伯年笔墨线条的鸿爪。

谈起秦汉雕塑，自然会提到秦始皇陵兵马俑、都江堰李冰石像、霍去病墓前群雕，这是中国古代雕塑的第一个黄金期。特别是霍去病墓前群雕的表现手法，即使用现在的眼光看仍然非常时尚。与西方雕刻相比，充分体现了中国人重"意"的艺术表现形式。它以写实和写意相结合的手法表现作品的主题，该工则工，该简则简，工写结合，相得益彰。这是非常了不起的艺术成就，既体现了雕塑主题的哲理性内涵，又概括了雕塑手法独特的工写结合的艺术境界，可谓独树一帜。霍去病墓前群雕所代表的是中国古代雕塑艺术最为鲜明的艺术风格，可惜汉代以降，此风渐衰。

此后，中国的雕塑艺术又用漫长的岁月为后世雕刻出别样的风采。在我先后考察观摩过的石刻艺术经典中，中原龙门石窟、四川大足石刻和山东青州石雕给我留下深刻印象。这三个不同时期的雕塑，充分反映了三个不同时期的雕塑艺术成就。

龙门石窟，位于河南洛阳伊河两岸的龙门山和香山，以伊河西岸的龙门山石窟为最。"山水之胜，龙门首焉"，开凿于山水相依的峭壁间的龙门石窟，历经北魏、东魏、西魏、北齐、北周、隋、唐、五代和北宋等朝的开凿，凝固了中国古代雕塑四百余年间的绵延变迁，其中以北魏和唐代造像居多。北魏以瘦为美，所以，佛雕造像尽显"秀骨清像"的六朝风骨。而唐代以丰腴为美，所以唐代的佛像肌体丰腴、身姿婀娜、雍容大度、仪态轩昂，尽显大唐风韵。龙门石窟的造像形制没有麦积山、敦煌、云冈那样复杂，其最具代表性的造像主要分布在古阳洞、宾阳中洞等处。古阳洞主佛结跏趺坐于高坛，面相丰满，颈长而直，两肩齐亭，双手压置足上，呈禅定印。古阳洞和宾阳洞的造像艺术继承了云冈造像艺术的传统，风格生动活泼，生活气息浓厚。衣饰也更加生活化，不再是贴体的"曹衣出水"式，而是充分反映出那个时代"褒衣博带"的雍容安详、潇洒飘逸。龙门石窟造像是鲜卑族文化与汉民族文化、外来佛教文化与中原文化的融合的产物，是中国早期后段和中期石窟艺术的典范，达到了佛雕艺术的顶峰。

大足石刻，是中国晚期石窟艺术的代表，其塑像水准融世俗信仰、生活诉求和理想寄托于一体，集儒、道、释三教于一窟，世俗题材和写实风格突出。这些雕塑的身姿、手势、表情都被刻画得更接近于现实生活中的真实人物。在塑像手法上，写实与夸张并用，力求传神写照，强调善恶因果，突破了宗教雕塑的程式，创造了神像人化、人神合一的中国特色。其人物造型温文儒雅，体态丽而不娇，特别是宝顶山石刻塑像，更是反映了社会各阶层的生活情景，形象典型，具有很强的感染力。窟内主佛前有跪菩萨一尊，俯首合十，恭敬虔诚，左右壁为十二圆觉菩萨，趺坐莲台，妙丽庄严，各菩萨姿态不一，体态肌肉质感较强，衣裙薄纱流畅如水，栩栩如生，美不胜收。

1999 年秋，我在北京当时的中国历史博物馆邂逅了山东青州龙兴寺石刻造像专题展。那次去博物馆时已近闭馆，整个展厅空旷肃默的气场与展示主题极为吻合，一入展厅，我便被那种特别的氛围所吸引，被青州龙兴寺石雕艺术惊呆了。其雕刻艺术之精美，贴金彩绘之华丽，实属罕见。据专家考证，龙兴寺石刻造像产生于中国佛教鼎盛时期，四百多

龙兴寺佛像

尊佛像石雕因"法难"而掩埋地下十多个世纪，其艺术特色不仅继承了北魏时期"褒衣博带"的风格，难得的是出土石雕像大多都保留了鲜艳色彩和贴金，展现了"秀骨清像"的体态造型特征。其中有一尊北齐贴金彩绘佛立像，高九十七厘米，其形态举止与灵山大佛差不多，但雕像所体现出的气质却大相径庭。这尊佛像石灰石质，螺形高髻，眉清目秀，面带笑容，手施无畏与愿印，披田格纹通肩袈裟，内着长裙，跣足。造像面部贴金，肉髻，领缘衣缘饰石青色，袈裟朱砂色，以石绿、赭石、宝蓝等色绘图案。确实可称之为端庄华贵，且不失清秀丽质。

在邂逅青州龙兴寺石刻雕塑之前，我对中国雕塑的看法与现在不尽相同。我对雕塑艺术的认识始于少年时父亲带我去苏州洞庭东山紫金庵看菩萨泥塑，相传是出于唐代一位高手，将菩萨塑像的衣褶手帕等塑造得如风中绸缎，令人惊叹。后来又陆续看了一些国内的名窟石雕，但在我的心目中，还是认为西方雕塑艺术要技高一筹。米开朗琪罗、罗丹这些巨匠大名，大卫、维纳斯这些传世之作，足以让你对西方雕塑的艺术成就顶礼膜拜。有一年，罗丹的雕塑作品在上海展览馆展出，地狱之门的思想者青铜塑像，那脸部的肌肉所表达的思虑的情绪，其背部的神经和血管的表现让你仿佛都能体会到他滚烫的血液在流动。那尊披着长袍的巴尔扎克立像雕塑，罗丹用极其写意的手法，简练的线条和简单的块面，将巴尔扎克这一人间喜剧大师刻画得惟妙惟肖。我完全被罗丹雕塑作品所流露的人文思想深深吸引。即使不是巨匠大作，一些西方雕塑家的作品也同样令人赞叹。挪威维格朗雕塑公园占地八十公顷，有一百九十二座雕像，六百五十件浮雕，是挪威雕塑家维格朗倾其一生塑造的人物雕塑群体。我曾两度前去考察。整个雕塑群通过生命之桥、生命之泉、生命之柱、生命之轮四部分来展示生命的轮回。不管是群雕还是单个塑像，都能让你领悟生命的价值，感受生命的力量，为之感动和赞叹！无可置疑，西方雕塑艺术的地位是不能撼动的。但是在邂逅青州龙兴寺石刻雕塑之后，我的看法发生了改变，发现了中国雕塑在世界美术史上无可替代的地位。

话再说回来，这次和吴为山见面谈孔子塑像，谈他的雕塑风格特点，谈雕塑以外的文化修养与雕塑的关系，时间不长，但更深入了，也更有所得。我之所以推崇吴为山雕塑的写意手法，是觉得他不仅仅继承了前人的东西，融会了东西方雕塑的传统，更为可贵的是引入了中国文人的审美价值和审美情趣，将明清以来中国文人画所弘扬的人文因素衍化到雕塑中去，让雕塑也能传递传统中国画所传播的人文情怀。吴为山告诉我，无锡灵山的朋友想请他为灵山塑一堂罗汉。我拍案叫绝，这可是个好主意。无锡历史上曾有画家为十八个罗汉造过像，比如近代画家顾应

六尊者像（局部）

唐　卢楞伽

泰（云壑）画人物可称一代国手，我在拍卖公司曾见过他的白描十八罗汉造像册页，笔墨精湛，堪称神品。无锡乡贤名家如杨组云、吴观岱、诸健秋等对其评价甚高。此件作品后来听说被浙江商人拍走，实属惋惜。如果吴为山能为灵山塑一堂罗汉可是功德无量。为山告诉我，如果由他来塑这堂罗汉，他将闭门不出，倾注全部身心去塑造，包括背景壁画。我期待着吴为山面壁再破壁，期待他创造出一座新的艺术高峰。

中国美术史千百年来不断有著述问世，记载着如曹仲达、吴道子等深刻影响后世艺术发展之路的大师。从麦积山石窟到青州石雕，从龙门石窟到大足石刻，我们可以看到中国雕塑南北互融的发展路径，促进了南梁北齐雕塑样式的形成和发展。北齐造像面型渐趋丰腴，衣纹渐趋简洁，人物雕塑面部宁静安详，服饰疏简贴体，使形象在简疏平淡中流露出内在的气质。唐张彦远在《历代名画记》中提到，曹仲达在融会中外文化上的努力是很有意义的，"曹家样"即所谓"曹衣出水"之所以能使外国造像为中国雕塑所用，并非照搬照抄，而是结合本民族的文化特征有所创造。后来人们谈到吴道子的"吴家样"即"吴带当风"和"曹衣出水"一样，是众人对这种交流创新样式的肯定和赞誉。

"吴带当风""曹衣出水"，我以这中国雕塑最早的"范儿"来结束本文，也期望吴为山先生创作出新的雕塑"范儿"，笔者所要表述的因缘亦在其中耳。

只应掌上握山川

　　前两天有位苏州来的年轻人找我给他画一幅扇面，我感到很惊讶，现在的年轻人还有如此雅兴真是不易。成扇，特别是书画扇，是个独门艺术，源远流长，明清以来在文人圈子里特别流行。二十世纪八十年代以前，在苏锡常、杭嘉湖和上海等地都有专门店家或文物商店专柜出售，"王星记"扇庄就是江浙沪一带有名的老字号扇子专售店，我少年时去上海、杭州、苏州玩，常常看见这样的店家，其中上海南京路上的王星记扇店好像规模最大，生意最红火。"文革"以后问津者就不多了，后来，想要看到像样的成扇，特别是书画扇，一般只能上文物商店了。但成扇工艺和扇面书画艺术仍然为人所喜爱。一把书画扇，所体现的人文内涵、书画艺术及制作工艺水准极为丰富，无论艺术价值还是收藏价值，对爱好者来讲都很有吸引力的。

　　文人玩扇在圈内被称为雅玩。掌故大家郑逸梅先生在他的笔记中曾介绍其好友、苏州吴江人氏赵眠云酷爱藏扇逸事——

　　　眠云早年喜收罗书画，更喜藏扇，凡是海内有名的书画家，不论润例的多少，相距的远近，他总要设法求其一扇。若干年来，综合有数千把，他又觉得其中有盗虚声笔墨庸劣的，徒然惹人憎厌，就严格地选别一下，把庸劣的付诸一炬，并撰了一篇《焚扇记》。

　　郑逸梅还记载赵眠云藏扇的另外一件趣事。大戏剧家欧阳予倩多才多艺，能诗词，擅书法，与郑逸梅是好友，南通名士张季直邀请梅兰芳和欧阳予倩到南通演戏，赵眠云手上有一把梅兰芳手绘的绎梅扇，缠着郑逸梅要把梅兰芳画的扇子带给欧阳予倩题写，以凑成双璧。欧阳予倩欣然挥毫，一手流转秀逸的行书和梅兰芳的画配在一起，真是相得益彰。此事可见这位赵兄真的是爱扇成痴！其实，郑逸梅也爱扇，认为书画扇是"书画皆绝的珍品"，其一生收集的书画扇子大约有三四百把。

　　散文大家董桥亦曾为得到一把好扇子而朝思暮想。《墨影呈祥》一书中，董桥对自己得到任伯年扇画的情状有如下描述：

　　　　六十年代尾从厦门南来的魏红给我看过一幅任伯年画扇面《小红低唱》，迷蒙的倩影淡淡的妩媚，圆窗外几笔柳丝迎风曼舞。

　　　　想找任伯年一幅团扇找了许久找不到惬意的，缘分一来我竟然拿到这幅《桃花燕子》，够水，够淡，够雅，够旧，题款是"伯埙仁兄先生正之。光绪甲申夏六月伯年任颐"，钤"任伯年"白文小印，右边还有"组云"收藏印。伯埙是杨伯埙，江苏无锡人，字芝田，十九世纪画家，跟父亲杨灿学画，画菊画桂画芭蕉，淡雅工丽，书上说他晚年右手残疾，改用左腕运笔，著《画则》一卷。组云是谭组云，了不得，海派著名书画家，鉴赏家，跟康有为、任伯年、吴昌硕、沈曾植、于右任深交；张大千张善孖兄弟常去谭公馆谈艺，张大千想用几幅古画跟他换他养的一只白鹤他不肯，说只赠不换，传为佳话。谭组云一度侍奉印光法师，法号德备，半辈子布衣蔬食，种松养鹤，家宅满壁古人墨迹。我查六十年代旧笔记本查出前辈杏庐先生浅水湾旧居藏他一幅行楷，融洽南北，气足神定。杏庐先生说三十年代他到海陵学苑见过谭组云，敬慕他每岁除夕在贫困人家门缝里塞红包。谭组云一九四九年下世。我这幅《桃花燕子》钤了他的收藏印，杏庐先生看了一定欢喜："那是真迹的印信，岁月的霜鬓！"他常说。

从董桥先生的字里行间可以感受到他得到一件宝物是何等的惬意！

著名女作家叶文玲也有收藏书画扇的雅好，她的收藏中尤为珍贵的是一批文化名人如刘海粟、冯友兰、华君武、曹禺等的书画，题诗更为难得。老舍更热衷于收藏画扇，数十年间藏的扇子上千把，除书画名家题诗作画的扇子之外，主要收集的是戏剧界名伶的书画扇。有一次梅兰芳的琴师送给老舍一把梅先生画的扇子，说梅兰芳上演《晴雯撕扇》时，必在上台之前亲自画一张扇面，装上扇骨，上台表演，然后当场撕掉，演一次，画一次，撕一次。琴师不忍心，在散场后偷偷把撕掉的扇子捡起来重新装裱送给老舍，老舍先生受之大为感动。老舍对名伶的扇子极为珍惜，先后收藏有梅兰芳、程砚秋、荀慧生、尚小云、王瑶卿、汪桂芬、

姜妙香、俞振飞、叶盛兰、李桂春等上百位艺术名流的书画扇。

　　说起梅兰芳画扇，真是名闻遐迩，令藏者趋之若鹜。大收藏家张伯驹曾说起梅兰芳画扇难以应付、请人代笔的故事：

　　　　书画家之作品，每至晚年而愈臻上乘，以积学日深，遂有得心应手之妙。梅兰芳畹华画梅，其晚年之笔，反逊其当年之作，因人求者多，无暇应接，而又不愿开罪于人，遂请代笔者为之。在己卯岁（卢沟桥事变后）畹华居香港以前，为汤定之涤代。汤画有文人气，殊雅致。畹华后归京，而定之于戊子岁殁，由汪蔼士代。汪虽专画梅者，而韵则不及定之。后汪亦殁，不知代者为谁，更不及汪。又于都中酒肆见畹华书，字幅颇凡庸，亦代笔，非其自书者也。唯畹华工画佛像，藏有明佛像册，常临摹。壬申正月余三十五岁，畹华为画像幅赠余为寿。画未成时，余至其家，见其伏案弄笔。畹华夫妇爱猫，余亦爱猫，畹华特摹册中一佛像，身披袈裟，坐榻上，右手抱一猫。画幅藏经纸，乾隆尺高一尺七寸许，宽一尺一寸许，笔墨线条工细。楷书款"壬申元月敬摹明首尊者象为伯驹先生长寿，梅兰芳识于翠玉轩"。为黄秋岳所代书。揿兰芳之印，朱文小方印。右下揿白文声闻像外生方印。迄今三十二年，余尚珍藏箧中，而畹华墓木已拱矣。追忆前尘，能无慨然？畹华画梅存世不少，后人不知必认为真迹而宝之，故为拈出。

　　上文为张伯驹在二十世纪八十年代初所刊出，迄今又三十余年了，伯驹先生早已离世，如今读来，往事如烟，感慨而已。呜呼，书画代笔属风雅之事，古已有之，不足为奇，最可恨的是书画造假，泛滥成灾。书画造假之地属苏州为最，俗称"苏片子"，至今流毒不浅。二十世纪八十年代，几位好友去苏州文物商店闲逛，那时文物书画市场远没有现在这样火，柜台上扇面册页成堆放着任顾客翻阅挑选，捡漏不成问题，就看你的法眼和运气了，但有时也会看走眼。有一次我陪朋友在店里挑选了几张，可以说是价廉物美，颇有收获。兴冲冲出门时，在旁边的柜台里看到吴让子画的一张设色素果扇面册页，一问价格非常便宜，二话没说付款就走。以为捡漏，如获至宝，结果回家定神细看，原来是一张"苏片子"的旧仿。完全不应该走眼的看走了眼，此事回忆起来，至今都觉得可笑。

扇面艺术始于宋元而兴于明清，但宋元时以团扇为主，折扇是由高丽作为贡品传入我国，至明清时广为流行。在漫长的演变发展过程中，成扇与诗词、书画、雕刻等艺术结缘，发展成为一种独特的艺术奇葩。文人墨客不但经常在扇子上绘制、雕刻多种花鸟山水人物，还题诗写字，抒情达意，融万千气象于方寸之间。手持一把书画折扇，开合把玩，所谓"怀袖雅物"，儒雅之风扑面而来。如《春游琐谈》之《南宋折叠扇》中有这样一段故事，颇为有趣，抄录一则为看官一笑：

泥金折叠扇一页，行书五言律诗一首："细响通幽谷，偏宜静夜闻。寒分千树晓，石咽一溪云。寄韵琴三叠，清心酒半醺。枕流吾愿足，洗耳谢纷纭。"诗极俊逸，字亦挺健古肃。款署柴望。按望字仲山，号秋堂，又号归田，衢之江山人，宋嘉熙中太学上舍，除中省奏名。淳祐丙午，元旦日蚀，诏求直言，乃撰《丙丁龟鉴》十一卷上之，忤时相下狱，旋放归。景炎二年，以布衣特旨授迪功郎，史馆编校。宋亡不仕，自号宋捕臣，与从弟随亨、元亨、元彪称柴氏四隐，工词。周草窗《绝妙好词》曾辑录《念奴娇》一阕，审是则望南宋时人也。曾以示友人，或搔之曰："宋元安有折扇，只纨扇团扇耳。此必赝，何值一顾！"余因疏证折扇之原委，以为助谈。折扇初谓之折叠扇。宋时来之朝鲜其始不甚通用。《图画见闻志》云："高丽使人每至中国，或用折叠扇为私照物，其扇用鸦青纸为之。"别见《画继》，《天禄识余》谓："折扇古名聚头扇，仆隶所执，取其便于袖藏，以避尊贵者之目。元时高丽始以充贡，明永乐间悄效为之。"又考明陈霆《雨山墨谈》云："宋以前惟用团扇。元初东南使有持聚头扇者，人皆讥笑之。我朝永乐初始有持者。及朝鲜充贡，遍赐群臣，内府又仿其制，天下遂共用之。"二说略同。然《游宦纪闻》述宣和六年高丽进奉折叠扇，是宋时已充贡，不始于明也，且所云仆隶持用，为大雅所屏者，亦不尽然。元郑元佑有《题赵千里聚头扇》，上写山诗。又宋曾敏行《独醒杂志》云："予藏章伯益草虫九便面，是赵画曾录，均在宣和前后。"其时折叠扇似盛行，且有作灰事于其上者，乃谓宋元绝无折扇，诚一孔之见耳。

笔者在前面提到大戏剧家欧阳予倩，他有一部新版《桃花扇》很受国人喜爱。《桃花扇》原本是孔尚任借明复社文人侯方域与秦淮名妓李香君的爱情故事，反映南明弘光王朝覆亡的历史。侯方域题诗宫扇赠李香君，二人相恋。李自成攻陷北京，马士英、阮大铖等迎立福王，并对复社文人进行迫害，准备强迫李香君嫁与漕抚田仰为妾。李香君坚决不从，矢志守楼，撞头欲自尽未遂，血溅侯方域所赠宫扇。画家杨文骢在宫扇血痕上画成桃花图，李香君将宫扇寄与侯方域。清兵南下，李香君、侯方域避难栖霞寺，在白云庵相遇，共约出家。"借离合之情，写兴亡之感"，《桃花扇》以"诗扇"串起全剧，通过赠扇、溅扇、画扇、寄扇和撕扇五个情节，把剧中主人公的爱情遭遇刻画得感天动地，令人怆然泪下。据说孔尚任写《桃花扇》前后共五个春秋，案头总放着一把山东"鲁缟"所制的扇子，扇面上画着猩红如血的桃花。不分四季，常常是一手持扇一手写作。"白骨青灰长艾箫，桃花扇底送南朝"，山河风雨，名节飘摇，当年粉黛，何处笙箫，远去的王朝空余下一个落寞的背影。一把扇子，也因折射出太多的个人际遇与历史沧桑，而变得异常的沉重。据张伯驹回忆：

宋团扇画页

余二十余岁时，即闻岳武穆书《出师表》与杨龙友画李香君之桃花扇，同在项城袁氏家（为袁保恒之嫡支，非袁世凯之一支）。后知武穆书《出师表》确在袁氏家，与《满江红》词皆明人所伪，是以书体近祝允明。桃花扇则不在袁氏家，仍藏壮悔堂后人手，曾持至北京，故友陶伯铭见之。扇为折叠扇，依血痕点画数笔。扇正背，清初人题咏无隙地。以紫檀为盒，内白绫装裱。绫上题亦遍。伯铭极欲购藏，而索价五千，无以应，持去。再访之，人已不在，扇迄今无消息，恐此二尤物，已均流入日本矣。

张伯驹是海内书画鉴赏大家，见多识广，其记载一定是确切可信的。

一把折扇，几度春秋。好多年前，我在一家小店铺里看到两把乡贤的书画扇，八九成新。一把是诸健秋的山水扇，扇面上的水墨山水画得极为古朴苍润，用笔老辣。老先生先后两次题跋，时间相隔二十多年，可见是其得意之作。另外一把扇子是花鸟画，出自本埠画家中花鸟画的领军人物陈旧村，扇面上画的是紫藤和几条鲤鱼，生动有趣。当时我买下这两把扇子所付款项也不过千元。说老实话，还有一把扇子让我常念念在心。1974年，我高中毕业下乡插队，吴荣康老先生得知后精心为我画了一把成扇，几条鲤鱼在水里畅游，画好后还专门请书法家高石农在扇子的另一面书写大篆，这把扇子，吴老先生的花鸟画同高先生的书法可谓珠联璧合，当属上乘的精品力作。吴老先生还专门请剑青兄上门送给我。这把倾注着老先生一片拳拳爱徒之情的扇子，我怕带到乡下不易保管，离城时郑重交给胞弟克俭珍藏之。一晃几十年，吴、高两位均已过世，这把扇子自然成为纪念他们两位老先生最珍贵的物件。

物出天然得真趣

研山壶趣

　　原川兄几次来信为其大作《研山索远》索取序文，克勤不才，又为公务所累，延宕至今实在惭愧也。一个偶然的机会去"研山堂"山房小坐，主人热情好客，沏茶递水，无意间发现主人泡茶的紫砂壶造型别致，壶之盖钮和手柄处纯然一太湖石。将拳拳玲珑石嵌入圆润晶莹的紫砂壶壁上，可谓方圆天地，相得益彰。问此壶出于何家高手？主人莞尔一笑，娓娓道来。此壶名为"研山壶"，乃原川兄原创。余闻之大呼："老夫孤陋寡闻也！"

　　研山壶因《研山铭》而来。《研山铭》为北宋大书法家米芾名卷，前几年拍卖行曾为米芾《研山铭》墨迹之真伪闹得沸沸扬扬。米芾是有名的石痴，所谓米芾拜石的故事家喻户晓。《南村辍耕录》记载南宫（即米芾）藏品"宝晋斋砚山"并附有《砚山图》。图为吴镇所绘，上题"龙池遇天欲雨则津润"，"滴水少许在池内，经旬不竭"；"下洞三折通上洞，予尝神游其间"；还有"华盖峰""月岩""方坛""玉笋"等文字。且书有赞语："不假雕琢，浑然天成。"真是云烟山势，天造之物。呵呵，原川兄借《研山铭》制研山壶，都为文玩，异曲同工。可嘉，可佩！

自明季以降，宜兴紫砂壶因文人介入而由普通的茶具变为历代文人骚客争相拥有的雅玩，连一衣带水的邻邦日本也不乏痴情于此者。紫砂壶品类繁多，其经典茗壶盖为《名陶录》《茗壶系》所收录，至于近年所出版的各类茗壶大典也难脱其范尔。日本收藏家奥玄宝著有《茗壶图录》，瓮江川田刚为其所撰序云："近者煎茶盛行，人争购古器，相高以雅致。即如注春，亦黜银、锡，专用泥沙。明制一壶，值低中人一家产。而供陶时窑，徒尚其名，往往为黠商所瞒。于是兰田奥君，录其家藏及同好所藏，以著斯书。前举十四品目，后列卅二模图。形质异同，各设名号。自嘴、柄、口、腹，以及雕文、款识之征，大、小、长、短、方、圆、肥、瘠，详写其状，毫厘无遗。盖吴骞《名陶录》、周高起《茗壶系》记载虽备，并无图画，此补其阙，洵为有见焉。"然遍寻各类茗壶典籍，原川兄所制研山壶不见有录，属原创无疑。可珍，可贵！

无论是玩石还是玩壶，追本溯源盖出于江淮之区、三吴重地，如太湖石、灵璧石出之江苏吴县、安徽灵璧，而紫砂壶则产于居两地之间的宜兴。巧的是原川兄祖籍安徽，工作生活于吴地，以其所学之长，嵌湖石于茗壶，全无突兀之感，鬼使神差，浑然一体，美轮美奂。苏州园林之所以为世人称道，点缀其间的太湖石是非常重要的元素，所谓堆石理

水，石要瘦、漏、透、皱等，假山的作用在园林的营构中无可替代。原川兄借园林一块奇石巧用于壶之嘴、钮、把柄等部件，巧夺天工，点石成金。既打破历代制壶高手的制壶模式，又另辟蹊径，将不规则的方形石材与紫砂壶身的弧线巧妙地结合起来，天人合一，出神入化。观之无不拍案称绝，用之无不爱不释手，可赞，可叹！

外师造化，中得心源。研山壶之奇，不仅于外形上创新，更在内涵上求异，不同凡响，耐人寻味。随茶事兴盛，茶器亦风生水起，斗茶时不止于茶水汤色，还在于茶器壶艺。宋徽宗《大观茶论》云："盏色贵青黑，玉毫条达者为上，取其燠发茶采色也。"于是乎茶器在茶事活动中，成为具有独特文化内涵的载体。选茶煮茶、烹茗玩器，乐在其中。原川兄在壶上嵌石，太湖石、灵璧石之灵性沁入壶身，可在品茗和玩器间感受石之千姿百态，感受园林之美，感受天地之气，感受茶禅之道。妙趣又岂止一把壶而已。即所谓壶中天地，别有洞天，超乎物外，其乐无穷。可赏，可乐！

人非圣贤，孰能无癖？自紫砂壶名满天下，更有历代圣手或口传或著述，引得海内名士竞相购藏，延及今世，余习未熄。区区一壶售价日涨，辄至千金，甚而有不惜倾城以博一器者，奢靡之风日盛。原川兄一介书生，喜壶，好壶，创制研山壶，只为追溯其自然人生之本源，实现艺术生活之理想，返璞归真也，不偏隘，不虚诡，不骄夸，而以文雅助其韵致，以创意再造诗境，盖真知壶真爱壶真知茶之道也。老夫为原川兄之真情所感动，涂拓几句，仅为一家之说耳。

藏砚小记

因我在西泠偶得晚清词人瘦碧居士手抄砚，云门掌门人甲午夏季特别举办赏砚雅集，由梁溪安公主讲对瘦碧居士填词砚的赏析。我对此次雅集期盼已久，海上唐子穆先生也专程赶来捧场，难得难得！

　　瘦碧居士填词砚实际上是一方绿端砚，其铭文有二：一为"端溪之英，一坳寒绿。匡坐而弦，如扣秋玉。鹤道人铭，王大炘凿字"；二为"瘦碧居士填词研。光绪丁亥之岁大梁月得于吴肆。嶰山民为之题记"，印文：大炘。

　　绿端石为端石中别品，分朝天岩、小湘、沙浦、北岭四类，能以制砚者唯朝天岩及小湘两种，多绿中微带黄，碧绿无瑕者极罕。此砚作抄手式，形制素雅，为一块碧绿无瑕之绿端石做成，温润清朗，莹然可爱，兼之石质细洁，为端石之佳品，文房之雅物。且如今朝天岩绿端已绝产，小湘绿端石料亦已禁采，更显此砚之难得。

　　砚侧有王冰铁篆书及楷书铭文，乃为瘦碧居士郑文焯所作，用刀不事雕琢，文人之气尽显，且绿端之绿与瘦碧之碧相合，更为此砚添几分雅趣。味绿居主人藏瘦碧居士用砚，砚为碧绿无瑕之绿端石做成，绿端之绿与瘦碧之绿，再有味绿居之绿，三绿合一，雅之又雅，集雅也。

　　巧的是，另外一位丛碧先生在他的著作《云烟过眼》中记录曾收藏瘦碧先生的山水画，并特别说明便于后人考据查证。众所周知，丛碧即张伯驹也，其一生书画收藏之丰、之精为海内公认，首屈一指。他在1956年——我出生的那年——把倾其一生心血、遭遇千难万险所藏的一百多件珍贵书画藏品捐献给国家，其中有隋代展子虔的《春游图》，西晋陆机的《平复帖》等。丛碧先生虽对他所藏书画珍品大多如过眼烟云，然而他的收藏笔记中却保留着对清郑文焯山水轴的记录。笔记云："纸本，墨笔。款署乙巳仲冬月，模查二瞻小幅于延清小筑。鹤道人文焯。"这段文字下面又有一段注解，云"是录自壬申至己亥年写毕，其间重要之迹，多半捐赠或让售于公家。虽属明日黄花，然于书画流传著录上亦可有此一录耳。丛碧识"，可见丛碧对瘦碧书画的重视。究其原因，难道仅仅是瘦碧书画的历史地位所决定？还是因为他们都有对词话京昆和金石书画的相同爱好？还是生命中曾经经历了朝代更替、山河破碎的切肤之痛？还是因为他们的姓名字号中都有"碧"字……实在不能尽其所以然。

二十多年前，笔者曾在苏州购得鹤道人以魏体所书的书房对联，联文曰："古剑永保用，汉洗大吉昌。"数年后又在上海文物公司的摊位上购入鹤道人设色写意花鸟画《百龄图》，是图"仿邹小山侍郎笔意"（邹小山侍郎即邹一桂，无锡人，工画花卉）。今又购得瘦碧居士填词砚。冥冥之中，每隔若干年都要与瘦碧居士遗物相遇，真是缘分啊！丛碧先生仅仅藏一件瘦碧居士山水画轴，就欣喜万分，特别记录在案，我得瘦碧三件宝贝，真是万福！

不日，安公将瘦碧居士填词砚的文物价值和文化底蕴引经据典，旁征博引，洋洋洒洒写成文章发布于云门微信公众平台，获同道纷纷点赞，接着又刊载于上海《文汇报》报社的《雅集》杂志上，真是有心之人啊。次年，步黔堂子穆兄将砚刻精拓并题记曰："此砚为清郑文焯填词之用，抄手形制，王大炘于砚之两侧篆铭行书题记极为雅宜，文房之珍此为之最也。"西泠大家童晏方先生特在子穆手拓纸本上题字："瘦碧居士填词砚，克勤艺兄得大鹤山人填词砚。"真是字字珠玑，锦上添花，观之无不令人拍手叫绝。每每在书斋观赏把玩时，感激之情难以平静。时至夜半，研墨执笔写上一段文字，以备后续者考，亦可宝之铭之也。

袖怀雅物

现代文明给人带来了许多便利，譬如手机缩短了时空的距离，但"人人低头族，手机不离手"，也使人与人在直接的交流上变得疏离，更少了一份趣味。如何让人们摆脱手机依赖症，重新找回生活中本该拥有的情趣，我们不妨从古代士大夫和文人墨客的喜好中获得一点灵感。说起这手中把玩之物，名人文士也有所好，其中以把玩折扇尤甚。追慕古风，仿效前人，如暂且将手机放下，换上一柄扇子，又会是怎样的一番景象？

我的老友锦泉，是位多才多艺的人，也是一位小有名气的邮票收藏家，屡次在全国邮展获奖。二十多年前，他与我谈到想涉足书画收藏。

我告诉他书画收藏水太深，花费不菲，最好不要盲目跟风。如果确实喜欢，可以从扇面画收藏入门。一是扇面画还没有引起藏家的足够重视，门槛不高，花费较小；二是扇面画难度高，画家难出彩，仿画不易，赝品较少；三是扇面画是文人把玩的雅物，拍卖市场升值潜力大，前景可期。我建议他从收藏乡贤画家开始，切记一精二名，即注意搜集精品加名家名作。一晃好多年过去了，期间他也拿了几幅钱松嵒、秦古柳等乡贤画家的扇面给我过目，虽然不算精品，但也还可观，至少不是赝品。年前，他拿来几把苏州清水扇骨要我给他画几把扇面，因为公务忙一直没有兑现。前几天突然想起我的这笔画债，研墨提笔为他画了两幅，其中一幅是墨竹图。锦泉兄比我长十岁，屈指算来已届古稀之年。他为人厚道正直，奉上一幅墨竹，并题上一句"清气若兰虚怀当竹"；另一幅是醉蟹图，锦泉兄曾经做过我的办公室主任，他工作勤勉酒量好，画上一坛老酒几只螃蟹，并题上一首打油诗："任你横行霸道，终为盘中菜肴。相约知己一二，蟹肥酒醇逍遥。"扇面送去不久即收到他的回信说："我的《无锡乡贤书画扇面》一书正好完成初稿，等样本做好，一定要请您斧正。您给我画的两把扇子我也会编入书中。"锦泉兄做事果然是做一件成一件，精神可嘉。不久前，又听说他身体欠安，希望他早日康复，《无锡乡贤书画扇面》早日面世。

说起折扇，向来是风雅之物，为名人文士所珍视，可谓袖怀一柄，风流倜傥。现在平素能见到的扇面画大多出自折扇。折扇，又名撒扇、纸扇、伞扇、掐扇、折叠扇、聚头扇、聚骨扇、櫂子扇、旋风扇，是一种用竹木或象牙做扇骨、韧纸或绫绢做扇面的能折叠的扇子，用时撒开，成半规形，聚头散尾。关于折扇的起源，说法颇多，苏辙的《杨主簿日本扇》一诗云："扇从日本来，风非日本风"，清朝赵翼的《陔余丛考》也考证，折扇并非中国古代典籍所说的扇子，而是起源日本的舶来品。

沈德符的《万历野获编》中称："今吴中折扇，凡紫檀、象牙、乌木者，俱为俗制，唯以棕竹、毛竹为之者，称为怀袖雅物。"可见，竹制折扇往往是文人雅士最为喜好的手边玩物，手中之竹"未出土时先

扇面
近代　陆恢

有节""到凌云处总虚心"的气节，与读书人所追求的精神境界十分相契，朝夕摩挲，小小折扇渐得灵气，不再只是袖中玩物，俨然成为中国文人的精神寄托与象征。一把折扇由扇骨、扇页和扇面三部分构成。文人雅士或在扇骨上刻字铭文，或在扇面上书写作画，寄情抒怀，挥洒性情。张大千说："扇子并非只是用来纳凉的，一扇在握，文人的身份便显现出来。谁题的诗、谁作的画、谁刻的字，都透露出主人的艺术品位。"

　　扇面画的历史可以追溯到唐代，据张彦远《历代名画记》记载，南北朝梁代肖贲"曾于扇上画山水，咫尺内万里可知"。至宋代，山水画、花鸟画在唐代的基础上空前繁荣，文人画大兴，加上"画家皇帝"宋徽宗的倡导，书画扇面艺术日臻成熟。宋、元时代，团扇画广为流行。明代以后，折扇画渐成主流。宋代团扇书画和明清的折扇书画可并称中国书画扇巅峰。明代以来，兼具实用性和观赏性的折扇得到永乐皇帝的推广，著名书画家几乎都创作书画折扇，此风气一直盛行到清末。文人之间优游酬酢，玩扇赏扇、互赠书扇之风盛行，诞生了大批扇画名作，如唐寅、文徵明、陈洪绶、傅山、仇英、任伯年、赵之琛等人的作品。民国时期，赏扇藏扇蔚然成风，文人士大夫以藏扇为雅事，众多著名书画家纷纷加入到扇面的创作中，如吴昌硕、黄宾虹、丁辅之、吴湖帆、沈

物出天然得真趣

扇面
清　吴大澂

扇面
近代　吴琴木

尹默、潘天寿、傅抱石等，遂使民国成为扇画发展的又一高峰。

扇面书画虽小，却可谓小品大艺、咫尺千里，只方寸之间，山水人物花鸟、真草隶篆无所不包，是一种独具一格的书画形式。扇面尺幅较小且为弧形，无论从构图还是笔墨上，都比在宣纸上写字作画难得多，书写作画都有讲究。加之需要近距离观赏，所以扇画都非常精美，书法也十分精细。尺幅所限，要求下笔之前精心设计，了然于胸，落笔后一气呵成；折扇有折痕，对画面、字体、线条要求较多。书画家往往难于掌握，能洋洋洒洒创作大幅作品者却未必能游刃有余于盈尺之间的扇画。因此，扇面书画最见一个书画家的艺术功力。在当代，书画收藏界有"一手卷、二册页、三中堂、四条屏、五楹联、六扇面"之说，扇面位居最后，沦为古字画收藏的配角，但在古代，收藏界却有"扇面一尺算两尺""求扇一页，胜画三尺"之说。同一位画家，同一题材的作品，扇面的价格通常比普通作品要高一倍以上。

近年来，随着书画收藏热的兴起，扇面书画的价值也逐渐为藏家所发现。扇面作品往往是作者抒情遣兴的小品之作，相较其他作品，更可见书画家率性本真的一面，因而其艺术价值也非同一般。对于折扇的艺术价值，作者的名气固然重要，但艺术品最大的价值还在于其艺术性。同一名家常常创作出不同价位的扇面，并不都以名声大小论高下。有的名家擅长山水，其花鸟扇面和其山水扇面相较，价位上就会稍落下风；同一艺术家不同时期创作的作品价格也不相同，比如齐白石60岁时的作品价格普遍偏高，李可染在二十世纪七十年代后，创作水准达到顶峰，价格自然也扶摇直上。就题材而言，山水扇面价格普遍高于花鸟或人物扇面，因为山水画更讲究布局，如何在有限的小空间内展示山水宏阔意境，着实费力。此外，影响名家扇面的市场价格还有诸多因素。从外在形制而言，纸质扇面分为有色扇面和白色"素面"，在同一艺术水准下，前者价格高于后者。有色扇面中又以金面价格较高，其中备受古人推崇的泥金扇面最贵。从创作时代上来区分，唐宋时期的扇面不论名家与否，只要是真品，价格都居高不下，因其存世量少，大多被博物馆收藏，在民间流通的凤毛麟角。明代扇面现在成为最贵的一批，其原因在于：一是传世作品少，物以稀为贵。二是明代扇面大多较为精湛，尺幅虽小，艺术水准上乘。三是折扇在明代达到发展高峰，在扇面书画中占据主导地位。明代折扇工艺精巧，造型雅致，材质和艺术水准相得益彰。

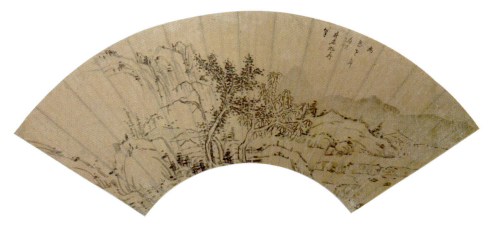

明泥金扇面

中国传统的折扇，其艺术价值不仅体现在扇面上，也同样体现在扇骨上。扇骨作为折扇的门面，总是首先为收藏者所把玩欣赏，从明清起文人雅士便将其变成了艺术品。扇骨一般用竹、木制作，也有象牙、兽骨、牛角、漆雕等材质。竹制的扇骨有玉竹、白竹等常见品种，还有棕竹、湘妃竹、佛肚竹等名贵品种。木制的有紫檀、白檀、黄杨、桃丝、鸡翅、楠木等。折扇扇骨的雕刻历史悠久，早已成为一门独特的艺术。而上佳的扇骨作为风雅之物，历来为有品位的藏家所喜爱、赏玩、珍藏。以扇骨雕刻中最常见的竹刻为例，竹刻技艺在明清两代出过诸多名家高手，传世的精品也很多。明代有一著名艺人蒋苏台，精于制扇骨，"蒋骨"一柄价值三四金，堪称天价。在传世的折扇精品中，有不少扇骨更是出自书画艺术家之手。在明代，扇骨的选材、制作都有文人参与，以轻为贵，以简为美，以素为雅，方寸之间，或书法或绘画，配以阳刻、阴刻、留青、贴簧、沙地、透雕、镂空等雕刻技法，文人雅士们在竹扇骨上表现自己的思想和艺术取向，既是雅玩，也是明志，文人雅士的精神风骨呼之欲出，神形兼备。清代大书画家赵之谦有过这样一段扇骨铭："扇之骨，可刻铭，无此骨，扇不成，是一定法，难变更"，以扇骨喻风骨，可谓言近旨远。扇骨尤其是文人扇骨的艺术价值与收藏价值，不言而喻。

扇面与扇骨相得益彰、集诗书画于一身的文人扇，在明、清两朝已然鼎盛，更绵延至民国。有些名气的折扇藏家往往以收藏明、清及民国的文人扇为主，在有品位的藏家看来，文人扇里素骨审美价值是最高的，材质多为竹木，胜在简练雅洁。"人人尽说江南好，游人只合江南老。"上有天堂，下有苏杭，一把小小的文人扇竟也离不开文人雅士云集的苏杭。苏杭在明代以后，就成为中国制扇业的中心之一。明代中期，苏州工商经济蓬勃发展，民众生活日益富裕，文化艺术随之振兴，折扇成为文人雅士怡情遣兴的新宠，于折扇之上挥洒丹青翰墨，一时蔚然成风。明文震亨《长物志》言："姑苏最重书画扇"，足见当时苏州地区文人书画扇十分盛行。杭州制扇同样有着悠久的历史。相传，宋室南迁时，许多制扇工匠和画扇艺人也一并随皇室南迁，集于杭州操业。明清时代，杭扇的发展更为兴旺，据说清代中叶杭扇全盛时期，制扇工匠多达四五千人，经营纸扇的五十余家，杭州至今仍保留着"王星记扇庄"这个制扇的老字号。

一把手工折扇的成形工序多达三十多道，靠的是制扇艺人的眼光、经验和手感，机器加工很难替代。有时季节的更替都会给折扇的制作带来影响，有经验的制扇工人会根据季节的不同调整扇骨的尺寸，如果在梅雨季节制作，就适度放大一点，这样到了冬天干燥时，扇骨收缩却不会变形，这就不是机器流水线所能办到的了。一位成熟工匠制作出一把满意的折扇，有时需要十天左右，可见制扇之难。而好扇的标准，不仅要求线条流畅，排口方正，扇骨底端紧收，上下富有节奏感；竹料颜色均匀且不伤青，两片边板弧度和厚度一致；手感顺滑，如脂似玉，匀细光洁；两片大边紧抱着扇面，开合之间，能听到啪啪声，方显制扇者的功力。

　　如今，得一把集诗书画这中国传统文人三绝之美的折扇早已是可遇不可求，"开合清风纸半张，随机舒卷岂寻常"，独坐书斋或好友相对，袖怀雅物、神清气朗、清风徐来、别有洞天的闲适清雅难觅踪影；"万里江山归一握"，神思飞扬之时，观扇里乾坤览五洲风云的干云豪气又安在？李白有诗云："相看两不厌，只有敬亭山。"我看扇子多妩媚，料扇子见我应如是。"热来寻扇子，冷去对美人"，人生的乐趣恐怕就在于此，不知低头一族是否心有戚戚焉？

人文紫砂曼生壶

　　明人对金钱及传统的态度是复杂的，当时的城市富人及士大夫都在以各种方式寻求思想的突破，特别是到了晚明，自我表现的动力和金钱搅和在一起，形成了席卷全社会的奢侈之风。万历年间的《顺天府志》记载："大都薄骨肉而重交游，厌老成而尚轻锐，以宴游为佳致，以饮博为本业。"各种茶楼、酒肆、歌馆招牌林立，不仅大都市夜生活丰富，就是江南小镇也"夜必饮酒"，秦淮河畔更是优伶歌伎盛极一时。不少文人墨客也难逃此风，即便是大户人家的唱堂会也时有"荤段子"出现。其实，明人消遣，特别是从晚明至清，都有俗雅之分。在一个人身上也往往有不同人生面目的展现。如大画家唐寅、仇英也曾为"春宫画"启笔。明人所著《格古要论》《长物志》都反映了时人在传统的"古玩"之外，还出现了"时玩"。如"把玩"紫砂茶壶与明式家具，在城市富人、士大夫阶层中成为时尚，这大致属于"雅一路"。当时文人墨客除书画古玩、古琴书斋之外，用来把玩和消遣的又多了两款值得玩味的东西：紫砂壶和明式家具。前者用来品茗把玩，后者是在清寂的书斋中添置几样既可观赏又可实用的家具来达到既用又赏的目的。不仅如此，不少人又都结合个人的经济条件、个性爱好纷纷参与制作、探讨与把玩，在"圈内"慢慢传播开去，以至于形成一种风雅逸致的风气，使人痴醉沉迷。

明清，不少文人在"入世"和"出世"之间徘徊与煎熬，使得文人在抒志和用才的层面上要寻找新的出路。既然在从政方面不得机会且难以保身立命，那就只得在非政的方面谋得表现的天地，于是他们当中有一批人以"把玩"古玩、书画、戏剧、家具等求得积极和相对稳定的生活及闲适的心态，这是构筑于生活享受基础上的抒发文人们的知识经纬和审美意味的新平台。这种状态不但体现出了文人风雅生活的根源所在，也体现出他们在无奈的取舍中依然保持对生活美好的追求，使他们的生活呈现出了新的亮色。这其中最典型的代表人物之一就是清代学者陈曼生。

陈鸿寿（1768—1822），字颂，又字子恭，号曼生，浙江钱塘人，生于乾隆三十三年，嘉庆六年（1801）34岁时拔贡，其间做过溧阳知县，卒于道光二年（1822），享年55岁。陈曼生是一个通过科举入仕，从低级幕僚做起的清代文人，为当时知名画家、诗人、篆刻家和书法家，"西泠八家"之一；他的众多名号如"夹谷亭长""西湖渔隐"等反映出他特定的生活心态，但在陈曼生的仕途和文人生涯中，在溧阳任知县是其最为得意的一段人生，他的所谓风雅逸事也由此发端并日见精彩。据《溧阳县志》记载，陈曼生在溧阳主政两任，担任知县共六年之久。相对稳定的生活和一定的社会地位，加上他生性豪放热情、兴趣广博，各地贤俊名流踵门结交，萃集左右，歌诗酬唱，书画往来，名噪海内。

溧阳与宜兴相邻，由于饮茶习俗的改变，于明代兴起的宜兴紫砂壶名声大振。入清以来，宜兴紫砂壶发展已相当成熟，不少达官贵人、文人雅士、工商巨贾纷至沓来。陈曼生以其书画金石之功力，结交制壶名匠杨彭年等人，又加上文人墨客、同僚幕客共同"传唱""把玩"，使其制壶生涯达到顶峰，他设计的多种紫砂壶式被通称为"曼生十八式"。

陈曼生为官"廉明勇敢，卓著循声，创文学、修邑志、办赈之善，为大江南北最"（《墨林今话》卷十）。其在溧阳任上政绩显著，可谓是为官一任，造福一方。但尽管陈曼生所处之日正值所谓"乾嘉盛世"，且他在任之日政声斐然，但他毕竟不会是左右逢源时时春风。风雅生活的本质属性中除却文人自有的特质之外，隐性无奈的选择也是重要的方面。在生存与生活层面上从无奈的选择至刻意的追求，这是一个过程。好在他们的意念与所钟情的器物的生活实用性及自身清高的意境相关联，以至于没有向糜烂滑去，而是向积极光亮的艺术层面提升。曼生为官并没有失去文人的个性和趣味，而是在为官之余，仍保存其独特的个性及艺术家的天趣。陈曼生喜欢画的一幅《秋菊茶壶图》中有一段题跋："茶已熟，菊正开，赏秋人，来不来"，读来令人想起他的幽默风趣，不但是一位没有官气的小官僚，还是一位妙趣横生的文人。曼生曾云："凡诗文书画，不必十分到家，乃见天趣。"他凭借天资豪爽、意趣纵生的天赋，"心摹手追，几乎得其神骏"，往往随意挥洒，自然天成，使所绘、所写、所做"不为蹊径所缚"，只是表现得天趣横生、妙手天成而已。其实陈曼生的"天趣"不完全是"天成"，而是有其书画功力的。他的书法从碑学入手，四书皆工，而他的画又以花卉果蔬为题材，间有山水。曼生显然认为"书画虽小技，神而明之，可以养生，可以悟道，与禅机相通。宋以来如赵、如文、如董皆不愧正眼法藏。余性耽书画，呈无能与古人为徒，而用刀积久，颇有会于禅理，知昔贤不我欺也"。他的才华和书画功底真正发挥得淋漓尽致，是在与杨彭年结交之后。

杨彭年在宜兴的紫砂壶工匠中并不是很出色的，仅仅是一名工匠而已，但他制壶、练泥的技术一旦为陈曼生所用，却产生了神奇的紫砂茶壶杰作。这种结合不是强强联手，而是趣味相投，其产生的艺术创造力也不是两人原本的艺术功底可以比拟。这是一个奇迹，不是所有书画艺术家和陶艺家的结合都可以表现得如此出类拔萃。在他们结合之前，宜兴紫砂壶充其量就是和其他陶瓷产品一样，是工匠手中出来的工艺品而已。乾隆时期，皇家在宜兴定烧紫砂器，在壶上施绘珐琅彩，虽用心良苦，却并没有把宜兴紫砂壶送进艺术殿堂，反有画蛇添足之感，在宜兴紫砂壶的制作历史中昙花一现。那么，为什么陈曼生和杨彭年的结合会使宜兴紫砂壶成为追求清新自然、质朴无华、得之天趣的士大夫及文人阶层所喜欢的紫砂壶艺术品呢？陈曼生以他深厚的艺术修养和独特的审美情趣，结合其人生阅历和对生活的细微观察，取诸自然现象、器物形态、古器文玩等精心设计紫砂茶壶。同时他还十分崇尚质朴简练的艺术风格，他所设计的紫砂茗壶力求在"简"字上做文章，绘画题诗，简约隽永，文切意远，耐人寻味，融造型、文学、绘画、书法、篆刻于一壶。壶腹上镌刻山水花鸟，使清雅素净的紫砂茗壶平添几分诗情画意，赋予其丰富的文化内涵，超越了简单的茶具功能，成为紫玉金砂与书画翰墨的结晶。

陈曼生的艺术实践和天赋，对其周围不少趣味相同的文人好友以及杨彭年都有不小影响。蒋宝龄形容陈曼生"宰溧阳时名流麕至"，在这样一个坚强如磐的文化圈子里，杨彭年当然获益匪浅。有文章记载曼生"所居室庐狭隘。四方贤隽莫不踵门纳交，酒宴琴歌，座上恒满"，"自奉节啬而宾客酬酢备极丰赡"。他公余之暇"与同人觞咏流连，无间寒暑"，一年四季都以结交朋友为快事。其间，钱叔美（杜）、改七芗（琦）、汪小迂（鸿）还合作过"桑连理馆主客图"（桑连理馆是曼生府邸，他于此批复公文，处理案牍，修编县志，接待四方来客，徜徉艺海，研制砂壶），郭麐（频迦）为此还著文纪之，一时传为佳话。

在陈曼生的朋友中，如改琦（1774—1829），字伯蕴，号香白，又号七芗，别号玉壶外史，祖先为西域人氏，后入籍松江。他天资聪敏，诗画如天授，著有《玉壶山人集》，是著名的人物画家，用笔秀逸出尘，但也是出了名的壶艺爱好者。

又如汪鸿（生卒年待考），字延年，号小迂，安徽休宁人，为陈曼生幕僚。花鸟、山水皆工。与钱杜、改琦、郭频迦等人为伍，都是桑连理馆旧友，其所学得力于陈曼生。又娴熟刻工，凡金刚瓷石竹木无一不能奏刀。不仅如此，还能度曲弹琴，是一位难得的多才多艺的才子。著名藏家龚钊（1870—1949）藏有一把曼生壶，其盖内有一段文字，提到汪鸿为曼生公所刻，还说明紫砂壶不宜刻山水。所以曼生壶中不多见山水，大概与汪鸿的见解有关。

再如郭麐（1767—1831），字祥伯，号频迦，又号白眉生，人称郭白眉，晚号蘧庵居士、吴江诸生。资秉过人，曾游姚鼐（1731—1815）门。应京试入都，金兰畦尚书以国士待之，遂名声大噪。下第南归后，以诗鸣江湖二十多年。工词章，善篆刻，间画竹石，别有天趣。为此，陈曼生最器重郭频迦，在曼生壶的设计制作中，一部分铭由曼生所为，但不少是由郭频迦主刻的。现在藏在上海博物馆、南京博物馆等处的曼生壶上都有"频迦""祥伯"的不少铭刻。

上述几位都是陈曼生的好友，加上曼生与同时代的浙派印人群体之间的交流，而形成了一个相当大的群体，如黄易、奚冈、陈豫钟、赵之琛等。他们以书画交心，以紫砂壶艺交友，相互启发，共同探讨，把文人意识通过紫砂泥手捏成型，刻上书画成为紫砂壶艺的新境界。假如只有陈曼生一人，而不是以曼生为中心，像改琦、频迦等一批人也是成不了大的气候的。这恰恰可以让我们明白，明清文人的风雅生活状态，除却有佼佼者傲然独立，同时还是一个群体相拥相融、同趣同志的集合结果。

当然，与陈曼生合作贡献最大的还是杨彭年。杨彭年，字二泉，号大鹏，荆溪人。据《耕砚田笔记》云："彭年善制砂壶，始复捏造之法。虽随意制成，自有天然风致。"由他制成的茗壶，玉色晶光，气韵文雅，质朴精致，为文人所好。《阳羡砂壶图考》记载："（彭）善配泥，亦工刻竹刻锡。"而顾景舟认为"杨彭年壶艺功平凡，因由曼生刻铭，壶随字贵，字依壶传"，不无道理。《阳羡砂壶图考》又云："寻常贻人之品，每壶只二百四十文，加工者价三倍"，杨彭年的盛名传世和他与曼生的结党的确有着重要的关系。如果没有曼生为杨彭年造势，并引同道暨壶痴们鉴赏酬酢，为其形制督导把关，指导其砂壶捏制，并亲自动手装饰铭文书画，杨彭年可能和其他工匠一样，湮没在坊间里井、湮没在无闻的工匠代代相承但名不见经传的历史长河中。从另一个角度讲，正是因为有杨彭年手捏砂壶随意制成，亦有天然之致的高人之处，符合陈曼生等文人的放荡不羁的心态，促使两人天性能互相接纳融合，使紫砂壶艺精品流传于世。文人在艺术方面的造诣以及审美层面的追求，与工匠们不自觉的灵性发挥相结合，使制壶工艺向更高层次发展，从某种意义上看，文人的思想意境找到了一条宣泄的通道，铸就了文人们风雅生活的别有洞天。

明清以来，书画篆刻名人辈出，不计其数，名匠艺人层出不穷。明代大画家大书法家董其昌、陈继儒都曾定制收藏紫砂壶，并自书铭名。清代吴大澂、吴昌硕等艺术家也酷爱紫砂壶，吴大澂晚年卜居歇浦，与画家任伯年、胡公寿、吴昌硕辈交结"把玩"紫砂壶艺。吴大澂曾藏有供春缺盖树瘿壶，因请黄玉麟（1842—1913，宜兴上袁村人，善制掇球、供春、鱼化龙诸式紫砂壶，莹洁圆润，精巧而不失古意）到吴大澂家依式仿造。又另制壶数件，以贻知友，壶底有"愙斋"（吴大澂字清卿，号"恒轩""愙斋"）阳文印，古篆朴雅，非前辈印可及。正是因为有了以陈曼生为核心的一批才名俱佳的文人把才情带入到壶艺领域，使茗壶这一日常用具添加了不少令人遐想的意韵，使人爱不释手，人人关爱的程度达到无以复加的地步，乃至千年鉴赏，百世流芳。完全可以这样讲，有了陈曼生，有了"曼生壶"，才使后来的茗壶"玩"转起来，才能使我们在享受中国历代古董书画的内涵意境的同时，可以在紫砂茗壶的"把玩"间同样体会其中遗韵，并生发出中国书画不具备的逸致与文心，在其中流连忘返，如痴如醉。

从曼生壶的"捏制"到"把玩"，确有风雅的一面，当我们细细品味其间所蕴涵的魅力时，不可否认旧时文人对曼生壶的热衷、推崇和参与，是紫砂壶至今仍保持古朴典雅的文人风采的主要因素。从另一方面讲，曼生壶体现出的价值和风采不仅在于壶本身，更在于从"制作"到"把玩"的过程中所沁透出的文化艺术精魄。

要解读这一文化艺术精魄，必须从曼生壶本身来观照并加以解析。

曼生壶在紫砂壶艺术中的地位，与文人画在中国画中的地位相仿佛。虽然并不能以曼生壶来代表紫砂壶，但曼生壶开辟了紫砂壶艺术向高层面文化发展的道路。

从紫砂壶产生到曼生壶出现的演进来看，是与中国茶文化的演进相符的，即由大众文化向小众文化推进，由俗文化向雅文化推进。以至于以陈曼生为代表的一代文人，关注紫砂壶，并作为他们艺术实践的门类。

陈曼生是"西泠八家"之一，是书画印俱佳的文人艺术家，在他的生活中，自然会与笔墨纸砚、臂搁笔山、镇纸墨床、花瓶香炉、昆石幽兰等文房清供有着非常亲密的接触。当紫砂壶一旦成为茶具的主角，进入文人生活后，自然会被引入书斋，文人对紫砂壶的影响也就有了可能。

紫砂壶能够脱颖而出，除了壶本身已经具备的如前文所述的众多原因外，还在于紫砂壶有着与其他文房用品及清供无法比拟的优势。

在文人把玩的器物中，有些是必须保持距离的，如案头清供。无论是梅兰竹菊，还是昆石美玉，或是商鼎周彝，虽然也能摩挲，也能赏鉴，但毕竟以视觉审美为主。在使用的亲切度上，无法与茶壶相比。

亲切度，体现在实用与温度上。实用观是儒家学说经世治国理念的通俗化。功能上的实用与否，决定了一件物品与人的亲近度。茶最基本的功能是解渴，具有非常实用的一面，因此即使茶壶不如其他清供名贵，却与人极亲。

当茶壶中泡上一壶茶，茶壶就成了有生命的器物。在中国的人文精神词汇中，"温文尔雅""温润如玉""即之也温""不温不火"，都将温度视作人的品性。温度的意义在于内在的传递。

禅者语"如人饮水，冷暖自知"，温度的传递有着平淡而秘密的一面，包含着当下、平常、给予、体验、幸福、直觉、不可说等等意义。因此，一壶热茶在手同样具有平常生活中的体仁意味。

明代泰州学派的王艮提出"百姓日用即道"的观念，认为圣人之道就在日常生活之中。这无疑是从理学、禅宗中一脉而来的思想，对中国人的生活观念产生了非常重要的影响。作为百姓日用的茶，理所当然地被赋予了道的意义，并不只作为谈玄、论道、参禅的附属存在。这使得茶事不仅是风雅生活的一部分，也从根本上为文人喜爱茶事提供了心理上的依据。

由此再上溯至唐宋，那时饮茶已经被赋予了精神生活的内涵，品茶不仅仅是高品位的物质生活，也成为谈玄论道的必备佳品。"茶禅一味"观念的产生，标志着儒、释、道都已将饮茶作为与精神生活密切相关的体验，饮茶本身，已经被有闲的知识阶层从"柴米油盐酱醋茶"的物质生活层面提升到了有文化的精神生活层面。

这种结果的本身，代表了中国人的现世生活价值本位观。

在文人读书论道的生活中，茶的润喉解渴、提神醒脑作用显得极为重要，晋人挥麈谈玄，手中是麈，而明清文人的谈玄场所，就出现了紫砂壶。当紫砂壶在文房用品中以实用、日用、温暖、亲切的特征出现时，它与人的关系和地位就同其他文房产生了微妙的差异。

当一只色泽深沉、质地古朴、适宜泡茶、热不炙手、大小适中，又兼有种种道德比喻与哲理折射的紫砂茶壶出现在文人书房里时，对紫砂壶的欣赏，就不仅仅是出于对壶具本身的实用价值和它所传达的器物史信息的赏鉴了。

文人审美的介入，是曼生壶产生的标志。

在曼生壶产生前，紫砂壶已经有了非常不凡的成就。在中国异常发达的工艺传统中，匠人具备的艺术成就本来已经非常精深，文人介入要达到新的高度，是极其困难的。但文人介入会另辟蹊径，这就是文人审美的综合影响力。

陈曼生对紫砂壶所作的艺术成就，自然基于他对茶事、对茶壶的理解，也基于他的生活观、哲学观。

在曼生壶之前，紫砂壶形制主要传承了壶具的历史形制，它主要传承和模仿着陶器、青铜器、瓷器的形制。曼生壶则大胆地突破了这一因循沿袭的传统。这种对传统形制的超越，完全能从相传的曼生十八式以及曼生壶铭中寻找答案，也可以为陈曼生何以如此钟爱紫砂壶找到答案。以下将分别从曼生壶的铭文、形制和装饰等诸方面来对曼生壶进行进一步的解读和探索。

首先，我们对曼生壶的铭文进行一番解读。

曼生壶的铭文有着双重作用，一是诠释，二是美观。文字诠释表达了他对壶的鉴赏以及对茶事的记录与赞美，美观则包含了书法本身的审美及其对壶体的装饰作用。

解读曼生壶，曼生壶铭是极其重要的途径。曼生壶铭，好比是曼生壶最直接的解释，是曼生壶艺术的自我表述——

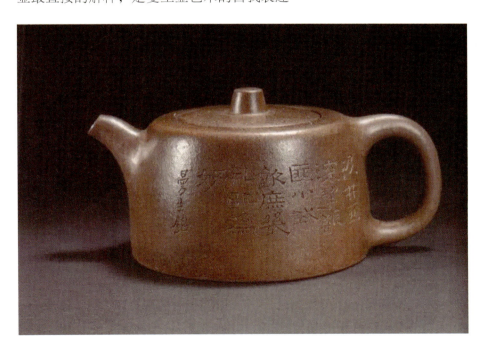

试阳羡茶，煮合江水，坡仙之徒，皆大欢喜；

八饼头纲，为鸾为凰，得雌者昌；

有扁斯石，砭我之渴；

不肥而坚，是以永年；

饮之吉，瓟瓜无匹；

苦而旨，直其体，公孙丞相甘如醴；

内清明，外直方，吾与尔偕臧；

煮白石，泛绿云，一瓢细酌邀桐君；

笠荫暍，茶去渴，是二是一，我佛无说；

汲井匪深，挈瓶匪小，式饮庶几，永以为好；

左供水，右供酒，学仙佛，付两手；

钿合丁宁，改注茶经；

如瓜镇心，以涤烦襟；

鉴取水，瓦承泽；泉源源，润无极；

乳泉霏雪，沁我吟颊；

帘深月回，敲棋斗茗，器无差等；

止流水，以怡心；

宜春日，强饮吉；

此云之腴，餐之不瞿，列仙之儒；

井养不穷，是以知汲古之功；

为惠施，为张苍，去满腹，无湖江；

梅雪枝头活火煎，山中人兮仙乎仙；

天茶星，守东井，占之吉，得茗饮；

曼公督造茗壶，第四千六百十四为犀泉清玩；

中有智珠，使人不枯，列仙之儒；

月满则亏，置之座右，以我为规；

吾爱吾鼎，强食强饮；

躏忿去渴，眉寿无割；

勿轻短褐，其中有物，倾之活活；

水味甘，茶味苦，养生方，胜钟乳；

不求其全，乃能延年，饮之甘泉，青萝清玩；

日之光，泉之香，仙之人，乐未央；

在水一方；

方山子，玉川子，君子之交淡如此；

无用之用，八音所重；

君子有酒，奉爵称寿；

维唐元和六年，岁次辛卯，五月甲午朔，十五日戊申，沙门澄观为零陵寺造常住井阑并石盆，永充供养，大匠储卿、郭通。以偈赞曰："此是南山石，将来作井阑。流传千万代，名结佛家缘。尽意修功德，应无朽坏年。同沾胜福者，超于弥勒前。"曼生抚零陵寺唐井文字，为寄沤清玩。

这些铭文，有结合壶式的点睛之笔，也有抛开壶式的神来之笔，有仙、有佛、有儒；有道家养生延年的格调，也有儒家君子道德的标榜。其出句，不离茶与壶，单刀直入，切于题而合乎度；其比兴联想内涵深邃，却又举重若轻，虚实相间，深刻诙谐，不失意趣。总而言之，是将入世与出世结合在情趣上，又落实于生活本身。这是曼生壶铭的精神世界，也是曼生壶点铁成金的超拔之处。

曼生壶铭的语句，多为三言四言，古朴隽永，简洁明快，从文辞风格来讲，既深受《易经》卜辞之神秘、《诗经》之真挚的影响，也有禅语佛偈的犀利超脱、道家的逍遥洒脱，还有商周青铜器铭文的痕迹，充分体现出陈曼生的学养背景，也显示出他风趣幽默而淡泊的生活观。

"茗壶第一千三百七十九""曼公督造茗壶，第四千六百十四"，这些骇人听闻的编号，恐怕不是类似今天出厂铭牌上的真实记录，因为存世曼生壶多数没有编号，这种数字，只可能纳入佛家"四万八千""八万四千"的数字世界中去玩味，它所带来的，就是拈花会心的一笑。

当铭文出现在紫砂壶上时，器物便有了文化意味。中国历来对文字敬若神明，连写过字的纸也要专门收集来在字纸炉中焚化。道家对上帝进言，也要写字于纸焚烧升化。文人对铭刻文字的喜好，从古碑碣而来，源远流长。文房用品中，不少也是会刻上铭文款识，如砚、镇纸、臂搁等，甚至供石、佛像上也会出现铭文。铭文是具有历史况味的记录，一旦刻上铭文，就具有了纪事纪年的意义。从以纪事为主的碑碣，到以品题为主的刻石、摩崖，到市井的界石、墓碑，都具有记录历史的作用。在曼生壶铭中，也有这样的铭文。

在仿古井栏壶上，陈曼生将零陵寺井栏上的刻石文字全部照录下来，这种全文抄录创作母体的铭文形式，不仅使井铭有了特殊的转录传递途径，是否还会使执壶者对壶与井产生"是二是一"的寄托与思辨呢？

香港茶具文物馆藏有一把曼生直腹壶，此壶壶肩铭文为："叔陶作壶，其永宝用"，壶壁铭文为："嘉庆乙亥秋九月，桑连理馆制，茗壶第一千三百七十九，频迦识"，壶腹铭文为："江听香、钱叔美、钮非石、张老薑、卢小凫、朱理堂……同品定并记"。同时品定的人员十五个，加上叔陶与频迦，共十七人。这样的铭文，不如说是一次艺术活动的记录。而以往纪事的铭文，其铭刻本体并非艺术活动对象，曼生壶将两者结合起来，紫砂壶也从此成为文人艺术的特殊类型。

从曼生壶铭的内容看，都从茶事本身出发，引出风雅、哲悟、养生、怡性的话题，并没有后世有些铭文完全脱离茶事本身直接以抽象作命题的隔离。《阳羡砂壶图考》云："明清两代名手制壶，每每择刻前人诗句而漫无鉴别。或切茶而不切壶，或茶与壶俱不切……至于切定茗壶并贴切壶形做铭者，实始于曼生。世之欣赏有由来矣。"这显然是以茶事作为入世与出世的结合点，以生活为本位的审美趣向，是明末清初文人艺术家注重生活本体描述的特点。

以生活为本位，亦即深刻而不离当下，最后以一丝会心微笑结尾，余韵无穷。

日用而脱俗，清淡而尊贵，低调而高洁，直率而思辨，立足于生活本位，肯定于现世价值，以情趣为表象，以出世为标榜，以调和为基调，曼生壶铭的内涵外延不外乎此。

其次，我们对曼生壶的形制加以解读。

陈曼生对壶形的探索与开拓，通常被概括为"曼生十八式"。"十八"固然是常见的虚指，"十八家""十八拍""十八般武艺""十八罗汉""十八层地狱""十八相送"……无论雅俗，都以"十八"为有限代替无限的虚指。曼生壶式，考察下来并不只有十八式，从目前可知的来看，有井栏、井栏提梁、石瓢、石铫提梁、合欢、合盘、台笠、葫芦、瓠瓜、半瓜、半瓢、扁石、果圆、周盘、汉方、乳鼎、瓦当、圆珠、百纳、吉直、觚棱、半瓦、传炉、四方、柱础、乳钉、合斗、春灯、天鸡、六方，等等。

在1937年出版的《阳羡砂壶图考》中，曾列出了二十六件不同的曼生壶形。今人谢瑞华著《宜兴陶器》中，又列出曼生十八式壶形，两相结合，共成三十四种曼生壶形。有学者记载，1963年上海文史馆龚怀希有一册《陶冶性灵》手稿，是以前鉴别和仿制曼生壶的底册。手稿为宣纸线装，封面上《陶冶性灵》为郭频迦所题。册中左页绘壶形，右

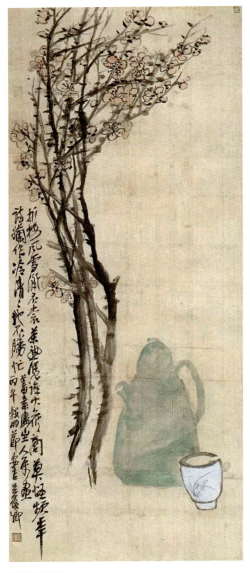

吴昌硕画作

页录壶名及铭文。最后记录："杨生彭年作茗壶廿种，小迂为之图，频迦、曼生为之著铭为右，癸酉四月廿日记。"学者认为，不论这集手稿是否为嘉庆十八年的真品，但它记录的茶壶图形及壶名、铭文却是极有价值的。

有学者将《陶冶性灵》中的二十个壶形与谢瑞华"十八式"及《阳羡砂壶图考》中的曼生壶形集于一纸，共得到三十八个曼生壶形，这也就是上述曼生壶形制名称的来源。

曼生壶形有不少是首创，如斗笠式，还有瓠瓜式这种从自然瓜果中而来的形式，都具有抽象还原的创作智慧，不同于所谓紫砂"花货"中的那种全盘仿制，体现了文人对于线条造型的高度概括能力。

在曼生壶式中，我们无法一一确认哪些是曼生首创，哪些是曼生承传，但从传世的壶形资料看，曼生对紫砂壶形制传统的确有着继承与发展的功绩。相比之前流行的以仿铜、锡、瓷壶器形为主的紫砂壶式，曼生壶将眼光投射到了人们熟视而无睹的领域，比如建筑构件之柱础、日杂用品之斗笠、石铫及瓜果等。这可以说是美的发现，是发自自觉的创作。基于这些新的壶形，铭文及联想也拓展了发挥的空间，紫砂壶艺术便在有限中追求无限。

陈曼生在紫砂壶形制上的探索是有着时代背景的，有着中国器物造形的体用观念和时代的审美眼光。与之可以对比研究的，是古琴的形制。

古琴是中国文人喜爱的乐器，从东汉琴制定形以后，至隋唐开始产生多样的形制。但尽管形制出现多样化，可琴的主体结构永远遵循着乐器性能所需要的基本构造。由于文人和而不同的个群关系与个性需要，古琴的形制也丰富多彩，有仲尼、伏羲、神农、连珠、正合、灵机、响泉、凤势、列子、伶官、师旷、亚额、落霞、蕉叶、中和等多种形制，在南宋田芝翁所辑《太古遗音》中，就绘有三十八种琴式。

从明初到清中叶，是古琴艺术的辉煌时期。古琴形制中的"蕉叶"和"中和"，便是明代产生的两款著名的琴式。"蕉叶"据说是明初刘伯温所创，琴体模仿芭蕉叶，妙在神似，高明的制作者并不全盘将蕉叶模仿在琴体上，拙劣的仿作者则将茎脉全盘照收。这种艺术手法，与曼生壶中的葫芦、瓠瓜、半瓜有着相同的审美理念和创作手法。

"中和"琴式则是明末第二代潞藩朱常淓亲自设计并制作，因此也称作"潞琴"。潞琴制作精良，每一张都有编号，明后期潞琴已十分名贵，崇祯帝就经常把潞琴视作厚赐恩赏给诸王。中和琴在四方的琴额两角上各切去一小角，形成桥栏形，又将琴的腰线变圆为方，使得琴体呈现方正耿直厚重的体态。加上每床潞琴都有编号，使人联想到有编号的曼生壶同样尊贵难得。

将古琴形制与曼生壶式加以对比，原因在于古琴也是文房的重要雅玩之一。古琴是文人历来尊崇的高雅乐器，具有清高脱俗的意象，同时也是一件实用的古董，这些因素与紫砂壶的实用而超脱有着异曲同工之妙。文人创制的古琴形制，同样也与曼生壶式异曲同工。文人审美那种在抽象与具象之间的把握在这里发挥到了极致。

铭文形制之外曼生壶的壶身装饰也值得我们重视。

曼生壶对紫砂壶艺术做出了自觉的探索，既有重大的突破，也发现了某些艺术手法上的局限，比如壶上不宜刻山水这一条，没有沉潜往复、从容含玩的实践经验，是说不出这一真知灼见的。

紫砂壶身的装饰，有图案、铭文、款识，其完成方式，有刻划，也有泥绘、镶嵌等。曼生壶的装饰，主要以刻划铭文为主。

紫砂材质以紫红色为主，类似于铜铁与碑材，有着深厚金石学养的陈曼生，自然不会放过这样宜于刻字的题材。当壶铭完成后，紫砂壶便又多出一项可供把玩的意趣。

曼生壶铭的字体，有楷、行、隶，以行楷为多。行楷较隶、篆活泼，又比草书庄重，而且由于更能体现洒脱随意的笔意，人人皆识，因此又比篆、隶亲切自然，而篆、隶虽图案装饰性强但抒发性情方面不够。这也许就是紫砂壶铭多以行楷为字的原因。陈曼生的壶铭书法将这种选择应用在壶上，产生了画龙点睛的效果。

在铭文于壶身的位置、行文的疏密、字体的大小上，作为篆刻家的陈曼生可谓是得心应手，正中下怀。

陈曼生的书法素重碑学。清人蒋宝龄的《墨林今话》称："曼生酷嗜摩崖碑版，行楷古雅有法度，篆刻得之款识为多，精严古宕，人莫能及。"

铭文以外，曼生壶还因某些特殊的壶式选择了相应的装饰，如飞鸿延年壶，在壶底做成凤纹瓦当的图案；在四方壶上，引用汉砖"永建"年号砖铭。这些装饰因与壶式结合一体，遂成为经典的文房造型，让熟悉秦砖汉瓦的文人一看便爱不释手。

此外，曼生壶竟鲜有花鸟入壶者，其原因颇耐寻味。首先，中国书法是高度抽象的线条，既可欣赏其中的"笔意"，又可欣赏其整体的章法。在色泽深沉的紫砂壶上寻找装饰，必须要考虑到壶体色泽深沉这一"底色"条件的限制。陈曼生等文人接触到的碑刻拓本，是黑底白字，而传世青铜器上的铭文，也是在深沉的底色上示人，这是他们欣赏习惯的熏习所致。但绘画则不同，需要区别对待。如果是逸笔草草的小写意，一枝梅，一丛兰，则仍然简洁如字，易于从紫砂壶体显现出主次分明的层次，既能欣赏其笔意，又不破坏壶体本身的质感与形态美。而山水画则难以在壶上出彩。壶不宜山水的禁律，也许正是同壶的形体特点与深沉底色有关。中国水墨山水以白纸为底色，以墨色深浅及各种笔法分出层次，而在紫砂壶上，即使是如高手在扇面作画一般那样克服壶形的局限，也难以解决刻划后底色与画笔色泽相同的矛盾。这种色彩的同一，让欣赏者难以将山水画的虚实变化读出——这是材质所决定的，非强求可以胜任。其次，山水画画心所需要的"天"与"地"，难以在有盖有底色泽统一的紫砂壶上进行切割，这与扇面又有所不同——也许这也是山水不宜的原因之一。我们从这几点可以发现，紫砂壶上如果必须装饰以山水画，反而是泥绘胜于刻划。

反之，书法则不受这一局限，铭文易于为多数人所接受，除了铭刻文化的影响外，显然也受到陈曼生们的碑拓欣赏习惯这一审美定势的影响。

综上所述，解读曼生壶，不妨可以形成这样一种认知：曼生壶的产生，是紫砂壶产生的历史脉络的延续，是文人参与紫砂壶艺术的杰出成果，是紫砂壶艺术在中国艺术轨道中必然达到的人文高度，也成为中国茶文化向高层次文化演进的重要里程碑。

因此，曼生壶从"捏制"到"把玩"，是一个集设计、制作、传唱、吟诵于一体的文化活动，"把玩"之余，其艺术价值和经济价值也在不断增值。这种增值又将雅文化的影响扩大到俗文化，带动紫砂壶艺术的多层次发展，虽并非都能达到曼生壶的艺术高度，但却在很大程度上归功于曼生壶的成就，这是很值得今人研究的。

书画圣手家具情

　　"江南第一风流才子"唐寅（1470—1523），字子畏、伯虎，号六如居士，吴县人，与文徵明同年。唐寅出生在商人家庭，从小接触社会，养成开放、热情的性格。29 岁时赴南京乡试得第一，常以之为荣事。但因结伴同乡徐经赴京考试行贿买题事发，连累唐寅，饱受折辱，从此与官场绝了缘分，于是放纵、沉迷于繁华都市的声色之乐，借狂放不羁之行为来释放心中的积郁。

　　唐寅凭着自己书法与文学的扎实功底，将吴门画家诸家之长熔于一炉，将文人画的长处发挥得淋漓尽致。既有很强的造型能力，又讲究笔墨情趣，既从造化中来，又表现主观的感觉和笔墨的蕴藉，真正做到雅俗共赏、独树一帜。他在文人云集的商业都市苏州的生活环境中表现得游刃有余，将旧题材画出新意境，使文人画既画出了不食人间烟火、托物寓情的傲气，又融入世俗生活和商业都市的万象之中。

　　唐伯虎一生可谓坎坷，饱经风霜，是一位看透世情的"六如居士"，是一位诗、书、画皆精的旷世才子。大家熟悉的是他的书画，其实，他还是一位明式家具的设计大师。

　　处在封建社会后期的明朝，文人这一群体的处境确实很微妙。在入世与出世之间的徘徊与煎熬，迫使他们一旦在政治道路上不得志，便竭力要把自己的思想和才能寻求其他通道来表现。这种表现有出于无奈的，因为"天生我材必有用"，这个搞不成就搞那个；但也有的是出于文化人骨子里的底蕴和深爱，不管在何种情况下，就是喜爱，就是追求，就是要做到极致，由此表现出自己的个性。如果说前一种还有些另谋出路的话，那后一种就完全是主动呈现了。固然，这两者没有很明显的分野，但却有着明确的主观倾向性。基于对生命所持根本且现实的认识，使得他们在对生活美的发现、创造和享受中，较主动地创建了对美的自然追求、并充分利用自己的文化底蕴的新的艺术创作平台。

生活在桃花坞桃花丛中的唐解元充满对生命中美的追求和创造，又是浸泡在人间天堂的水乡姑苏城中，所以他是不安"本分"的，哪怕就是在重画古代画作的过程里，也要来表现一番。

相传为五代顾闳中所画的《韩熙载夜宴图》描述的是当时的大臣韩熙载从北方归南唐，因其才识过人，唐后主想用他抗宋，可又心存疑虑，韩熙载深知后主之心，既不愿意承担失败的责任，又显示自己毫无野心，就在家夜夜宴饮，纵情声色，以保全自己。后主派著名人物画家、翰林待诏顾闳中潜入韩熙载府第，目识心记、绘成画图呈阅。

韩熙载何许人也？《韩熙载夜宴图》又说明了什么？唐末，国力衰败，各地纷纷割据，形成五代十国的分裂状况。南唐，在当时处江南一带，物产丰富、战乱较少，并依靠淮盐和徽茶的利益充实国库，可以说是相当富足。先主李昇、中主李璟和后主李煜都是"风流绝代"的词人，但又是无力治国的君主。在北方大军的压力下，一面奉送淮北盐物财源，一面俯首称臣。而内部，相互倾轧，相互猜疑，矛盾十分尖锐。此时，山东青州少年进士韩熙载，因父亲韩嗣被北方外族所杀，便扮作商人，投奔南唐吴地。先主李昇为表示礼贤下士，便收容了他。当时韩熙载投奔江南的初衷是替死去的父亲报仇，打回中原去。他才华横溢，"书命典雅，有元和之风"，南唐统治阶层中却受到排挤。韩熙载面对"输了一半"的南唐和无力回天的后主——即写出"问君能有几多愁，恰似一江春水向东流"词的李煜，韩熙载觉得自己"长驱以定中原"的雄心早化为泡影。投靠南唐无所作为，欲回北方又不受欢迎，于是就表现得更为疏狂放荡。史书记载，他"家无余财"，全拿来挥霍享用，单养女乐工就达四十多人。韩熙载常常拿着一把独弦琴，到歌姬住的院子弹唱为乐。朋友问他为何如此纵情声色，回答："是为了躲开皇帝要我做宰相。"据《五代史》说，李煜多次想用韩熙载做宰相，但又觉得他整日沉湎于荒唐的宴乐实在不够条件，为此，特派了身边的待诏顾闳中等人到韩熙载的家里，窥其樽俎灯酒间到底在干些什么。

　　不管《韩熙载夜宴图》创作目的如何，但画的艺术水准和绘画表现手法是极高的。北京奥运会期间，我有机会在故宫武英殿再次观看了展出的《韩熙载夜宴图》，其风采依然。这一幅画可分为五段，展现了韩熙载夜宴的整个景况。从宴后教坊副使李嘉明的妹妹正在弹奏琵琶开始，

韩熙载夜宴图（局部）
五代　顾闳中

宴乐开始，围观的主宾全神贯注，通过形象大小和色彩的区别，映衬韩熙载的主人地位；接着是宴舞，韩熙载为舞"六幺"的歌伎王屋山击鼓，女子应拍起舞的身姿，观者或击掌、或打板，反映了紧扣音乐节奏舞蹈的过程。至宴会时，琵琶收起，韩熙载坐在床边洗手，显得醉后困倦之状。接着，韩熙载更换衣服，敞胸露肚，与舞伎、歌女谈话，似小憩而起，而击板者与六位吹奏管乐者正齐奏宴乐。最后为曲终，宴散人去，宾客之间依依惜别。韩熙载右手拿着鼓槌，左臂挥手致意，俨然是整个夜宴的主人。画卷虽分五个部分，但相互之间联系自然、节奏自如、协调完整，主宾之间、歌舞伎之间、表演者和观众之间的关系一目了然，交代清楚，充分表现了主人韩熙载士大夫的气宇不凡但略带懒散的神态，不经意的外表反映了其内心的复杂活动，通过音乐和手、眼的呼应，使主人进入空冥散淡的境界。为了突出主题，作者在人物的处理上为画面的主题和效果服务，突出主人翁，其他宾主、歌伎画得较少。在床、椅、屏风、乐器等物件处理上，手法简练，巧妙地起到了画面分段和情况布置的作用。应该说此画将人物造型、情节表达和主人翁的复杂心境表现得极为传神、生动，是一幅不可多得的具有深刻主题思想和杰出艺术成就的古代人物画，为历代文人墨客所顶礼膜拜，有不少人临画描摹。

众所周知，凡临前人画卷都是一招一式忠于原作。然唐寅所临《韩熙载夜宴图》，却是他在"忠于原作、不失神采笔踪"的前提下，做了适当改动，以自己的才情对原作进行了再创作，真可谓锦上添花，既保持了原画主题，又增强了原作的艺术感染力。

唐寅在改动过程中，最夺人眼球的是在他的再创作中对画中家具进行了重新布置，增绘了不少家具，充分表现了唐寅对家具设计、创意的非凡才能，也折射出在唐寅所处的时代——明代繁华都市的知识分子、士大夫阶层对苏州明式家具的推崇达到了无以复加的程度，连唐寅临摹古画都敢于"画蛇添足"了，以至于把他心中的"明式"家具添置在所临的前代名画之中。

在"宴后"段落中唐寅增绘了一个大折屏，屏的左方加绘了一张方桌，右方加绘了一个座屏，使画面比原画的可视性更强、更有生活味道。

"宴乐"段落中没有增添家具，但条案的枨子明显做了改造，显得苏州"味儿"更浓，家具的文人气质明显带有明式家具特征。

在"宴舞"段的画面中，唐寅在画中主人翁的身后加绘了一张条案和一小插屏，在长案后加绘了长桌，并在其右下方增绘了一前屏，使家具与画中主人相互生辉，主人翁形象更加生动。

"小憩"段的画面，唐寅增绘了折屏、座屏和月牙凳，画面生活气息浓厚。"闻笛"段，加了大折屏和锦缎前障。"曲终"后又加了两座

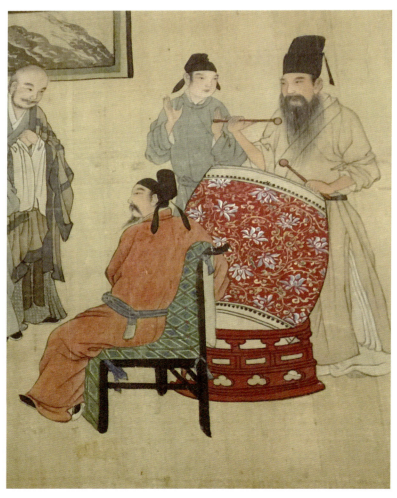

韩熙载夜宴图（局部）
明 唐寅（摹）

折屏和一张桌、一张斑竹架子床，使得画面造型别致，人物栩栩如生，韩熙载独自沉思的情状跃然纸上。在这段画面中唐寅所绘的斑竹架子床，造型简练、比例匀称，是精心设计和加画的家具精品。再如"宴乐"中的椅子，唐寅将原作椅下的双枨移至上端并改成单枨，于细微处表现出其个人对家具制作工艺的谙熟于心以及极高的审美情趣。

唐寅在整卷画的临摹再创作中，除原作中二十多件家具外，又根据自己对苏州明式家具的爱好、独具匠心地增绘了二十多件家具，种类涉及桌、案、凳、屏等，仅凳就有方凳、腰凳、绣墩；屏有座屏、折屏、前障，且陈设适宜、布局合理，不仅起到了对原作的烘托作用，而且充分反映了唐寅对明式家具款式、布局的体察入微、熟知有素。据史书记载，唐寅对家具用材和家具材质的色泽也十分讲究，曾记载有关于"柘木椅用粉檀子土黄烟墨合"的色彩标准。柘木，是属桑树类，材质密致坚韧，近似栗壳色，沉着而不艳丽，明泽而不灰暗。可见他对家具色相的考究程度。作为画家、文学艺术家，又对家具制作工艺如此独具匠心，这在中国绘画史上是罕见的。

艺术是相通的，但这需要有一根"红线"将其串连，才能融会贯通，相得益彰。对生活的热爱，对美的发现、创造和鉴赏，综合反映了唐寅这样的文人的情怀。这是一种积极的也比较纯真的精神面貌，由此透露出其文人的品格。文人情怀是通过精神来体现、以品格作为支撑的。由于这根红线的串连，不同门类的艺术创作在他们的调制中水乳交融，溢焕异彩。

唐寅在他创作的《琴棋书画人物屏》中，通过描绘明代文人的书斋，全景式地展现了明代文人的生活环境、居室陈列。画中所描画的屏风、斑竹椅、香几、榻等三十余种各式明式家具，不仅反映了明代文化人对家具的爱好程度，同时也将唐寅在家具设计、构造方面的才华表现得淋漓尽致。

画家在他们的画作中绘上家具，原本是画作内容的需要，画家创作的初衷并无为家具作史志的意图。但恰恰是这些画作，给我们留下了不少家具史资料。

由于各种原因，明清以前的家具流传下来的实物甚少，有的只是明器，因此这些出现在宋代绘画中的家具信息就弥足珍贵，我们也由此能够发现明式家具与宋元家具之间的继承关系。

在存世的宋画中，出现了许多家具，例如：

交椅——宋画《蕉荫击球图》中出现；

藤墩——宋画《五学士图》中出现；

高桌、方凳——南宋马远《西园雅集》中出现；

榻和足承——宋画《槐荫消夏图》中出现；

圈椅——南宋刘松年《会昌九老图》中出现；

桌、凳——宋张择端《清明上河图》中出现；

榻、长方桌、扶手椅、方凳——宋《十八学士图》中出现；

课桌、椅、凳——宋画《村童闹学图》中出现；

此外，在河南禹县宋墓还出土有灯挂椅（明器）。

明代，苏作家具已成为宫廷及达官贵人使用的奢侈品。苏作明式家具沿大运河北上运至今北京通州，然后抵达宫廷及达官贵人的宅院。明代大运河的漕运是国家经济的命脉，过关过卡导致运价抬升，因此苏作的黄花梨家具运达北京后价格奇昂。据资料记载，一对黄花梨的面条柜，几乎要费千两白银，相当于当时一座四合院的价钱。苏作家具在当时如此地受人推崇，难怪乎在描绘文人精雅生活的场面时会时常出现。

明式家具何以在中国家具史上独步巅峰呢？其传承与发展，是否有规律可寻？明式家具达到的工艺及艺术高度，是否与文人的审美有着确切的关系？这是我们关注唐寅与明式家具的目的所在。

宋代是我国家具史上的重要转折时期，席地而坐转变为垂足而坐，高型坐具随着垂足坐的习俗，影响渐渐深入和扩大。宋代，高型家具得到了极大发展，不仅仅是椅、凳等高型坐具，其他如高桌、高几等品种也不断丰富。

宋代家具与唐代家具所欣赏的浑圆厚重不同，在造型结构上发生了显著的变化。首先是梁柱式的框架结构代替了隋唐流行的箱形壶门结构。其次，装饰性的线脚大量地出现，此外，桌面出现了束腰，足除了方形和圆形以外，还出现了马蹄形。这样，就完成了化圆为方、方中又不失圆润的线形架构，这种简素空灵之气，直接影响到了明式家具的制作。

到了元代，家具的功能与线条出现了新的发展。一是罗锅枨的大量应用。在山西洪洞广胜寺元代壁画中出现了罗锅枨桌子，这是有关罗锅枨较早的记录。其次是出现了霸王枨。在元人所绘《消夏图》中的一张高桌下出现了与明代流行的霸王枨极为相似的构件。

从唐宋家具到明式家具的这一线型变化，也能从书法的结体及线型的发展中得到印证，而书法，历来是文人阶层的基本素养，从中不难得到异质同构的中国艺术发展规律。

明式家具这种矩形体方中带圆的线型结构，与端庄柔韧的小篆十分接近。

中国文字从甲骨到大篆，再到小篆，然后分别向隶、草、楷发展。从形态结构上讲，与家具形态最为相近的是大篆与小篆。而从大篆到小篆，再到隶书，其线条经历了由圆而方的转变过程。从石鼓文、金文到斯篆再到隶书，可以清晰地发现这一线条及结构的转变过程。其中的小篆，恰恰是结体匀称、方中带圆的代表。

家具虽然是一种立体三维用具，但在其多面构图中，正视图是结构的重要块面。我们从唐宋家具正视图线条由圆而方的转变中，可以发现

圆椅

方凳

这一审美的变化。

虽然这一审美的变化并不可能与汉字形体的发展完全对应，但仍能反映出审美历史的大致走向。

明式家具继承了宋元家具的优秀传统，达到了中国家具制造的巅峰。处于这样的家具制作巅峰时代的唐寅，自然与当时的家具关系密切。在摹画《夜宴图》时，他不仅将原画中的古代家具加以改造，同时还添进了不少明代家具，这不但显示了他对家具的熟悉程度与喜爱程度，同时也显示出文人对世俗生活的眷恋与依赖，体现了十足的"市隐"心态。

从画面上讲，唐寅增设家具本身是继承了宋代绘画对生活情趣细致描摹的传统，同时也体现出他对原作的批评。这种批评通过他的再创作传达给我们：原作以宴乐歌舞为中心，而家具等居室空间所必备的内容表现得不够完整，为了弥补这一缺憾，唐寅似乎将夜宴改为了午宴，把夜宴中看着不完整的家具来了一个印象式的大曝光。我们不妨这么认为，这或许就是唐寅对他所经历的夜宴生活的借题还原，这种奢华的场面在写实的手法下传递着盛宴进行的信息，与明代的享乐风气十分吻合。唐寅刻意增加的东西，正是他个人的审美需要。

这种审美需要，与当时苏州地区高度发展的文化艺术环境有着密切的关系。明代绘画史上著名的吴门画派的代表人物沈周、文徵明、仇英和唐寅，都曾在苏州生活过很长时间。

当时云集在苏州的文人对家具的钟情确实是空前的，如与唐寅齐名的明四家之一的仇英仇十洲，对家具也情有独钟。仇英人物仕女画代表力作之一《汉宫春晓图》，所描绘的是汉时宫廷的嫔妃生活场景。众所周知，汉朝仍处于席地而坐的时期，时人所用的家具也都是低矮家具。但画中所展示的景物，特别是家具是典型的明式家具。如画中"演乐"段中的明式高型条桌，画家描摹得极为精致、惟妙惟肖。

明四家之一文徵明曾孙文震亨是明代大学士，其所著的《长物志》中记有一件具有保健功能的家具滚凳，用乌木做成，长二尺宽六寸，用四程镶成，中间有一竖挡，一般为文人书房中在书案下所用，用脚踏轴，来回运作可起活血化瘀的功效，至今仍然沿用。

　　与其他朝代相比，唐寅、仇英、文震亨等文人雅士对家具的关注与参与程度，可谓到了登峰造极的地步。文人关注家具、参与家具设计的先例自汉朝以来时有所见，但大都属零星、琐碎，并没有对家具的制作产生很大的影响。而明代文人在这方面是最为活跃和最为集中的，其参与家具设计之多、阐述家具理论之深刻是任何一个朝代都不能比拟的。而且，这还是一种群体现象。

　　今天，我们从明式家具的种类上，可以发现许多家具与爱好书画的文人有关，或者说许多家具是文人专用的家具。这些家具，是文人精神生活、艺术活动所必须依赖的物质世界。

榉木灯挂椅

　　明代北京提督工部御匠司司正午荣曾经汇编过一本《鲁班经》，是属于明朝官方编汇的木工经典。书中的家具部分收入了三十多种家具，其中的交椅、学士灯挂椅、禅椅、琴椅、脚凳、一字桌、圆桌、棋盘桌、屏、几、花架等，正是出现在明代文人绘画中的文人生活必备的家具品种。

　　除了这些家具，还有作书画用的画案、展读长卷的翘头几，以及放置尊彝等青铜器的台几（《长物志》）、书房中安放香炉的香几及安置熏炉、香盒、书卷的靠几（《遵生八笺》）、"列炉焚香，置瓶插花，以供清赏"的叠桌（《游具雅编》）、"可容万卷，愈阔愈古"的藏书橱和"以置古铜玉小器为宜"的小橱

（《长物志》）、"坐卧依凭，无不便适，燕衎之暇，以之展经史，阅书画，陈鼎彝，罗肴核，施枕簟，何施不可"的几榻（《长物志》）、轻便易于搬动可"醉卧偃仰观书并花下卧赏"的藤竹"欹床"（《遵生八笺》）等，这些家具品种的设计与改造，或多或少乃基于文人特殊的使用需求。只要这一需求存在，便会对家具的制作进行干预。宋代被称为是中国古代文化的极致，"华夏民族之文化，历数千载之演进，造极于赵宋之世。"（陈寅恪语）有史可考的文人参与家具制作实例也出于宋代。假托为北宋文人黄伯思所著、成书于南宋绍熙五年（1194）的《燕几图》，是中国第一本关于家具设计的专著。在这本书里，作者设计了一组可搭配成不同台型的桌子，堪称现代组合家具的鼻祖。这组桌子共能变化为二十五体七十六种格局。每种格局均有名称，如"屏山""回文""瑶池"等，在布局的空白处摆上烛台、香几，则形成不同的空间，体现了文人风雅生活对家具组合的创意。

而明代文人参与家具设计的实例，就更为丰富了。

明代常熟画家戈汕于万历丁巳年（1617）著有《蝶几图》，设计了一组"随意增损，聚散咸宜"、可按需要随意搭配为多种组合的桌子，类似儿童的七巧板，可得出八大类一百三十多种格局，以适应文人集会时的不同需要。

与之类似的是无名氏所作《匡几图》，虽无年代可考但有异曲同工之妙。其设计形如博古架，各种大小的矩体结于一体，空间疏密有致，板材虽薄但榫卯精密。巧妙处在于拆卸之后所有匡板正好匡匡相套集于一匡。

对于这三种"几"，学者朱启钤认为："燕几用方体以平直胜，纵之横之，宜于大厦深堂；蝶几用三角形以折叠胜，欹之角之，宜于曲栏斗室；匡几以委宛胜，小之可入巾箱，广之可庋万卷，若置于燕几之上，蝶几之旁，又可罗古器供博览，卷之舒之无不如意，三者合而功用益宏。"

此外，以《玉簪记》闻名的明代戏曲家高濂在《遵生八笺》中设计了冬夏两用的"二宜床"，此床"四时插花，人作花伴，清芬满床，卧

榉木圆角柜

之神爽意快"。

明代戏曲家、文学家屠隆在他所著《考槃余事》中收入了几种专为郊游设计的轻便家具如叠桌和衣匣、提盒等用具，还设计了一种竹木制作的榻，"置于高斋，可作午睡，梦寐中如在潇湘洞庭之野"。

明代戏曲家李渔在他的《闲情偶记》中设计了凉杌和暖椅。凉杌的杌面是空的，内设空匣，"先汲凉水贮杌内，以瓦盖之，务使下面着水，其冷如冰，热复换水……"，可降低室内气温，如同空调。暖椅则是一张经改造的书台，桌底设一抽屉，可烧木炭，四面围合后一半身体可纳于桌内取

暖，桌面也能保持暖和，冬日使用，不至于受寒，而且费炭极少。"此椅之妙，全在安抽替（屉）于脚栅之下。只此一物，御尽奇寒，使五官四肢均受其利而弗觉"。而且便于外出使用，只需加几根横杠，便可抬了就走。

琴桌也是文房家具的一类。明代《格古要论》的作者曹明仲认为琴桌"须用维摩样……桌面用郭公砖最佳……如用木桌，须用坚木，厚一寸许则好，再三加灰漆，以黑光为妙"。今人陈梦家原藏的一张明代琴桌，桌体暗藏共鸣箱，箱内还设计有共振弹簧，以利古琴发声。这种设计且不论是否有共鸣效果，已充分体现出明代文人对文房家具的特殊要求以及参与设计的热情。

也正是有如此众多的文人踊跃地参与家具的设计制作，为明代家具的形成和中国家具艺术的辉煌成就注入了强大的生命力。

笔者曾去苏州参观由美国著名建筑大师贝聿铭设计的苏州博物馆，其中有一个展室专门介绍苏州的明式家具，是根据文徵明后人晚明大学士文震亨的经典著作《长物志》对明代读书人书房用具所作的描摹而陈列的。文震亨认为，读书人用的书桌，"中心取阔大、四周镶边，阔仅半寸许、足稍矮而细，则其制自古。凡狭长混角诸俗式，皆不可用，漆者犹俗"。又如椅子，以"木镶大理石者，最称贵重"，且宜矮不宜高，宜阔不宜狭。至于材料，以花梨、铁梨、香柳为佳。而几榻则"坐卧依凭、无所不适，燕衎之暇，以之展经史、阅书画、陈鼎彝、罗肴核、施枕簟，何施不可"。这是何等的消闲安逸，呈现出十足的雅士气派。但苏州博物馆所展示家具全为新作，依葫芦画瓢按书中所云加以展示，没有一点古意，根本不能与上海博物馆家具厅展览的王世襄、朱家溍所藏家具相比，实为遗憾！

明时苏州，为全国最繁荣、手工业最发达、优秀工匠最集中的地方。明张岱《陶庵梦忆》记载："吴中绝技，陆子冈之治玉，鲍天成之治犀，周柱之治嵌镶，赵良璧之治梳，朱碧山之治金银，马勋、荷叶李之治扇，张寄修之治琴，范昆白之治三弦子，俱可上下百年，保无敌手。"就家具而言，苏州制造花梨家具和红木小件的一代名匠就有江春波、鲍天成、郿四、袁有竹等人，可谓是天下良工尽在吴中。苏制明式家具影响全国，连北京紫禁城也关注吴地苏州花梨家具。更为令人称奇的是，明代苏州，一大批文化名人在倦于科举、失意官场、优游山林之时，又热衷于家具工艺的研究和家具审美情趣的探求。他们在玩赏收藏、著书绘画之余，在徜徉于崇尚简约、疏朗、雅致、天然的苏州私家庭园之际，在观赏优美、典雅、悦耳的昆剧艺术之时，又积极参与到家具的设计和制作中来，并将文人内心的审美影像物质化，赋予园林居室、家具陈设以文人的气息特质。他们所做的家具，常常借物抒情，把起居使用的家具当成端砚来雕刻、当成田黄来铭记、当成宣纸来书写。文人墨客在苏式家具上寄

托才情、抒发胸臆，上述唐寅、仇英、文震亨就是典型的代表。

这真是天时、地利、人和成就的结果。对生活的热爱和对艺术的钟情，将世俗与高雅通过人最本质的需求结合在一起，实用性与艺术性完美地相融，意象和实象由文人情怀、情意款款联结，艺术的泛化达到了那么顺畅的展开和结果！

除此之外，我们还可以从现在流传下来的古典家具珍品中看出当时文人骚客的遗风旧迹。现藏于故宫博物院的"流云槎"是一件闻名遐迩的天然木家具，乃明弘治间状元、以善音乐闻名的康海故物，原藏于扬州康山草堂，因赵宦光题"流云"而得名。董其昌、陈继儒又先后题铭，董其昌云"散木无文章，直木忌先伐……"，陈继儒题曰："搜土骨，剔松皮。九苞九地，藏将翱将。翔书云乡，瑞星化木告吉祥。"因此名震海内外。

再如文徵明的弟子周天球，有一具紫檀椅子，《清仪阁杂咏》记载云："周公瑕坐具，紫檀木，通高三尺二寸，纵一尺三寸，横一尺五寸八分，倚板镌：无事此静坐，一日如两日，若活七十年，便是百四十。戊辰冬日周天球书。印二，一曰周公瑕氏，一曰止园居士。"

祝枝山、文徵明在椅背上书写诗文的两把官帽椅也是存世的实物。其中一具的条板上刻有"是日也，天朗气清，惠风和畅……暂得于己，快然自足"约百字。落款"丙戌十月望日书，枝山樵人祝允明"，具印为"祝允明印""希哲"。另一具条板上为文徵明所书"有门无剥啄，松影参差禽声上下煮苦茗之。弄笔窗间，随大小作数十字、展所藏法帖笔迹画卷纵观之"四十字，落款"徵明"，两印一为"文明印"一为"衡山"。

现藏于宁波天一阁的一对长案之石桌面上，也刻有吴地顾大典、莫是龙、张风翼等人题记多处，云："数笔元晖水墨痕，眼前历历五洲村。云山烟树模糊里，梦魂经行古石门"；"群山出没白云中，烟树参差淡又浓。真意无穷看不厌，天边似有两三峰"；"云过郊区曙色分，乱山元气碧氤氲。白云满案从舒卷，难道不堪持寄君"。

　　不管上述几例历代文人题写家具是否得到考证，但当时文人喜欢在紫砂壶、明式家具上题诗画并铭刻确实有案可查，并时有佳话流传。直至现在，仍有不少文人学者好之。如著名书画家吴昌硕在其喜爱的红木插角屏背椅背上以大篆题铭"达人有作，振此颓风"，如红学家冯其庸、画家唐云、陆俨少等喜欢在宜兴紫砂茶壶上题诗铭句，使紫砂壶身价倍增。又如王世襄《锦灰二堆·壹卷》中"案铭三则"就记录了王世襄先生为画案作铭之事，并云"拙作三铭，乃游戏之作，原无足称道。今得以墨拓博得读者一晒，似略具古趣，视手书为胜"。此举可视为旧时文人遗风，风雅之举为时人称道，为后学者羡慕不已。

　　以上种种文人参与家具制作、品题的例子，集中体现了中国传统文人所崇尚的生活情趣与审美观念。我们从那些明代文人学者的作品中，从唐寅、仇英等人的绘画中以及从明以来的古籍刻本的插图中，处处可见文人墨客对明式家具做出的杰出贡献，并从中体会出他们借此而抒发的文人情怀。

天工开物才子情

　　研究明式家具和紫砂壶这两种器物在美学上的关联性，必然要探究明清江南文人群体的精神世界和审美旨归，以勾勒实用器具艺术化的过程来还原一段风华，再续一脉清韵，这是对传统文化的一份追怀，对"逝去时代的风致"的一种摹写，更是对生活艺术的一番品味与感悟。自古至今，江南地区文风鼎盛、文脉绵延，钟灵毓秀，蔚为大观。然而，世事流转，沧海桑田，那个穿行在历史烟尘中的"江南"容颜渐改，再来说旧事、道古人，颇有"待从头，收拾旧山河"之感。如今，环境变了，社会的风习、审美的标准、价值的取向也可能改变，但总有一些沉淀已久的东西是不会变的，所谓"回首清晖来时路，古月依旧照今人"，人们对美好境界和理想生活的向往与追求总是一脉相承的。

一

　　如何把传统中国人的生活智慧、过往的都市生活乃至整个江南鲜明的地域文化特征表现出来，对现代人的生活有所启迪、有所借鉴？生活中常见的紫砂和明式家具是两种值得品味与观照的对象，这两样是具有实用价值的生活用具，但同时在制作和演化过程中有历代文人的参与介入，因而成为地方文化和人文精神的独特载体。借家具风骨显文人神采，用紫砂清洌舒心中块垒，也算是"通古今之变，成一家之言"吧。

明式家具和紫砂茶壶，材质不同、形态有别、用途迥异，但一样的简洁而凝重，素朴而典雅，仿佛是天生丽质，光华自现，又好像是天工巧夺，神韵宛然。静观之，细品之，轻抚之，可在与现实的若即若离中体察内心的叩问，聆听心灵的回声。这是一次快乐的探寻之旅，明清家具和紫砂，这些散发着那个时代文人思想和情感气息，浸润着他们审美情趣和价值取向的文化遗存，虽然经历了岁月风霜的磨洗，却依然保持着温润而洁净的光泽，好像在娓娓诉说、喃喃絮语、静静表露，让现代人从这些曾经带有旧主人体温的物件中追寻到文化潜滋暗长、绵延不绝

惠山茶会图（局部）
明　文徵明

的根脉和源流，感受到相承相依、永不衰竭的精神和力量。

"当代草圣"林散之曾手书联句"不俗即仙骨，多情乃佛心"，竟与明式家具与紫砂壶的意蕴雅趣完全贴合，堪称绝配。在此，"仙骨"就是风骨，即高蹈出世、高标独立的精神气质和人格理想，表现为对人生至高境界矢志不渝、执着坚韧的探索和追求，是一种超然和洒脱，也是一份傲然与清醒。而"佛心"就是一份至诚、天然、率真的人生态度和处事原则，表现为对世间万物平和真诚、充满感情的关怀和关爱，是"己所不欲，勿施于人"的悲悯和宽容，也是"采菊东篱下，悠然见南山"的回归和平淡。"仙骨"是狂狷，"佛心"是圆融，原则与灵活、持守与包容，相辅相成，和谐统一，这就是人生的至高境界。

世上芸芸众生大多是红尘中人，为稻粱谋是不可避免的，但在物质的基本需求达到后，在为事业尽心竭力地工作之余，我们的生活应该是怎样的一种情态？以现今许多人喜爱的收藏为例，是追求流行的恶俗之物，还是以质朴的东西怡情养性？是斤斤计较于其显性的价值，还是于"把玩"中得到心灵的慰藉与享受？是沉溺其中不可自拔、"玩物丧志"，还是从中寻求到超越物态、物欲的一种新的动力，更好地投入生活、投入事业？答案不言自明，但能真正做到殊为不易。其实这皆在于"心"。面对充满诱惑的世界，我们何不以一种更为健康的心态，"放下一点"，"不以物喜、不以己悲"，不为物质、不为功利所累，保持精神生活的纯净，更加从容自得、神定气闲，达到内心与外界的平衡与和谐。

二

正因为有文人士大夫的积极参与，明式家具与紫砂器方从日常生活用品，逐渐转变或演绎为一种文化品味、审美趣尚、生活理念的载体。紫砂壶和明式家具，两者的文化内涵既相异又相通，从中可以清晰勾勒明清文化的脉络，把握明清文人独特的审美取向，从而从美学的角度打通其内在的关联，对其在文化上的认知价值作一番再认识，再考察。

一是"打通"的视角与理念。"打通"的概念源自通感这一艺术创作和鉴赏中常见的现象或手法。原本互不关联的艺术门类和形态通过不同感官的感觉互通而联系起来,使审美主体对审美对象的感受更加清晰而完整,理解更加深刻而透彻,从而实现审美认知上的提升和超越。对此,钱锺书在他的《管锥编》《七缀集》中均有论述,影响深远。

对同时代其他艺术门类的研究,看似与家具和紫砂壶的关系不很密切,其实是为了将它们之间的审美视角"打通""互训"。也就是在一个相对宏阔的背景上,打破作为工艺美术层面的明式家具、紫砂茶壶与古代思想史、艺术史、文学史等领域之间的壁障,对明式家具、紫砂茶壶中所蕴含的艺术特质、艺术内涵、艺术魅力及与明清文人生活的关系进行整体性的考察。

从彩陶、青铜、玉器等的形制纹饰,直至后来的书法、绘画与佛像泥塑,中国古典艺术总体上来讲都是以高度抽象和最单纯、最朴素的形态来表现的,并从中还原出充满无限意蕴和情感的精神世界。家具、紫砂与文人之间从另外一个角度看,也是"互训"关系。一方面,由于有文人对明式家具和紫砂壶制作的介入和参与,使明式家具、紫砂壶充满了一种高雅气息和人文情韵。另一方面,明清文人们也通过对明式家具、紫砂壶的钟情赏爱,使自己的日常生活方式更多地体现出一种诗意的审美的性质。从明式家具、紫砂壶还可联系到当时风靡的昆曲"水磨腔",皆是细腻婉转、精良圆润。"朝飞暮卷,云霞翠轩,雨丝风片,烟波画船。锦屏人忒看的这韶光贱",这不仅是杜丽娘的感叹,也是士大夫的典雅趣味的折射,这种趣味自然也反映到明清家具与紫砂壶的制作和品鉴中。

在中国艺术的发展中,功能性和审美性的统一是一个突出特点。可以这样认为,明式家具、紫砂壶的产生是中国艺术发展的一种必然。正如文学艺术由诗而词、由词而曲的发展轨迹,也是纯艺术与世俗相融的过程,和明式家具、紫砂壶打通艺术与生活的情形完全一致。明清文人对明式家具和紫砂壶的钟情赏爱,正是他们追求生活诗化和诗化生活的最好体现。

二是简素与空灵的美学思想。明式家具和紫砂壶最大的艺术魅力就是简练素雅、流畅空灵，其中简练是第一位的。删尽繁华，才能见其精神，达到艺术审美的最高境界。有明一代，文人阶层中普遍出现了追求空灵、清逸、隽秀的趋向，这是我国美学思想精髓的自然演进，绝非形式主义的倒退，而是艺术的高度概括。中国传统艺术简言之就是线条的艺术，这种线条如此简单，却又如此意蕴深厚。面对自然、艺术，中国文人在"有与无、少与多"中参悟，结果是淡泊、是简练、是万事皆无可无不可的一种境界。在这种境界中，繁与简、少与多、瞬间与永恒都达到了完美的统一。比如在画幅之间留白的做法在中国画创作中是常见的，空间的疏密也带来意境的空灵和充盈，有与无、虚与实、浓与淡、枯与腴等等都是可以转换的，是相互补充、相辅相成的。

榉木四出头官帽椅

无论书法、绘画还是音乐、舞蹈等艺术形态，在简约中追求丰盈的效果，这是当时的美学走向。紫砂壶有"光货""花货"之分，而大凡文人参与制作的都是"光货"为多。究其原因，"光货"更能体现中国传统艺术的线条美，更能体现文人返璞归真、化繁为简的艺术审美情趣。"花货"虽惟妙惟肖、工艺超群，却与简素空灵的审美取向相悖。可惜的是，此种审美意趣自清后逐渐式微，少数民族入主中原后呈现出的炫富心态，致使用料求大求贵，工艺繁复的物件大行其道。

三是由"器"入"道"的精神指向。明式家具和紫砂壶都是一种"器"，但对其仅作一般技术层面上的品识赏鉴是远远不够的，而必须由"器"入"道"，着力抉发其背后所蕴藏的艺术特质、内涵和魅力，以及"器具背后的人和人的心灵世界"。这种"道"，指的是对文化的敬畏，对传统的尊崇。如，曼生壶的制作工艺，以今天的眼光看，其细节远不如现在工艺师的作品，然而从器形、气息上看，却显得高雅脱俗，题句更是隽永深奥、富有意趣，如此诸般，皆为今人所不及，这就是人文情怀。又如，古代文人的坐具，刻上铭文，流传有序，它的价值又怎能与相同的民间坐具相比？

《礼记·学记》云："大道不器。""不器"，才能把握住成为"君子"的根本。德国政治经济学家和社会学家马克思·韦伯曾对"君子不器"做过发人深思的论述："孕育着古老传统的儒教官职追逐者，自然而然会将带有西方印记的专门的职业训练，视为只不过是受到最卑微的实利主义驱使……'君子不器'这个根本的理念，意指人的自身就是目的，而不只是作为一个有用之目的的手段。"李泽厚先生在其《论语新读》中也对这个概念作了阐释："人不要被异化，不要成为某种特定的工具和机械。"在明清文人的文化活动中，物化的体现是基础。明末戏曲家、散文家张大复如此描绘他的生活理想："一卷书，一麈尾，一壶茶，一盆果，一重裘，一单绮，一奚奴，一骏马，一溪云，一潭水，一庭花，一林雪，一曲房，一竹榻，一枕梦，一爱妾，一片石，一轮月，逍遥三十年，然后一芒鞋，一斗笠，一竹杖，一破衲，到处名山，随缘福地，也不枉了眼耳鼻舌身意随我一场也。"所见无一非物，却有超然物外的意境。事实上，明清文人的精神世界并未脱离既有世俗世界的物化。他们的行止中，包括了空间规划（园林建造）、器物赏玩（紫砂、古玩）、制艺装饰（家具）、美食品尝等种种物化形态。但这些物化的形态在其本体的基础上，又被文人们置于新的时空中，赋予了新的内容，使得这些物化形态在实用性的前提下，建立起一个无关乎现实利益的新境界。明中期以来，文人对特定的具象事物刻意追求，在日常生活中营造出赏玩的环境和规则，通过结社等方式推广，逐渐形成一种社会文化生活形态。

榉木独板翘头小案

四是"天人合一"的自由境界。"天人合一"是中国古典哲学的基本命题之一。《老子》有云:"人法地,地法天,天法道,道法自然。"汉儒董仲舒明确提出:"天人之际,合而为一。"按照儒家道统,天是道德观念和原则的本原,人心中天赋地具有道德原则,这种天人合一是一种自然的而非自觉的合一。但由于人后天受到各种欲望的蒙蔽,不能发现自己心中的道德原则,因此必须以修行驱除外界欲望的蒙蔽,达到自觉地履行道德原则的境界。

而明清文人在重新建构自身的精神世界后,已将凡俗中艰苦的修行,置换成在愉悦中的一种体悟。无论是紫砂壶还是明式家具,其内涵都已将中国传统的文化精神高度抽象,而在没有世俗生活压力的品鉴把玩中,文人以自身对文化的理解,以及当时的心境、情感,将这种抽象还原,唤醒了诗性审美的内在本真。

三

历史总有惊人的相似之处,而历史对于我们的教益也是惊人的相似。任何一种社会现象、社会存在,必须从其依托的历史背景去评价和解读,并从中得到值得今天的人们思索和借鉴的东西。

自宋代以降，作为经济文化中心的城市已极具规模，北宋的汴京、南宋的临安，明朝的南京、苏州、杭州，都是五十万以上甚至百万人口的大城市，即便是无锡这样的小县城，也是极尽繁华。无锡北塘沿河是著名的"米码头""布码头"，苏南地区农产品、手工业品的重要集散地，这里各种娱乐休闲的场所应有尽有，以满足士绅市民各阶层的需求。据记载，北塘大街自莲蓉桥北堍向西至三里桥，原本是京杭大运河的一

清《燕寝怡情》图册

条塘岸，俗称"北门塘上"。明代，"北门塘上"逐渐形成街市，并建有接官亭和北码头。嘉靖年间，米市首先在"大桥下"（莲蓉桥）出现，并沿北塘大街向三里桥发展，清光绪年间在不到一公里的沿河就有大小粮行八十余家。米市兴起的同时，山地货行也陆续出现，连成一线。到清末民初，这里形成以米市为中心，山地货、干鲜果行和船具用品商店为特色的繁荣商贸街。

明、清是中国封建社会的最后两个王朝，虽也经历过万历、康乾的"中兴"与"盛世"，却不过是回光返照。但即使是帝国斜阳，这个时代仍有着"天朝"的风范。经济的快速发展，使整个社会的财富积累达到了较为丰富的程度。在明代中期之后较为开放的社会管理思路下，以城市为中心的社会也呈现出几乎没有变动的平缓状态，这种状态直接投射到人的生存状态上。在社会流动性下降的大环境下，精神上超然于世俗生活的"士人"阶层开始逐渐显现出清晰的轮廓，成为当时社会一个鲜明的写照。与传统封建社会门阀制度所形成的世族不同，明清的"士人"以知识分子为主。而明代"心学"兴起，打破了传统儒学的体系架构，将认知和体味的方向直指"本心"，形成了知识分子阶层对世界、对人生、对社会不同的体验和观照，并进而形成了一种新的文化思潮。我们可以从四个维度来考察明清这一独特文化现象的产生背景。

一是生产力的高度。根据学术界的研究，当时中国具有占全球财富总量三分之一的经济实力。德国学者贡德·弗兰克在其《白银资本》一书中说："如果说在公元1800年以前，有些地区在世界经济中占据支配地位，那么这些地区都在亚洲。如果说有一个经济体在世界经济及其'中心'等级体系中占有'中心'的位置和角色，那么这个经济体就是中国。"统计数字表明，明洪武二十六年（1393），全国人口为七千万，崇祯三年（1630）就达到一亿九千万。明代远洋船舶吨位达到一万八千吨，占世界总量的百分之十八。永乐时铁产量达九千七百吨，其时西方诸国中俄国产量最高，不过两千四百吨。来自葡萄牙的耶稣会士曾德昭在其所著《大中国志》中以游历的观感详尽描述了明代中国在西方人眼中的神奇和富有："在这个大国，……人们食品丰富，讲究穿着，家里陈设华丽，尤其是，他们努力工作劳动，其中有一些是大商人和买卖人，所有这些人，连同上述国土的肥沃，使它可以正当地被称作全世界最富饶的国家。"明代的科学技术也达到了极高的成就，如造船、航海等技术，以及机器制造、火器、农业等在世界上均处于领先水平。国人熟知的英国科学家李约瑟，在其皇皇巨著《中国科技史》中说："就技术的影响而言，在文艺复兴之时和之前，中国占据着一个强大的支配地位。"

生产力的高度发达为社会提供了极大的财富。《大中国志》中描述："达官贵人的服装使用不同的颜色的丝绸制成，他们有上等的和极佳的丝绸；普通穷人穿的是另一种粗糙的丝绸和亚麻布、哔叽和棉布，这些都很丰富。"意大利传教士利玛窦也很钦佩中国的文明和文化，认为"中国的伟大乃是举世无双的"，"中国不仅是一个王国，中国其实就是一个世界"。他还对当时中国人的学识能力和斯文修养大加赞赏。利玛窦看到的正是万历年间的大明王朝，看到是数千年孕育而积聚起来的中华文明之光。

在已不用为掌握基本生活资源而奔忙的情况下，生命活动得以超越蝇营狗苟的世俗层面，抛弃了匮乏时代的堆砌、积累，转而开辟新的生活空间。这其中，作为知识阶层，开始更深地探究生命的价值和意义，并在得到相应结论的基础上着力建构生活的趣味。

二是享乐主义心态。与明代朝野中充斥的酷戾之气相映成趣的是，整个社会呈现出的是一种宽厚和包容的心态。因为物质生产、科学技术无与伦比的成就，从统治阶级到一般知识阶层都能够以一种开放、平和的心态去接纳异质的技术、学说。如利玛窦的活动就曾得到万历皇帝的鼓励。而崇祯帝为挽救明朝的颓势，对新鲜事物也采取开放态度。如为了"仰佐中兴盛治事"，意大利传教士毕方济提出了"明历法以昭大统""辨矿脉以裕军需""通西商以官海利"与"购西铳以资战守"四条建议，崇祯即批准徐光启"以其新法相参较，开局修纂"历法，并下令再次开放了海禁。

天工开物才子情

149

　　与此同时，社会上也弥散着一种怒马轻裘、柳岸灯影、风流自赏和互赏的旖旎气息。这种近乎末世的气息在文人士大夫阶层的推动并践行下，成为当时社会的主流。文人们或沉醉于温柔乡中，纵情享乐；或隐匿于山水园林间，优哉游哉；或混迹于市井，自得其乐。虽然有无奈的成分，但事实上竞争的压力已经被更本真的追求所取代。投射到审美的平面上，这种本真的追求就以空灵、简明的外在形态体现出来。

清《燕寝怡情》图册

三是思想的开放。龚自珍在其《江左小辨叙》中说："有明中叶嘉靖及万历之世，朝政不纲，而江左承平。……风气渊雅……俗士耳食，徒见明中叶气运不振，以为衰世，无足留意。其实尔时优伶之见闻，商贾之气习，有后世士大夫所必不能攀跻者。"他认为明中叶以来的社会演化不是衰世，而是新的开端。此时，随着思想禁锢的略微放松，各种社会思潮开始各擅胜场，许多人从传统的儒学思想束缚中解脱出来，开始以一种新的视角、新的思维模式来打量大千世界。

随着商品经济发展和市民社会成熟，社会思想的变迁是必然的趋势。明朝以来，以江南地区最为明显，人的主体性在经济、政治、意识形态以及社会文化生活等方面日益觉醒，整个社会充满了实践精神。事实上，明代心学的宗旨之一，就是追求人在社会中的主体性，独立去寻求新思想、新认识的真切表达。这种表达在一定程度上以"奢靡之风"的外在形态表现出来。深入解剖之下，明清江南的"奢靡"之风与传统封建社会的病态消费还是有所区别的，它其实是对传统生活态度的一种反叛，某种程度上也是对封建礼制的一种突破，这种突破冲击了封建伦理道德观念，使人的精神生活和审美情趣得到了广泛的释放。

四是文化的核心作用。明清时期，科举制度与经济发展等结构性的因素，使单纯科举的道路形成了壅塞，社会出现了数量庞大的士人群体，这些士人绝大部分无法真正进入仕途，儒学正统中"入世"的教诲令他们对人生和社会仍抱着积极的态度，但现实的残酷又让他们的理想时时幻灭。如何在"入世"与"出世"间找到一条进退自如的路径，成为当时重要的社会文化命题。与此同时，面对奢华的消费风气，明清文人除沉溺其中外，更多地承受着来自世俗阶层僭越模仿的挑战，如何提升品位，如何有别于俗文化，成为明清士人的一种必然思考。而彼时崇尚个性的文人风骨，令文人们即便在有入仕的可能时，亦考虑并准备着悠游于山林的情状。三袁之一的袁中道虽执着科举，并最终考中为官，但也发出这样的慨叹："人生果何利于官，而必为之乎？"

在明清文人理想生活的想象和构建中，"闲"是一个重要的概念，这种"闲"不仅是外在体现的较慢节奏，亦不完全是消极性的淡泊人生观，而是在对抗世俗世界、颠覆既有社会价值的基础上，创造出新的人生境界的作为。文人们通过将自我的人生投入到这个境界中，营造出新的生活形式，发现人生新的价值和意义。追求一种审美的生活意境，作为感官的伸展、个人情感的寄托，甚至生命的归属，正是明清文人生存的重要标志。追求诗意的生活成为一种生命态度，这种生命态度几乎贯穿了明清文人的精神世界。这种具有高度理想主义色彩的生命态度，令明清文人作为一个群体，从"艺术的生活化"走向了"生活的艺术化"，从"艺能"的追求超脱到"情趣"的追求，从"术"和"器"的衡量标准上升到"道"和"心"的检验尺度，从"诗意的生活"的境界升华到"自在和自由"的境界。

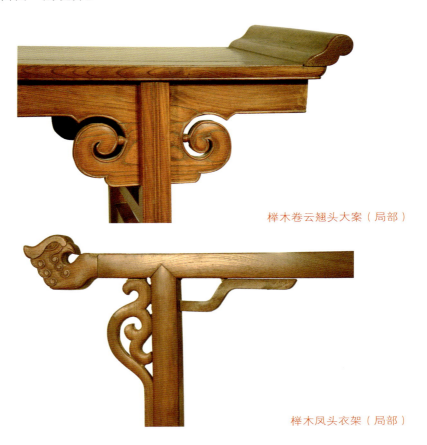

榉木卷云翘头大案（局部）

榉木凤头衣架（局部）

四

家具和紫砂壶，体现了明清文人独特的审美观。从审美进而探究深入，这也反映了当时文人的诗意生活，也就是对生命真正的价值追求。追求简约、平淡、雅致的生活方式，排斥摒弃烦琐、秾丽、雕饰的生活，这就是艺术生活的真谛。就当下而言，这种雅致的生活方式可以满足人们心理层面更为本真的需求，这种满足是甘美的食物、高档的消费、曲意的逢迎所无法达成的。

那么，如何才能达到这样的境界呢？不妨仍从明清文人的生活态度中试着找到一些端倪，这也算是"假古人以立言，赋新思于旧事"吧。

一是从传统中发现一种诗意的生活。中国的文化传统源远流长，所谓"耕读传家久，诗书继世长"，农耕文化是中华传统文化的根基，而诗礼传家是中华传统文化的精髓。中国的历代文人墨客为我们创造了如此众多的诗文歌赋、金石书画、文房雅玩、清辞丽音，在其中浸润了中国人的情感和智慧，是中华民族生生不息、长盛不衰的精神纽带和文化血脉，对于先人如此精巧、精致、精美的创造，我们应该保持一份足够的尊重和敬仰，"秋雨一帘苏子竹，春烟半壁米家山"，这是扬州瘦西湖徐园中的一副对联，一语道出了多少诗情画意！十七世纪法国哲学家帕斯卡尔说过："人应该诗意地活在这片土地上，这是人类的一种追求一种理想。"我们在明清文人精神和智慧创造的艺术世界里漫游，也是在接受一份诗意的熏陶和审美的洗礼。郑板桥说："汲来江水烹新茗，买尽青山当画屏。"这是明清文人的理想生活，也是一代又一代中国人传承久远的诗意人生。

二是由纷扰的世俗回归精神的家园。现代人生活纷扰繁杂，竞争的压力、俗务的纠缠，每个人其实都在社会这个硕大的机器里不由自主地浮沉。可一旦闲下来，静下来，就会有一种莫名的空虚感和寂寞感，找不到安身立命之处。因此，在繁忙工作之余培养一种健康有益的爱好是很有必要的。一个人拥有一点高尚高雅的志趣，留有一方自己心灵的后院，保持一份宁静平和的心态，就会进入"星垂平野阔，月涌大江流""落霞与孤鹜齐飞，秋水共长天一色"的自由畅快境界，找到情感的寄托和归宿，找到舒缓情绪的渠道和出口，这是一种放飞，也是一种回归。当然，也不能过分沉溺其中无法自拔，现在有些人收藏玉石、古玩等到了痴迷的地步，过分追求这些收藏品的物质价值，或奇货可居，或待价而沽，或炒卖炒作，这就走火入魔、物极必反了。把握住分寸和度，玩物未必丧志，还可以怡情养性，砥砺心志，提升境界，完善自我。

三是以淡定的态度倡导朴素简约的人生。滚滚红尘，物欲横流，疲于奔波，难免气结。"事能知足心常惬，人到无求品自高"，恬淡宁静，从容自若，以超然的心境看待苦乐年华，洞察世事，谢绝浮华，回归自然，人生自然会呈现出另外一番风景。积极入世可以有多种表现形式，慷慨激越，奋斗进取，自然可敬可佩；从容而不急进，自如而不窘迫，恬淡

致远

而不平庸，也未尝不是又一种积极。现代社会物质财富极大丰富，在满足我们各种感官享受的同时也孕育了爱慕虚荣、追逐浮华的社会风气。世态喧嚣，人心浮躁，人们不大愿意沉下心来去学习和思考，而仅仅追求表面上的东西，不再崇尚触动内心的文学艺术，而更愿意在快餐式的文化中聊以自娱。这都在提醒我们重新审视生活的意义究竟何在。因此，到我们的先贤那里去汲取一点生活的智慧和艺术的养分，摈弃奢华，找回淳朴；摈弃烦琐，找回简约；学会放下，懂得从容，你会发现阳光下处处是风景，风雨后总会有彩虹。

四是于闲适中找到生活的本来节奏。"闲"是明清文人诗词、散文篇中多见的字眼或情状。明人华淑曾云："夫闲，清福也，上帝之所吝惜，而世俗之所避也。一吝焉，而一避焉，所以能闲者绝少。仕宦能闲，可扑长安马头前数斛红尘；平等闲人，亦可了却樱桃篮内几番好梦。盖面上寒暄，胸中冰炭。忙时有之，闲则无也；忙人有之，闲则无也。昔苏子瞻晚年遇异人呼之曰：学士昔日富贵，一场春梦耳。夫待得梦醒时，已忙却一生矣。名墦利垄，可悲也夫！"事实上，这种"闲"已经超越了生活的状态，而成为一种生命态度。对于生活中美的发现，其实全在于你的感受，"观山则情满于山，观海则情溢于海"，只有把你的情感投注到自然万物中，你才会得到与天地同呼吸、与宇宙共俯仰的自由澄澈的境地，达到内心真正的平静和融通。"你站在桥上看风景，看风景的人在楼上看你。明月装饰了你的窗子，你装饰了别人的梦。"最美的风景源自人的内心，在某种程度上确乎如此。

王维诗中有云："蝉噪林愈静，鸟鸣山更幽。"中国古代俯仰之间皆是这种哲学的思辨，并非鸦雀无声才是静，一鸟啼鸣更显山中清幽；苏州拙政园中的两个腰门分别为"通幽"与"入胜"，通幽才能入胜，入胜便是通幽，何等富有生活哲理！而有意识地让自己"闲"下来，我们才能真正地聆听到内心，才能真正体会到人生的意义所在。繁杂喧腾的日常事务使我们的内心变得麻木粗糙，错失了很多生命中的美景，也错失了许多人生的趣味，而这正是要我们用心才能找回的。

　　人生一世，草木一秋，人的生生死死、人生的浮沉起落，其实跟自然界的花开花落别无二致。光阴荏苒，日月如梭，选择适合自己的生活方式，追求理想的生活状态，不受外在潮流的影响，不盲从，不跟风，不虚度年华。假如处在一个焦虑的时代，怀揣一种焦灼的心态，你就无法找回逝去的风雅。如果你能有片刻的安宁，或许可能获得一份优雅的心情，葆有一方沉静的心境。穿越时空，寻找一个尘封已久的生活艺术空间。在这个空间里，明式家具、紫砂茶壶等便成了人们生命投注的承载，浸淫其中，或许能超越于纷扰俗务而收放自如。把有限的时光用在自己最惬意的生活情趣上，提升品质素养，关爱家庭，关心朋友，学会珍惜，享受艺术，自在生活，简约不简单，平易不平淡。愿岁月静好，让心灵释然。

江南多少闲庭馆

苏轼《於潜僧绿筠轩》中有云"宁可食无肉，不可居无竹"，可见古人对居室环境的重视。对于明清两代江南文人雅士来说，居室内部的家具陈设比起外部环境或许更为重要，也最能反映出明清文人的生活情状，可以说当时文人的闲情逸致对明清家具高度审美化起了关键的作用。日前，在孔夫子网购得《燕寝怡情》珂罗版图册，细细品鉴，趣味无穷，尤其是图册中呈现的家具陈设甚为考究，堪称古人雅舍怡情闲适之典范。

雅舍，在崇尚诗文才学、"学而优则仕"的古代，是文人雅士的精神家园。明代陈继儒《小窗幽记》如此描绘其理想中的家居生活：

> 琴觞自对，鹿豕为群，任彼世态之炎凉，从他人情之反覆。家居苦事物之扰，惟田舍园亭，别是一番活计，焚香煮茗，把酒吟诗，不许胸中生冰炭；客寓多风雨之怀，独禅林道院，转添几种生机，染瀚挥毫，翻经问偈，肯教眼底逐风尘。茅斋独坐茶频煮，七碗后气爽神清，竹榻斜眠书漫抛，一枕余，心闲梦稳。

不单是陈继儒，每一位文人雅士都渴望有一方自己的天空，古色古香、典雅诗意的雅舍书房便是他们安身立命抑或安放心灵之所。一套书房家具，几件古玩字画，案头笔墨纸砚，闲来兴起，随性涂写赏玩。达则兼济天下，穷则独善其身，文人骚客的理想在这有限的空间里伸缩自如。灯下把玩清物，窗前吟风弄月，一案一椅，一屏一几，一花一草，一杯香茗，一炉沉香，"云烟落处，闲来听春草"的悠然之间，早已澄怀观道，静照忘求。"莫恋浮名，梦幻泡影有限；且寻乐事，风花雪月无穷"，这是一个文人梦想中的别有洞天。

　　古代，书香门第，必有书房。书房是家中最高雅的所在，浓浓书卷气中，最能够自由释放心灵，也最无关功利。如果说大堂客厅关乎面子，雅舍书房则更关乎心灵。置身这方小天地里，闭门即是深山，读书即是净土。长夜漫漫闻虫语，细雨霏霏闲开卷，微风徐徐独弄琴，这是雅舍书房中最标准的场景。阅诗书、观锦绣之余，与友人吟诗作画、焚香品茗、执子对弈，也是雅舍之中常有的乐事。游走于书香墨韵之间，文人们或压抑或焦虑或愤懑的内心世界得以舒缓、平复，他们的才情得以自如地伸展、宣泄。

　　古往今来，文人的境遇不同，"雅舍"的样貌也千差万别，但纵为陋室或为楼台，于文人而言都是不可或缺的心灵栖居地，居于雅舍之中，他们的精神世界才越发地充盈丰满。唐代刘禹锡得一雅舍，"斯是陋室"，外观料想与诸葛亮的茅庐类似，和村舍草屋无二，但因"惟吾德馨"，便可以"谈笑有鸿儒，往来无白丁"，足令主人自赏自傲，自得其乐。近代梁启超"今吾朝受命而夕饮冰，我其内热欤"，在天津的书斋"饮冰室"由此得名，这座西式小楼使身逢乱世的他得以安身于一隅，冷

琴棋书画图轴之一
明　李士达

静思考，挥洒文章，致力于文化革新，开启民智，给时人以启迪。

对于雅舍的格局、陈设甚至细节，古代文人可谓竭尽铺陈之能事，明末清初张岱、李渔等大家对雅舍家具之陈设都有独到见解，并在他们的著述中多有描述。张岱在《陶庵梦忆》中收录两篇短文描述雅舍书屋的风貌：

> 陔萼楼后老屋倾圮，余筑基四尺，造书屋一大间。傍广耳室如纱幮，设卧榻。前后空地，后墙坛其趾，西瓜瓤大牡丹三株，花出墙上，岁满三百余朵。坛前西府二树，花时，积三尺香雪。前四壁稍高，对面砌石台，插太湖石数峰。西溪梅骨古劲，滇茶数茎，妩媚其旁。其旁梅根种西番莲，缠绕如缨络。窗外竹棚，密宝襄盖之。阶下翠草深三尺，秋海棠疏疏杂入。前后明窗，宝襄西府，渐作绿暗。余坐卧其中，非高流佳客，不得辄入，慕倪迂清閟，又以"云林秘阁"名之。

——《梅花书屋》

> 不二斋，高梧三丈，翠樾千重，墙西稍空，腊梅补之，但有绿天，暑气不到。后窗墙高于槛，方竹数竿，潇潇洒洒，郑子昭"满耳秋声"横披一幅。天光下射，望空视之，晶沁如玻璃、云母，坐者恒在清凉世界。图书四壁，充栋连床，鼎彝尊罍，不移而具。余于左设石床竹几，帷之纱幕，以障蚊虻，绿暗侵纱，照面成碧。夏日，建兰、茉莉，芗泽浸人，沁入衣裾。重阳前后，移菊北窗下。菊盆五层，高下列之，颜色空明，天光晶映，如沉秋水。冬则梧叶落，腊梅开，暖日晒窗，红炉氍氀。以昆山石种水仙，列阶趾。春时，四壁下皆山兰，槛前芍药半亩，多有异本。余解衣盘礴，寒暑未尝轻出，思之如在隔世。

——《不二斋》

张岱的这两则小品，用精妙细致的文字复原了旧时文人优雅洁净的居室环境。那个时代的士子对书房陈设的讲究大大超乎现代人的想象力。另外一位大家陈继儒在《小窗幽记》中以更为简练的文字来描述这个雅舍道场，即"净几明窗，一轴画，一囊琴，一只鹤，一瓯茶，一炉香，一部法帖；小园幽径，几丛花，几群鸟，几区亭，几拳石，几池水，几

片闲云"而已，然道在其中也。

　　除了这些津津乐道的文字，一些文人画家也在自己的画作中有意无意地精心描绘雅舍的场景。《燕寝怡情》图册中的精美画面就形象地再现了旧时的古典雅舍，这是明清士大夫们怡然自得的自在道场。此图册原为清宫内府收藏，计十二开二十四幅，其扉页盖有"乾隆御览之宝"

清《燕寝怡情》图册

和"嘉庆御览之宝"两方钤印。图册一部分为吾乡望族无锡秦氏收藏，另外一部分流落海外，最终被美国波士顿美术馆收藏。秦氏第三十二世孙秦文锦在1904年创建艺苑真赏社时以珂罗影印出版。秦氏收藏的十二幅画图被秦氏后人于2010年在上海拍卖，轰动一时。图册对明清时期皇亲国戚的家居生活做了全景式地展现，特别是对家具陈设加以细致入微地描摹，生动细腻，极为精致。

从旧藏珂罗版的图册中可以列举几幅，看其中的家具是何等雅致精美，家具陈设与雅舍关系又处理得何等协调妥帖。打开图册的第一幅画就是描绘雅舍的书房，主要陈设的家具为一书桌，一南官帽椅，一亮格书柜而已。画面中，一女子坐在南官帽椅上翻阅书桌上的图册，背后为高大书柜，至少有四至五格。前面为假山门廊，门廊的柱子上挂着一把古琴，右面是翠竹小园，极为清幽静穆。图册第十三幅画图所表现的应该是画室，图中有三位人物，画中男女人物坐的是三围罗汉床，床前是画案，男主人在画案上画扇面，画案后面，即在罗汉床的左边放着一张花几。画案的牙条是简练流畅的螭龙造型，足部为方马蹄型，画案的大体风格为清式。罗汉床为三屏式，围屏中间嵌的不是大理石板，应该是竹子图纹的浅刻画板。画案后面摆设的花几台面是大理石板，画案下方的踏脚是树根形制，随意而自然。罗汉床后面透过回型窗格，能隐隐见到芭蕉树的形态，影影绰绰，摇曳生姿。

从上述列举的图册第一幅"书房"和第十三幅"画室"的家具陈设，可一窥古人雅舍陈设之究竟。家具形制大小高低错落有致，物件数量配制简约实用，家具与人物、环境的搭配也非常协调，从而构建起雅舍的独特空间和儒雅氛围。

除了古人的文字与画作，其实从苏州园林中也能看到不少这样的雅舍经典之作。如留园"揖峰轩"外石林小院内，幽径缭曲，几拳石、几丛花，清幽宁静。室内西窗外，峰石峋奇，微俯窥窗而亲人。西窗下，琴砖上有瑶琴一囊。北墙上，花卉画屏与尺幅华窗，两相对映成趣。花窗外，竹依于石，石依于竹，君子大人绝尘俗，宛如白居易所谓"一片瑟瑟石，

161

数竿青青竹。向我如有情，依然看不足"的意境。雅舍之雅尽在其内，高朋鸿儒出入其中，虽不绝世而如隔世也。

无论是张岱还是陈继儒，他们皆以绮丽隽永的文笔描述自己心中的书房雅舍，尽情构筑文人雅士理想中的精神家园。所谓雅舍，是旧时读书人"夜眠人静后，早起鸟啼先"的圣地，在这里能临轩倚窗仰望星空，能穿透物欲横流的阴霾，远离尘世的狂躁，让思想与心灵超越粗糙与荒凉，享受"寂寞的欢愉"。他们在这安静美妙的空间里，找到了自信自尊和自我的人格归宿。上善如水，道在器中，身处其中，宛若置身心游象外的仙境道场。虽世事沧海，而心无旁骛。

以硬木古典家具和精美书房用品为载体形式的雅舍文化，在功用上注重闲适诉求，亦即问雪月不避世俗，为历代文人骚客尽折腰。现在，雅舍书房对于文人雅士来说同样重要。对不少人来说，拥有自己理想的雅舍不再是梦想，不必再去感受"囊萤凿壁"的苦涩和艰辛。于是，越来越多的人开始拥有一间活色生香的书斋；总会在书斋中添置与之相匹配的书房家具，书案、书柜、花几、禅椅等；考虑书斋与房舍走廊及小园的空间组合，种竹栽树，摆花挂画，形成一个幽静、秀美、典雅的小天地。

酸枝木几架

在个性空间日渐逼仄的当代，拥有一间属于自己的书房，与其说是一种物质的占有，毋宁说是为自身觅得一方精神苑囿。置身书房，可以隔绝纷扰的外界，释放生存的压力，让精神得以休憩，与中外先哲今贤心神交会，与自己的灵魂对话，萌生独立的思想。同时，作为重要而私密的社交场合，书房在现代人的工作生活中仍然承袭着传统，在清幽雅洁的书房里，二三好友晤谈静坐，其乐何及！

对于现代人而言，追慕传统不是复古，更是传承基础上的时尚。现代人对家具和宅邸的追求随着物质文明和精神文明的进化而不断演变，家具陈设和居所优劣不再拘执于一端，不求其贵但求其雅，不求其多但求其精，即所谓"极简主义"已成为一种时尚。但如何才能构筑一间理想的书房，在其中读书吟诗、研墨挥毫，观云起云卷光阴变幻，享受淡定自如、散漫闲逸的趣味，这样的雅舍不是有钱就能办到的，也不是想办就能实现的。概而言之，可以从四个方面进行考量。

一是融合中西。地球是平的，东西方文化的碰撞交融已渗透在现实生活的方方面面，而书房又是最有个性且私密的场所，"高大上"的西式家具固然光鲜，但显得过于生硬；成套的中式家具着实典雅，却流于呆板。有限空间，简约为上，不求一律，适合就好。如果在绵软的沙发间摆放一两张明式椅子，或于成套中式家具中配一张西式软椅，无论是质感对比，块面与线条的配合，东西方家具语言的对话会显得融会贯通，更有书卷气氛。推而广之，如果是雅舍小园，其造园布局也应秉承这个原则，小中见大，简约空灵，错位混搭，中西合璧。其实，西方中产阶层所推崇的所谓"极简主义"，与中国文化人追求简朴的传统审美理念是相通的。

二是穿越古今。千百年来，中国传统文化的代表元素——诗、书、礼、仪、乐、茶、香、琴、花、剑等未曾有变，将这些古礼古道融入到日常家居的设计和营构中，会产生意想不到的效果，营造出别样的文化氛围。当下，许多人将书房雅舍变成了附庸风雅的显摆，其家具陈列也成为身份与财富的符号，往往流于形式，雅舍不雅。硬邦邦的一堆硬木成品，冰冷而缺乏质感，尤其是内涵缺失，不仅缺失与时空的互动，更缺失内心的反省和心灵的自由。不妨以书房为修养的道场，将琴棋书画汇于一室，熏一席沉香，沏一壶好茶，或案头孤灯幽思，或丹青椽笔写意，或心怀天下寄畅，不论是浅吟低唱，还是长啸狂歌，境由心造，心生万物，如此这般，一间简单甚至简陋的书房画室便不容小觑，"六经勤向窗前读"，假以时日，竟能走出一位集"建安风骨、盛唐气象、少年精神、布衣情怀"于一身的才子也未可知。

三是回归本原。"室雅何须大，花香不在多"，所谓回归本原，就是要依据书房和家具的自然属性，利用自然色彩和案头植物，利用自然光照的变化，尽力摆脱电气化和工业化带来的冷漠和呆板，让有限的格局注入柔性的元素，追求回归自然的质朴。家具陈设特别要注意其"生态"之营造，一桌一椅、一几一案的摆放都要着眼于将沉静内敛和大气外放的气质和谐统一；声光电与通风透气、日光采照、温湿清洁度之间的关联等等，都应求得人居与"物居"的平衡，要让人的心理承受力与情绪外泄需要的空间平衡；关键在于书房家具与主人两相适应，主人之气场以平和为上，即所谓"风水"与"气场"要对路；雅舍书房的空间不宜

过大，也不能有压迫感，须独处而不显孤单，声息吐纳更自由。高濂《高子书斋说》云："书斋宜明净，不可太敞。明净可爽心神，宏敞则伤目力。"以小见大，以虚为实，临窗借景，月夜光影，静谧空灵，一炷沉香，青烟袅袅，孤灯夜读，思绪绵绵。冬有梅花秋有菊，夏有荷花春有兰，四季变化，光阴时移，诸如此类都会给雅舍增添一份别样的情致。

四是道在其中。中国传统文化认为"形而上者谓之道，形而下者谓之器"，"君子不器"。我们说雅舍与家具不能做物的"俘虏"，要尊崇以人为本、天人合一的理念。任何有形之物如果没有无形的人文

精神和内在规律作支撑，都是没有生命力的。换句话说就是，"道"是器物的灵魂所在，无论是人还是物，只有"道在其中"，才会令器物饱含生机，才会有生命和精神，才能有凌驾和超越器物本身的价值。老子《道德经》中说到"道可道，非常道，名可名，非常名"就是这个道理。所谓雅舍，主人不雅何谓其雅，主人不善何谓其善，所以，构建雅舍除追求书房器物之雅外，更要依赖主人的文气与朴雅。唐代刘禹锡在《陋室铭》中所言极是：

> 山不在高，有仙则名；水不在深，有龙则灵。斯是陋室，惟吾德馨。苔痕上阶绿，草色入帘青。谈笑有鸿儒，往来无白丁。可以调素琴，阅金经。无丝竹之乱耳，无案牍之劳形。南阳诸葛庐，西蜀子云亭。孔子云："何陋之有？"

雅舍何在？高洁傲岸、安贫乐道、修身怡情的雅士所在之处便是雅舍。

清供，清雅供品之意，从字面上，就可以体悟到文人雅士对其抱有的深沉微妙的情感，既有摩挲把玩的贴近，更有氤氲其中的寄情幽怀。我们在考察明清文人的"雅舍"生活方式时，往往容易忽视几架、箱盒、屏风等文案清供的审美价值。实际上，这些微缩版的明式家具，更能将明式家具高超的制作技艺展现得淋漓尽致，可以说是精华中的精华，堪称极品。明式家具之所以为历代文人墨客所推崇，主要在于其文质彬彬的别样质地，而这种特质的形成，又与文人的鉴赏把玩关系很大，因此有"雅玩"之说。文案清供，作为旧时文人书房必备用品，正是文人雅士们燕闲生活的寄情雅玩。与文案清供相匹配的几架座托等，虽然形制不大，但制作精巧，尤为读书人所喜爱，在明式家具的制作上占据重要的一席之地。

文房清供的制作自汉代始，兴于唐宋，至明清更趋多样丰富，虽然年代不同，其形制和用途也有一些差别，但随着制作工艺的不断改进和完善，这种"斋中清供"也逐渐呈现出实用性与艺术性相得益彰的显著特点，成为文人墨客点缀书案、玩赏自娱的清供陈设，也成为他们心寄林泉、超凡脱俗人格精神的一种投射，是自然与自我在书斋中和谐共处的一种情感表征。

明末屠隆所著《考槃余事》中共列举了四十五种文具，集当时文房清玩之大全。文中例举"笔床"云："笔床之制，行世甚少。有古鎏金者，长六七寸，高寸二分，阔二寸余，如一架然，上可卧笔四矢，以此为式，用紫檀乌木为之，亦佳。"又例举"笔屏"云："有宋内府制方圆玉花板，用以镶屏插笔最宜。有大理旧石，方不盈尺，严状山高月小者、东山月上升者、万山春霭者，皆是天生，初非扭捏。以此为毛中书屏翰，似亦得所。蜀中有石，解开有小松形，松止高二寸，或三五十株，行列成径，描画所不及者，亦堪作屏，取极小名画或古人墨迹镶

古鼎清供

之，亦奇绝。"明代戏曲家高濂在他的《高子书斋说》中对当时的文人书斋陈设有一番具体描述：

斋中长桌一，古砚一，旧古铜水注一，旧窑笔格一，斑竹笔筒一，旧窑笔洗一，糊斗一，水中丞一，铜石镇纸一，左置榻床一，榻下滚脚凳一，床头小几一，上置古铜花尊，或哥窑定瓶一，花时则插花盈

瓶，以集香气；闲时置蒲石于上，收朝露以清目。或置鼎炉一，用烧印篆清香。冬置暖砚炉一。壁间挂古琴一，中置几一，如吴中云林几式佳。……或倭漆龛，或花梨木龛以居之。上用小石盆之一，或灵壁应石，将乐石，昆山石，大不过五六寸，而天然奇怪，透漏瘦削，无斧凿痕者为佳。……几外炉一，花瓶一，匙箸瓶一，香盒一，四者等差远甚，惟博雅者择之。

从上述描绘中，不难看出明代文人对书斋陈设构思之巧、用力之专、格调之雅。文房摆设要安妥得体，错落有致，以体现居舍主人的性情品格。正如明代另外一位文化大家李渔所说："安器置物者，务在纵横得当，……使人入其户登其堂，见物物皆非苟设，事事具有深情。"明代大画家董其昌在其《骨董十三说》中也有论述："先治幽轩邃室，虽在城市，有山林之致。于风月晴和之际，扫地焚香，烹泉速客，与达人端士谈艺论道，于花月竹柏间盘桓久之。饭余晏坐，别设净几，辅以丹罽，袭以文锦，次第出其所藏，列而玩之。"由此可见，古人对书房家私设置，文案清供安排，居处环境营造，既要布局合理，疏朗有致，又要布置清雅，安适方便，达到看似不经意而处处经意的效果。

随着明代商品经济的繁荣和传统手工艺的发展，文房清供的制作种类更趋多样，工艺更为繁杂。明清之际，特别是长江以南的苏州、杭州地区市井繁华，商铺林立，充分的商业竞争催生了成熟的手工工艺。对于精美的文房清供，不仅文人墨客、巨贾豪客竞相追捧，朝廷上下更是推波助澜。清朝康雍乾三代，其清供制作规模之大、数量之巨、形制要求之高之精可谓空前绝后。如乾隆三十五年内廷档案"匣作"记载，所列配匣文具有"白玉佛手笔捧一件，（配木座）腰元洗，青花白地小水丞一件，青绿蛤蜊笔捧，青玉瓜式水丞，白玉双鱼洗，掐丝珐琅水注，霁红笔洗一件，青绿马镇纸，青花白墨罐一件，哥窑小笔洗一件，白玉合卺觚，配得合牌座样持进，交太监胡世杰，交淳化轩续入多宝格内摆"。由此可见，清代内廷文房清供均按不同功用分别命名，其质地种类多样，制作要求精奇。其中如笔筒、笔架、笔洗、砚屏、水丞、水注、墨床、镇纸，以及几案、官皮箱、多宝格和宝物箱等所有这些，一方面可供宫廷殿内陈设，另一方面也为宫廷上下实用而鉴藏，其蕴含的文化内涵和人文品位自然难以计量，加之宫廷制作，造型典雅，工艺精湛，其中凝聚了那个时代能工巧匠的聪明才智，确是让人叹为观止，称羡不已。

明代文房清供种类繁多，分类芜杂，有广义和狭义之分，广义可涵盖古人书房中所有的家具陈设，甚至张挂的书画。狭义则主要是案头家具。如插屏式案屏，适宜放在书房桌案上，除了体积小，与大型座屏的构造别无二致。两个墩子上竖立柱，中嵌绦环板，透雕斗簇 C 字纹，站牙与斜案的披水牙子上也镂刻着 C 字纹饰，屏心嵌镶大理石彩纹板。案屏最小的是画案上陈放的砚屏，为墨与砚的遮风，尺寸一般为一二十厘米长宽。再如提盒，古代的提盒主要是用来盛放食物酒茶的，便于出行携带。至于明代文人所钟情的用硬木制作的提盒，不是食物盛器，而是用来存放玉石印章等小件文玩的。置放在文房案桌上又可作为摆设欣赏，是文人墨客的至爱。一般提盒有二撞提盒与三撞提盒之分，四撞提盒极少，尺寸为二三十厘米长宽高。又如官皮箱，为平常人家常备之物，不为宦官人家所特有，形制尺寸也差不多。一般顶盖下有平屉，两扇门上缘留子口，用以扣住顶盖。顶盖关好后两扇门就不能开启，门后设有抽屉，底座镂出壶门式轮廓并刻有卷草叶纹。需要说明的是，官皮箱平常人家用来存放女眷饰品，而文人墨客则用来收纳玉器象牙等文玩。此类文案清供以黄花梨、紫檀木制作的最为名贵。无论提盒还是官皮箱，因常常开闭移动，往往在转角处包裹上薄薄的铜片，年代既久，磨洗发亮，而越发显得古朴典雅，四只角古铜色的小小铜片与提盒的硬木花纹相映衬，构成一种低调的奢华。

文房清供中的案头家具在明清的文人眼里不仅仅是一种实用器具，更是一种可供赏玩的艺术私藏品。文人还积极投入这些清供用品的创意制作过程，在其中融入更多的文化精神和美学思想，以体现文人独有的生活理念和情感追求，使这些精巧的案头家具更具文化的魅力和价值。有些文房家具作为玉器，瓷器和象牙制品的座托和几架原本是配角，但因构思精巧，制作精良，竟也与古玩主角相辅相成相得益彰，直至浑然一体，难分伯仲。

明清时，这些器具的制作有着极为严格的规定和具体的要求，无论是民间的能工巧匠还是宫廷造办处的督办大员，从选料到工艺把控，再到成品检查都力求一丝不苟，精益求精。特别是清代宫廷文房用具，均以内廷样式制作，一部分由内廷造办处自行督造，一部分交由地方按内廷式样制作，也有地方巡抚官员按年例进贡的方物制作。其造型、质地、种类丰富多彩，凸显文房用具的雅致与精巧，可谓美轮美奂，无与伦比。作为文案清供的微型家具制作，一般具有这几大特点：一是宫廷内府的形制规定明确；二是文人墨客的直接创意；三是选料考究，一般都用黄花梨和紫檀等硬木；四是工艺复杂，虽属微型家具，但在榫卯结构上丝毫不差；五是用工耗时多，做工精湛；六是不落俗套，别具一格。

文案清供，包括旧时文人和宫廷内府文房书斋案上所陈设的摆件古玩，与这些摆件古玩的座托、几架、箱盒等，形制虽小，却气韵超拔，其用料、工艺等都是优中选优，好上加好，精中更精，是明式家具的微缩与精粹。明清文人及失意官宦期望过一种闲云野鹤般的生活，在这种文案清供的陪伴下，追慕宋元时文人的行止和心绪，避世逃遁，安妥心灵，独善其身，保全人格。无论是紫砂壶，还是几案家具都是他们眼中的山林，心中的乐土，在浮华喧腾的市井巷陌中拥有这样一方清幽雅致的天地，是何等的别有洞天！

欲将心事付瑶琴

　　一壶茶，一本书，一张碟。任凭窗外日影短长、树影斑斓，也难抵书屋内的半日偷闲。我的难得的闲暇时光大抵是这样度过的。

　　我的朋友中有不少是音乐发烧友，对碟片和音效的追求到了无以复加的地步，这大概就是所谓痴迷吧。我也喜欢音乐，却没有什么特别的追求，信手拈来，随心即可。但有时，它也会给我一些不期而至的心动，比如前一阵子央视电影频道"佳片有约"播出的美国影片《八月情迷》（*August Rush*）。影片以诗一般的手法，表现了三位剧中人物伴随着音乐去寻找爱的感人故事。影片中的小主人公奥古斯特有着非凡的音乐天赋，他思念父母之切，是人类至高无上的爱，冥冥之中有一种神秘的力量驱使他用音乐去苦苦寻找。这个与音乐有关的故事深深地打动了我。将音乐与故事深深纠结在一起的还有一部美国影片，叫作《人鬼情未了》（*Ghost*），那是一种超越生死界限的刻骨铭心之爱。这首影片的主题曲可谓一唱三叹，淋漓尽致地唱尽人鬼之盟、灵魂之约，当寒更永夜，望断天涯，那来自心灵深处的颤栗，刹那永恒。

　　心已动，乐未央。以心为墨，以乐为水，衍化开来的无非是一种心境，一种难以名状的心声之流露。而人生路上，与音乐、与歌者的不期而遇，人生的风景也因此摇曳多姿。

希腊雅典希罗德·阿提库斯音乐场

　　世界级的歌者中，鲁契亚诺·帕瓦罗蒂、安德烈·波切利、玛利亚·凯莉给我的印象最为深刻。

　　1986 年，帕瓦罗蒂首次在北京展览馆剧场举行了个人演唱会，震撼了中国乐迷。也是在那一年，我得到了帕瓦罗蒂的第一张唱片，他那无与伦比的男高音，充满激情的歌喉及独特的个人风格，深深吸引着我。我收集的为数不多的歌唱家的唱片中，他是最多的。无论是他那独一无二的高音，还是伟岸的身躯和笑容可掬的脸庞，都是那样的充满魅力。2001 年，帕瓦罗蒂在上海大剧院举行个人演唱会，演唱会前，我和上海歌剧院的当家男高音魏松等几个朋友在一起喝茶聊天。因为先前好几位歌唱家在上海大剧院举行的独唱音乐会并不尽如人意，我们为帕瓦罗蒂祈祷，希望他能成功，希望他能唱出三个 C 来。可惜，帕瓦罗蒂在上海大剧院的演出，虽然成功但不出彩，我们期盼的三 C 未能出现，至今都有些遗憾。或许是我们对帕瓦罗蒂的演唱会期盼已久，或许是我们对帕瓦罗蒂太崇拜，但毕竟帕瓦罗蒂是人不是神，且年事已高。听说时隔四年，当帕瓦罗蒂重返沪上举办他的告别演唱会时，他坐着唱完了全场，"请原谅，因为种种原因，我不能站着演唱了"，当他用意大利语说出这句话时，蕴藏着太多无奈和不舍。我所遇见的，不是年少轻狂的他，不是如日中天的他，而是垂垂老矣的他，有几分遗憾，有几分悲凉，但当耳边再度响起他那丰满、充沛、带有透明感的声音，《重归苏莲托》《今夜无人入睡》《我的太阳》……那清畅圆润而富有穿透力的歌声让人终究释怀：斯人已去，却为我们留下了最美妙的声音。

这世上还有另一个美妙的声音存在。当帕瓦罗蒂这个"太阳"慢慢下山之时，世界又迎来一颗耀眼的新星。被世人公认为最有可能接替帕瓦罗蒂的是安德烈·波切利。听两位意大利人演唱，如果说帕瓦罗蒂的歌声如"最后的晚餐"般丰富多彩，而波切利的演唱却像"蒙娜丽莎"的微笑那般迷人；如果说帕瓦罗蒂的声音如金子般灿烂、华贵、绚丽，那么波切利的演唱就如纯银般柔软、温暖、妥帖。安德烈·波切利是一位出生在意大利的著名盲人歌唱家，给我印象最深的是他和莎拉·布莱曼合出的唱片《告别时刻》（*Time to Say Goodbye*），这成为当时最畅销的专辑。2003 年，安德烈·波切利在上海大舞台举行独唱音乐会，与这位盲人歌者的近距离接触给我留下了特别的感受。可能是他的眼睛残疾，可能是他长期护理病重的老父亲，也可能因他是一位照顾两个孩子的居家男人，他给他人以爱，他也得到他人的关爱，他的内心充满着感恩之情，他那独具魅力的男高音从心底缓缓流出，从容、温柔、宁静，充满人间和煦的气息。听安德烈·波切利演唱，仿佛四下皆空；与之独处，像在教堂聆听一位虔诚牧师的叙说，单单侧耳倾听是不够的，必须用心去听。天后席琳·迪翁曾经说过，"假如上帝也有歌喉，那听起来多半像是安德烈·波切利在唱"，这个评价一点也不为过。

同为歌者，波切利带给人的是宁静与平和，而玛利亚·凯莉带给人的则是激情与活力。同样是在 2003 年，还有一场音乐会令人难以忘怀，那就是流行天后玛利亚·凯莉在上海虹桥体育馆举行的个人演唱会。由于举办者美国好莱坞经纪人是我的好友，他知道我喜欢玛利亚·凯莉的演唱，故特地送我两张最好的票。我原本无法成行，因为单位与广告总代理解约一事的谈判进入胶着状态，夜以继日地谈判非常累。好友在电话里反复劝我要出席演唱会，说没准音乐会能使你改变现在的状态。我经不起朋友劝说，也确实舍不得放弃玛利亚·凯莉全球巡回演唱会上海站这么难得的机会。那场演唱会非常成功，天后的表演始终充满激情，光芒四射，震撼全场。一曲《梦中情人》（*Dream Lover*），超人的高音展现得淋漓尽致，惹得众多粉丝疯狂地跳到椅子上。演唱会的最后，玛利亚·凯莉一身蓝色碎花超短旗袍出场，向现场观众献上了她的招牌曲目《失去了你》（*Without You*）和《英雄》（*Hero*），全场沸腾。演唱会结束后，朋友请我参加在希尔顿酒店举行的庆祝演出成功冷餐会。和天后见面，举杯共庆，那是个令人兴奋的夜晚。真如朋友所言，从上海演唱会回来后，心境有些变化，谈判思路有了新的创意，终于在年底签下协议，单位的经营工作进入了新的境界。

　　人生路上，那些与歌者有关的风景就是这样妙不可言，不经意间，

在古罗马剧场举办的音乐会

歌声会带给你意想不到的惊喜；迷茫无助时，歌声会给你光明和创意；疲惫困顿时，歌声会激励你的斗志；心情浮躁时，歌声还会让我们那颗在万丈红尘中翻滚的心回复宁静。我有一张德国童声合唱团演唱的碟片，那天使般的声音每每让我沉醉。合唱是门古老的艺术，它伴随宗教而生，听合唱犹如在教堂听唱诗班演唱，虔诚而神圣。有一年，我到央视办事，晚上央视国际公司的老总请我们几位在中央电视台高塔的顶层餐厅用餐。酒过三巡之后，传来一阵悦耳的歌声，那是来自草原的宽厚而洪亮的声音，美妙极了，歌声刚落我们就情不自禁地鼓掌致意。不久，那些穿着蒙古族服饰的青年男女从餐厅的另一端走来，围着我们唱起了大家耳熟能详的草原民歌，他们多声部无伴奏合唱水平之高让人赞叹。在北京百米高塔上能听到来自蒙古草原的民歌，天籁之音给人意外的惊喜。后来才知道，他们是来自内蒙古广播合唱团的歌手，因为都是来自广电，我们相互举杯敬酒，我还邀请他们到无锡演出。当年，我们举办的广电文化活动周就有了来自内蒙古同行的精彩演唱，也催生了要尽快组建自己的广电合唱团的愿望。

一声来耳里，万事离心中。其实，远不止是那些美妙的歌声。

2004年10月上旬，我在北京出差，好友戴秘书长邀我参加在北京故宫午门广场举行的法国文化年开幕式暨雅尔音乐会。这是一场别开生面的音乐会，在古色古香的中国皇家宫殿举办一场世界著名电子音乐艺术家的演奏会，恢宏而别致。日暮时分，斜阳照在紫禁城城墙上显得格外古朴苍凉，蓝色激光打在紫红色的宫墙上，一排排白色的座椅映衬着蔚蓝的天空，色彩斑斓，五光十色，极为华丽。此景此乐此情，如梦如幻如诗。法国著名音乐家让·米歇尔·雅尔是中国改革开放后第一个到中国巡演的西方音乐家，1998年法国世界杯主题曲《相约九八》（*Rendez-Vous 98*），雅尔为此发行了混音单曲，这是大家所熟悉的。这次雅尔在午门前的演出极富创意，像是在敲打一个巨大而古老的青铜器，现代激光梦幻艺术、现代音乐组合乐器与紫禁宫城的奇妙组合，美轮美奂，只有浪漫的法国人才能有此奇想。这是一个不眠之夜，这是一场不散的音乐盛宴。你的心怎能不为之激荡？你怎能不为之动容，又怎能不为之欢愉？

2007年，伦敦交响乐团在上海浦东东方艺术中心举行音乐会，伦敦交响乐团是英国三大交响乐团中最为优秀的，也是世界上最高水准的演奏团体，它还拥有自己的唱片公司，它发行的唱片长期在iTunes古典音乐排行榜上雄居第一。不仅如此，乐团还参与电影音乐的录制，如《星球大战前传3：西斯的复仇》《哈利·波特与火焰杯》，影响相当广泛。晚会由著名指挥家丹尼尔·哈丁指挥，演奏了德沃夏克的降D大调第十二斯拉夫舞曲，肖邦的E小调第一钢琴协奏曲，马勒的升C小调第五交响乐曲，演绎得相当精彩。最为有趣的是，以演奏古典乐曲著称的伦敦交响乐团，在音乐晚会结束时，特别加演了《星球大战前传3：西斯的复仇》乐曲，使观众在尽情享受古典音乐的同时，还领略到现代音乐的魅力。真没有想到，古老而传统的、享有世界最顶尖声誉的伦敦交响乐团，会将传统经典和现代流行结合得如此完美。

前不久，世界著名音乐指挥大师祖宾·梅塔携意大利佛罗伦萨五月音乐节管弦乐团在苏州演出，我特地赶去观看。祖宾·梅塔驰骋乐坛四十余年，拥有尼基什指环、维也纳爱乐乐团名誉指环等荣誉，唯一成为四度维也纳新年音乐会指挥，是他将歌剧《图兰朵》引入北京太庙演出。这次在苏州大剧院欣赏祖宾·梅塔指挥的音乐会，是一次美妙的精神享受。这是一次目睹和欣赏大师指挥艺术的难得机会，75岁高龄的他在整台演出中保持着巨大的热情和充沛的精力。无论是表现威尔第的作品还是马勒的作品，大师都极为从容娴熟。随着他指挥棒的起落，乐声如行云流水般响起，既充满激情，又细腻到位。特别是演奏马勒的D大调第一号交响曲《巨人》的第一部作品时，充满着散文和绘画的意境，第一部"青春岁月"中从"无尽之春"到"花之乐章"，快板向行板的过渡处理恰如其分，犹如风雨之后原野上万物葱茏、生机勃勃；又如一阵轻风在河面上荡漾起微微的涟漪，颇有"忽如一夜春风来，千树万树梨花开"的意境。同样处理马勒的作品，卡拉扬要更华贵绚丽些，而梅塔则显得含蓄内敛。演出开始前，大师首先为日本地震加演了一首《巴赫G弦之歌》，乐曲悠长庄重，全场在寂静和祈祷般的气氛中为遭受震灾的日本人民寄去哀思。这首曲子我听过多遍，但在大师的指挥下现场聆听的感觉完全不同，可以清晰地感觉到大师的真情在指尖缓缓流出。有人说大师是在用音乐疗伤，这一点也不为过。祖宾·梅塔在自传《我生命的乐章》中曾经说过：人类在外交上解决不了的问题，往往可以用音乐来解决。

傅抱石《罢阮图》

音乐就是这样一种神奇的东西。阿炳创作的《二泉映月》，世界著名，小泽征尔曾说这首曲子要跪着听，其实《二泉映月》是无标题音乐，任你想象。音乐的最高境界就是让你有无限想象空间，听《二泉映月》是要用"心"去听的，喜者闻其喜，悲者闻其悲，不悲不喜者则闻之悦耳——不同的心境不同的感受罢了。

音乐于我与书画一样，都是生活的一部分。前者，我学着欣赏她，属于外行看热闹一类；后者，我就学着下水游泳，在水里体会她的魅力。但两者缺一不可。或绘画写字，或品茶读书，或湖边散步，总有音乐相伴。其实欣赏音乐，不仅仅可以在大剧院里享受艺术大餐，还可以在苏州李公堤的"春蕾茶社"听评弹，在桃花坞旁的昆剧研习所看昆剧折子戏，在平江路的小书吧耳闻小巷传来的吴侬软语，在杭州西湖的"柳浪闻莺"享受鸟语花香，在细雨蒙蒙的蠡园感受雨打芭蕉，在玉龙雪山下的丽江古城倾听山泉流淌……这是别样的音乐，也是另一番心境。

赏心乐事谁家院

　　对于昆剧，我看得并不多，也谈不上有研究，只是比较喜欢，其声腔、其扮相，其念白，其做工，其手眼身法，其名曲名段，每每想起，总感到韵味无穷。那儒雅隽永的唱词、纡徐委婉的水磨腔、细腻优美的舞姿、清丽典雅的妆容，清越悠扬的伴奏，勾画出独一无二的风雅。一曲昆腔，唱尽了江南的空蒙烟雨、亭台轩榭、才子佳人、神仙美眷，不愧是中国最优雅的文学和最精致的艺术结合的典范。

　　昆剧与古希腊戏剧、印度梵剧并称为世界三大古老戏剧，是至今唯一完整保留舞台演出形式的戏剧艺术，历史最早可以上溯到明朝初年甚至更早，算来已有六百年的历史。惊梦六百年，昆分南北，自成风韵，入湘入滇，也各成其新。有专家告诉我，在黄河流域采风，偶闻老农放歌，居然也是昆腔，溯其源，居然是明代的昆腔余韵。长期以来，南北两派分别形成了自己鲜明的特色，南方的昆曲与北方的昆曲在整体气质上有了很大的区别。我在《无锡文化的源脉品》一文中曾提到南北文化的问题，中国文化的博大在于以黄河流域为摇篮的北方文化同以长江流域为摇篮的南方文化的个性差异。这种差异也同样体现在戏曲音乐领域，明王世贞《艺苑卮言》云："大抵北主劲切雄丽，南主清峭柔远"，准确地道出了南戏与北剧的不同声腔风格和个性特征：北曲节奏紧促，声

调遒劲朴实；南曲则节奏舒缓，声调细腻委婉。这种特性在南北昆剧上也有充分体现。

第一次看北昆的戏，是在今年三月初。出差去京城，东奔西走时间都泡在路上，一天也办不了几件事，离京前的晚上，到国家大剧院的小剧场看了一场北方昆剧院演的昆剧四大经典名剧之一《西厢记》，却很有意思。整台戏在舞美设置上很好地保留了古典戏曲的简约特色，每出戏的舞美装饰极其简练，仅仅一桌一椅、一石一花而已，这样简约不简单的背景轮替将整台戏安置得妥妥帖帖，充分展示了中国戏剧舞美以少胜多的艺术境界。由史红梅扮演的崔莺莺和邵峥扮演的张珙，在不同场景中以折扇、手卷、信笺等道具与委婉的声腔将两个人物的内心情感变化生动地展现出来，尤其是王瑾扮演的红娘偷窥张珙手书内容的一出戏，舞台上没有设置屏风来挡住红娘偷窥的视线，而是通过红娘身段和动作及眼神的表演，把观众设计为偷窥者，构成一幅台上台下互动的三维偷窥画面，极为生动，令人拍案叫绝。这种画面可以在明版《西厢记》的插图中见到，但远没有昆剧舞台上的表演来得生动。不禁联想到现在市面上演出的所谓经典古典大戏，往往画蛇添足，将舞美搞得极其华丽，声光电各种手段、十八般武艺全部用上还嫌不够，奢华浮躁，完全违背了中国戏曲艺术的精髓，让人看了实在受不了。

曲终人散，总觉得意犹未尽，不如看南昆来得过瘾，暗笑生于江南、长于江南的自己，天然对南昆"情不知所起，一往而深"了。

第二天中午，正好和于丹教授一起吃饭，席间我们谈诗论画，品茶鉴酒，徜徉山长水阔，相约暮春烟雨。我向于丹谈起昨晚观看北昆演出的感受，她说自己虽然是北方人，也与北昆很熟，但还是喜欢看南方几个剧院的戏，比如江苏、上海和苏州昆剧院的戏。她还如数家珍地列举了我也喜欢的名段与名角。一谈到昆剧，于教授的话匣子就打开了。在所有的舞台艺术中，她最钟爱的就是昆曲，从小就是个戏迷。说起自己对昆曲的这份喜欢，她同样引用汤显祖《牡丹亭》里的句子："情不知所起，一往而深，生者可以死，死者可以生。"对昆曲的这份执着的爱，也促使于丹后来在央视《文化访谈录》开设《游园惊梦》昆曲讲堂，出版《于丹·游园惊梦——昆曲艺术审美之旅》一书。谈到昆曲之美，于教授的看法与我十分一致：昆曲之美在于一种虚拟之美、写意之美，是人的幻化之美在想象中共同完成的延伸。

昆曲《牡丹亭》剧照

　　与于丹教授这番关于昆曲写意之美的交谈，让我不禁想起去年苏州昆剧院的蔡院长邀我去苏州昆剧传习所，观看特别安排在传习所后花园中演出的园林实景版《牡丹亭》片段《游园惊梦》，应邀观看的还有北京、上海等地的几位专家。素有"中国昆曲史上第一所学校"之称的苏州昆曲传习所位于苏州古城区的桃花坞西大营门五亩园，与苏州昆剧院仅一路之隔。仲秋之夜，雨丝风片，丝竹管弦，亭台楼阁，才子佳人，古老的昆曲和精致的苏州园林一时间情景交融，置身其间，仿佛在梦境与现实中穿梭，似梦还真。

　　"不到园里，怎知春色如许"，实景版《牡丹亭》确实帮现代人找到了一个接近明清文人风雅生活的通道。在园林里演戏、看戏最能体现文人的文化情趣，私园聚会、把酒吟诗、演戏听曲是他们生活中司空见惯的事。就这样，文人的风雅生活和着水磨腔的低吟浅唱，在云霞翠轩、烟波画船的绝美背景下梦幻般地呈现。

《游园惊梦》不是在舞台上，而是在精致的苏州园林之中，这既是一种回归，也是一个创举。昆曲原来就在园林厅堂演出，这算是回归；但对于目前剧院演出而言，这又算是创新。蔡院长说他想尝试一下，从打谱到化妆，再到粉墨登场，全景式地向观众展示昆剧的美。说老实话，我佩服蔡院长的创新胆识，但不太赞同这样的做法，戏剧本来是高度凝练的艺术，而且中国戏剧本身还有它的一种程式美，又何况是有着六百年历史的昆剧呢。我想，蔡院长将《游园惊梦》放到园林里演出，移步换景，比舞台表演更加丰富，但却好像是在观看戏剧电影拍摄现场，这种实景式的呈现充其量也超越不过电影的效果，虽然是在苏州园林但还是有违古典戏剧力求以一当万的戏剧精神。传统舞台艺术确实受到现代舞美的冲击，加上高科技电子大屏和多媒体手段的综合运用，使得舞美的艺术呈现变得丰富多彩。但舞台艺术毕竟是通过台口向观众展示的，

昆曲《牡丹亭》剧照

它不同于电影等其他艺术门类。有戏谚云：艺多了傻，术多了假。此之谓乎？真耐人寻味！所以，我们保留和弘扬昆剧艺术，最好还是还原昆剧的本色美——那种高度诗意的抽象之美。

让我对昆剧的本色美感受最为深刻的是前年在苏州看日本歌舞伎大师坂东玉三郎主演的昆剧《牡丹亭》。一个异国他邦的艺人，来自不同的文化背景，而且语言不通，竟能将杜丽娘演绎得如此神韵毕现，其一招一式，其身段风韵不禁让人想起当年的梅兰芳。坂东的气息冷艳之极，宛如天仙下凡，令人如痴如醉、拍案惊奇，难怪有人赞叹他是继梅兰芳之后亚洲戏剧的又一位稀世之才。坂东玉三郎扮演杜丽娘的神奇和成功，让人看到的是这位日本歌舞伎大师对昆剧、对中国传统文化本真的顶礼膜拜。整场演出仅有一出戏是由苏州昆剧院的旦角替换演出，虽然声腔运用自如地道，扮演者也年轻貌美，但韵味还是与坂东玉三郎相差甚远。坂东玉三郎的一曲〔皂罗袍〕："原来姹紫嫣红开遍，似这般都付与断井颓垣。良辰美景奈何天，便赏心乐事谁家院。"虽然吐字口齿略带牵强，但声腔和身段运用自如，可谓行云流水，美轮美奂。闭锁深闺的杜丽娘内心的激情与哀怨，在春天的景象与园子的颓败的映衬下更加触目惊心。昆剧的古典神韵，由日本艺术家表现得如此淋漓尽致，昆剧的本真之美如此原封不动地呈现在人们面前，让人赞叹不已。

这个感受我与于丹教授也交流过，她颇有同感。我是外行，看昆剧是偶尔为之，于教授则与坂东和苏昆都是老朋友了。一个戏曲表演艺术家的杰出之处，不仅仅在于唱得好，演得妙，更重要的是在于演唱以外的综合修养。当年梅兰芳先生赴美演出之所以达到万人空巷的盛况，不是美国观众看懂和听懂了什么，而恰恰是被梅兰芳先生独到的艺术魅力所倾倒。

现在想来，坂东玉三郎版的杜丽娘之所以能让人为之惊艳，与坂东其人密不可分。有人说，坂东玉三郎是误入尘世的仙子，他身处凡世却吐气如兰、纤尘不染，生活得干净而纯粹。对舞台一生执着的坂东玉三郎没有家庭、没有社交、没有娱乐，每天出了排练厅和剧场，就是回家休息。如今的他虽然已经年过花甲，却依旧面容姣好、体态修长、言语轻柔、笑容温和。他毕生都希望以最纯净的状态专情于舞台上的那个"女形"，连昆曲名家张继青也说，她只能用"惊讶"形容自己观看玉三郎演出的感受，"坂东先生是一个伟大的演员，他对艺术非常执着，自我要求非常严格。他在台上的表演令配戏的演员都显得生嫩了"。据说，由于演出昆曲必须唱、念、做、表兼备，故而医生建议玉三郎补充动物脂肪以助嗓音圆润，为此已二十年不食肉的他特意"开戒"，以期演出时能拥有理想的嗓音。

　　梅兰芳先生的儿媳屠珍女士曾说："我特别喜欢玉三郎身上的儒雅气质，他可太像梅兰芳先生了。"说到演员的气质韵味，不仅仅是师徒传承和简单模仿就能获得，更要注意戏外功夫，所谓"腹有诗书气自华"。有一次梅葆玖先生到我们无锡电视台录制节目，我拿了一部影印的梅兰芳先生家藏京剧脸谱，请梅葆玖先生签名。他非常高兴，签名后还特地送给我他和梅兰芳先生扮演京剧《贵妃醉酒》的剧照，照片一为黑白，一为彩色，父子二人扮演同一角色，展示同一亮相镜头，虽然梅兰芳先

梅葆玖（左）、梅兰芳（右）《贵妃醉酒》剧照

生那张照片是黑白的，但气韵神采还是高人一筹。我忐忑地问梅葆玖先
生，当年您如何跟梅兰芳先生学戏的，梅葆玖先生听后快然一笑，悄悄
跟我说他年轻时如何追求时尚，什么新玩意儿都要玩一把，真正静下来
学戏已较晚了。我又转换一个话题，与他谈我看日本坂东玉三郎先生主
演昆剧《牡丹亭》的看法，说好像看到了梅兰芳先生的影子。梅葆玖先
生没有答我的话，后来回想起来，觉得自己问得有点唐突。但是不管如
何，坂东玉三郎扮演昆剧《牡丹亭》中的杜丽娘确实气韵不凡，难怪有
人评价他的表演"具有一种无限接近自然的、接近无意识界的'透明感'，
与梅兰芳艺术的鲜明的'人间性'恰成对比。梅兰芳与玉三郎犹如日月
之交相辉映"。

近来翻阅董桥的小册子《墨影呈祥》，其中的一篇短文《工尺谱归
我珍存》很有意思。此处，我抄下几小段：

张充和昔年写过几册小楷工尺谱。孙康宜问张先生那几册工尺谱
书法她最满意的是哪一册。这位书法家、戏曲家毫不迟疑说是《牡丹
亭·拾画·叫画·硬拷》一册！工尺谱是古代记录乐谱的工具，每句
唱词标明音高符号，调名符号，节奏符号和补充符号。

工尺谱起初不同地区不同乐种发展出不同的注音，符号写法大有
差别，明朝中叶昆腔流行才逐渐成了常式。读孙康宜编注《张充和题
字选集》配的那册工尺谱彩图，我一眼爱上充和先生那笔小楷，符号
倒是一个也不认识。

典雅，精致，端庄，工尺谱全册四十八页，高二十八厘米半，宽
才九厘米，亭亭玉立，左手轻握，右手翻阅，舒适得很。

我不懂昆曲却爱听昆曲。当年季老太太说，昆曲奠基人是明代戏
曲音乐家魏良辅。多年后翻书刊看到他的一些事迹，说他嘉靖年间融
汇各腔及江南民歌曲调整理流行昆山一带的曲腔，创造"水磨腔"。"水

磨"二字缠绵，一看倾倒，至今不忘，腔调舒徐宛转，如松风，如溪流，几经魏良辅女婿张野塘帮老丈人修饰终于越加圆满。我没有见过魏良辅那部《南词引证》，听说那才是论述昆腔唱法的第一部要著。倒是张充和先生这册《牡丹亭》工尺谱的小楷使我联想翩跹：字字娉婷，句句玉树，不愧是书艺上的"水磨"笔意！白先勇送我的《色胆包天玉簪记》里张淑香浅谈书法与昆曲因缘，她说张充和把书法悬腕的悬意延伸为各路艺术创作的境界，入神忘我，天机自动。我想充和先生抄录"拾画""叫画""硬拷"工尺谱之际，一定潜沉在前人和她自家的唱腔之中：千帆过尽，消息浮沉，异邦绿荫庭院里只剩一笔柔肠千千结，怪不得写出来的册页恰似月移花影，玉瘦香浓，任谁见了都不忍释手。

因为看了一出昆剧《西厢记》，想起有关的二三件事，辅以此文以记之，贻笑大方。

巷陌深处有人家

去年春天，耄耋之年的李正先生专门到办公室来看我，久未谋面，老先生依然矍铄，面色还是那样红润，嗓门还是那样洪亮，眼睛还是那样炯炯有神。一见面就索要我刚刚出版的书，我顿感诚惶诚恐，接着又要我画的画，令我更加惭愧。老先生还告诉我自己有本书即将出版。没多久，他便托人送来一本专著《造园意匠》。此书几乎收录了由他设计的全部园林经典案例，其中，李正先生对江南名园"寄畅园"的修复所下的功夫，最令人敬佩。八开的册子，厚厚一大本，是本埠乡贤、著名红学家冯其庸先生题写的书名。其实，冯先生对古典园林也是有研究的，他给老友陈从周散文集《园林谈丛》所写的序言中有不少灼见。二十世纪八十年代，我陪冯先生几次去宜兴，常常谈及明清文人参与紫砂壶创作和园林构筑的雅趣。

我与李正先生交往还是在二十世纪八十年代初。彼时我尚未到而立之年，在中心城区工作，当时那里要筹建区级公园，但区级财政的财力有限，要建一座公园绝非易事。李正先生非常热心，积极参与，并介绍我认识著名园林专家陈从周先生等，对我们筹建区级公园提出了不少有益的建议。可惜，今天那座公园早已被拆得面目全非，仅剩一块青铜浮雕了。

一座园林是一个时期文化和社会生活的印记，是一座城市发展的历史年轮，轻易拆去着实是件令人遗憾的事。记得开园的那一天，我们还在公园举办了一个书画展，各方名流会集，陈从周先生也从沪上赶来，在李正先生的陪同下参加了开园典礼。他对公园的构筑和书画展给予了充分肯定。陈从周先生不仅仅是古典园林巨匠，还是造诣很深的散文家和书画艺术大家，他和张大千等艺术巨匠在书画方面的友谊和交往是业内皆知的，他所画的兰、竹、山水小品，清逸之至，一如其诗文、词曲，隽永有味。记得那天，陈从周先生还兴趣盎然地挥毫为朋友写了不少书法条幅，墨气淋漓，遒劲酣畅。更难忘的是陈先生还特地邀我合作画了一幅四尺墨竹。画毕，陈先生又令我题画，我一时推辞不掉，战战兢兢地写下："清气若兰，虚怀当竹，陈老先生为人师表，江东小辈克勤涂也"。此画当时就被负责造园工程的炳良兄收藏了，画者、题者、收藏者，一时况味，难以言表。那晚，乘着酒兴，老先生谈得很多，谈造园的要旨，谈与张大千的交往，谈梅兰芳等人的趣闻逸事，让在座者心驰神往。

陈从周先生《说园》有云："风景区树木，皆有地方特色。即以松而论，有天目山松，黄山松，泰山松等，因地制宜，以标识各座名山的天然秀色。如今有不少'摩登'园林家，以'洋为中用'来美化祖国河山，用心极苦。即以雪松而论，几如药中之有青霉素，可治百病，全国园林几将遍植。'白门杨柳可藏鸦'，'绿杨城郭是扬州'，今皆柳老不飞絮，户户有雪松了。泰山原以泰山松独步天下，今在岱庙中也种上雪松，古建筑居然西装革履，无以名之，名之曰'不伦不类'。"环视当下，有好事者造园求大、求洋、求奇、求贵，终成不土不洋、不中不西之怪物，劳民伤财，得不偿失。回想陈从周先生当年的见解，可谓击中时弊。

我与陈从周先生交往虽然不多，但他的造园艺术和人文修养给我的印象很深。他曾签名送给我一本他的《说园》，这是一部造园文集，也是一部优美的散文集，显示了他深厚的艺术和文史修养。陈先生的造园说，不仅阐述了江南园林的构筑之要，更说明了江南园林还承载着文人画家的艺术创作和诗情画意。陈从周在《清雅风范·苏州园林鉴赏》一文中指出："当时园林建筑复有文人画家的参与，用人工构成诗情画意，将平时所见真山水、古人名迹、诗文歌赋所表达的美妙意境，抉其精华而总合之，……使游人入其地，览景而生情。"江南园林正是有了文人墨客的参与，其构筑遂区别于其他建筑，更富有人文情趣和艺术创意，而多了一份雅致情趣，少了一些匠气和霸气。文人对园林的向往古已有之，魏晋以来，文人往往追求田园隐逸生活，陶渊明的"园日涉以成趣""采菊东篱下，悠然见南山"，王羲之的"有崇山峻岭，茂林修竹，又有清流激湍，映带左右，引以为流觞曲水"，都反映了古代文人士大夫走出世俗社会寻找世外桃源的情趣，日涉成趣的"园"自然成为文人安贫乐道、物我两忘的精神寄托，而"不出城郭而获山水之怡，身居闹市而得林泉之趣"更为无数文人墨客所向往。王维的辋川别业、白居易的庐山草堂、赵孟頫的莲花庄、倪云林的云林堂，文人建园之风渐渐兴起。明清以降，江南园林艺术的发展到了高峰，文人墨客不管宅第大小总要安置一处园子，大到亭台楼阁、曲径通幽，小到草堂半亭、片石孤桐，江南园林于是有了充分的发展。其中，文人画家直接参与园林设计，对园林艺术的发展推动极大。明代文徵明就是园林设计的高手，曾参与设计拙政园、紫芝园，其曾孙文震亨除主导香草垞、碧浪园等设计外，还撰写了《长物志》这部不可多得的文人园林论著。

　　同样是在明代，计成所著《园冶》对古典园林的构筑要旨有着精辟论述，《园冶》中的"题词"是由同时代人郑元勋写的，其曰："古人百艺，皆传之于书，独无造园者何？曰：园有异宜，无成法，不可得而传也。……是惟主人胸有丘壑，则工丽可，简率亦可。否则强为造作，仅一委之工师、陶氏，水不得潆带之情，山不领回接之势，草与木不适掩映之容，安能日涉成趣哉？所苦者，主人有丘壑矣，而意不能喻之工，工人能守，不能创，拘牵绳墨，以屈主人，不得不尽贬其丘壑以徇，岂不大可惜乎？"一语道出造园的核心不在能工巧匠技艺的高低，关键取决于能否体现园林主人的艺术趣味，是否寄托主人的览物之情，即所谓

"观山则情满于山，观海则情溢于海"。

历览前贤造园，果然斯语不妄，江南园林中，这等的造园精神居然不少！

追求高雅的，有拙政园。明代文徵明在《王氏拙政园记》一文中对园景简朴疏淡的描写，体现了当时文人的审美情趣，园中莲、亭、榭、竹、柳、槐、涧、轩、池、台、坞构成了极美的精神。园子的西门还有文徵明手植紫藤，高古盘旋，紫气腾腾，花香扑鼻，一派文人画的意蕴，确实"令居之者忘老，寓之者忘归，游之者忘倦"，以至达到"极目所至，俗则屏之，嘉则收之"的境界。

表达人生际遇的，如退思园。退思园，是主人袁氏在咸丰年间罢官后所建，以"进则尽忠，退则思过"之意构筑。其设计者利用当地水环河绕的特点，理水叠山，罗列退思草堂、眠云亭、回廊曲桥等在其周围，构成水气飘逸、秀雅和谐的退而游、退而歇、退而思之氛围，感受宋代姜白石的词意："闹红一舸，记来时，尝与鸳鸯为侣。三十六陂人未到，水佩风裳无数。翠叶吹凉，玉容消酒，更洒菰蒲雨。嫣然摇动，冷香飞上诗句。日暮，青盖亭亭，情人不见，争忍凌波去？只恐舞衣寒易落，愁入西风南浦。高柳垂荫，老鱼吹浪，留我花间住。田田多少，几回沙际归路？"（《念奴娇·闹红一舸》）

怡园，原址是明代吏部尚书吴宽的寓所，清同治年间吴县人顾文彬在吴氏老宅第基础上扩建成怡园。当时的书画名家任阜长、程庭鹭等都积极参与建设。园成之后，江南名士多来雅集，名盛一时。顾文彬为清末退休文官，著名词家。退休后营建了这座私家园林却又供公众享用，做法十分特立独行。怡园精致幽雅，水池居中，湖石环绕，花木葱茏，亭台楼阁错落有致。园前过云楼，为园主人最为得意之处，是顾文彬专门营建的书画收藏宝库。这位园楼主人废寝忘食，唐、宋、元、明、清诸家名迹"力能所致者，靡不搜罗"，其中有不少藏品之精为海内之最。其十卷《过云楼书画记》即是顾文彬晚年对藏品赏鉴的心得所在。这又是以园为《石渠宝笈》之意了。

曲园，坐落在苏州马医科巷，是晚清大学者俞樾的故居，园中"春在堂"以"花落春仍在"之句曾得到曾国藩的赏识，因此命名。堂外有小小曲园，池水一泓，池上架亭，景色宜人。俞樾不求仕进，在此著书讲学，终老吴下，著书有《春在堂文集》等。当年流行过这样一句话："李鸿章拼命做官，俞曲园拼命著书"，则此一园，又是一个著书的斋馆了。

苏州网师园，为清乾隆年间宋氏所构筑，以"网师"自谓，隐含归隐之意。园子借碧竹、绿水、秋月、寒松寓意四季。每到秋夕，清风徐来，月光洒落，水映树影，花香袭人。园小而雅致，集观赏、宴饮、读书、作画之功用。二十世纪三十年代，张善孖、张大千昆仲便住在这里。张氏昆仲的画室就在今日网师园的殿春簃。张大千的画可谓"天下第一人"，其兄画虎也实至名归，张善孖因此得雅号谓"虎痴"，张大千曾与二哥合作画虎十二幅，称为"十二金钗图"，最妙的是以《西厢记》中的艳词题虎，以虎喻美人，颇有禅意。园与大画家结如此因缘，则又如一个画室。

如皋的水绘园，原是明万历年间秀才冒一贯的别墅，清顺治初归冒襄之父冒起宗。冒家历来人才辈出，以冒襄（辟疆）为最，他与方以智、陈贞慧、侯方域并称"明末四公子"。冒氏与阮大铖不合，携董小婉隐居水绘园，邀四方名士以书、画、诗、戏、酒为娱，风流文采，映照一时。王周臣为冒辟疆五十寿序时如此描述水绘园及其主人的生活："树木掩映，亭榭参差，曲水环流，山亭独立，尝于其中高会名流，开樽张乐。"这样的园林生活，分明就是一个文人"市隐"的享乐窝。今天水绘园所存建筑主要有水明楼和雨香庵等，中为洗钵池。楼、庵、池相依，水阁三楹，四面轩敞，临水有栏，栏外绯桃，环以修梧，引人入胜，犹能使人领略明清旧貌的遗韵。

扬州个园，是清代黄氏的私家花园，园内广置青竹，叶如"个"字而名，园中宜雨轩、抱山楼最为著名。园里另一景致是有象征春、夏、秋、冬的假山，相传依照石涛画稿叠石而成。宋代大画家郭熙的山水画论著《林泉高致》中有对四季山水的描述："春山淡冶而如笑，夏山苍翠而如滴，秋山明净而如妆，冬山惨淡而如睡。"不管是仿石涛的画也好，还是表达郭熙的意也罢，个园的翠竹叠山相互辉映，充分表达了园主对四时山水风光的膜拜。这又像是把园子当作了仿画的课本，"别有一功"，痴得可爱。

无锡寄畅园，是江南古典园林借山造景的杰作，北京颐和园中的谐趣园就是皇家喜爱寄畅园而模仿建造的。《锡山景物略》卷四记载："山川风月，本无常主，二百余年，不更二姓，子孙世守，莫有秦园若者。园在惠山寺左，古凤谷行窝也。"清代乡贤画家秦祖永《跋重临寄畅园图》云："余家旧藏石谷子寄畅园十六景小册，散失有年矣。近于族中得一临本。虽为庸手所作，而丘壑位置，仍是石谷体制。爱为拟之，庶存庐山真面云尔。咸丰丙辰春三月。"寄畅园的价值，在于它虽由人作，却如天开，虽远借惠山，近借锡山，俯借二泉，却如真山活水自然而然，这又是造园精神中"道法自然"的极致，也是文人造园的精神诉求。

又光绪《无锡金匮县志》记载，无锡有名为"容膝轩"的庭院，为元潘仁仲居所。广袤逾寻丈，孤石修竹，悠然尘外。其园形制虽小，但为元代画家倪云林游踪所至，可惜今已不存。倪云林在《容膝斋图》上题词云："屋角春风多杏花，小斋容膝度年华。金梭跃水池鱼戏，彩凤栖林涧竹斜。亹亹清谈霏玉屑，萧萧白发岸乌纱。而今不二韩康价，市上悬壶未足夸。甲寅三月四日檗轩翁复携此图来索谬诗，赠寄仁仲医师。且锡山予之故乡也。容膝斋则仁仲燕居之所。他日将归故乡，登斯斋，持卮酒，展斯图，为仁仲寿，当遂吾志也。云林子识。"园不以小而为名人所轻视，足见园林在文人心中所代表的趣向，并不以大小介怀。

历数这些造园的人文取向和审美情趣，笔者在拙著《仙骨佛心——家具、紫砂及明清文人》一书中也曾加以探究。陈从周先生在《说园》中云："中国园林是由建筑、山水、花木等组合而成的一个综合艺术品，富有诗情画意。叠山理水要造成'虽为人作，宛自天开'的境界。山与水的关系究竟如何呢？简言之，范山模水，用局部之景而非缩小，处理原则悉符画本。山贵有脉，水贵有源，脉源贯通，全园生动。我曾经用'水因山转，山因水活'与'溪水因山成曲折，山蹊随地作低平'来说明山水之间的关系，也就是从真山真水中所得到的启示。明末清初叠山家张南垣主张用平冈小陂、陵阜陂阪，也就是要使园林山水接近自然。如果我们能初步理解这个道理，就不至于离自然太远，多少能呈现水石交融的美妙境界。"陈从周先生这番话可谓鞭辟入里。笔者属下在锡惠山麓有一处一亩左右的山坡地，位于古刹青山寺之左，旧砖瓦房几间，有一回廊相连。原为旧仓库，摇摇欲坠，废弃不用久矣。一日我移步于此，见之而惊诧：此地处青山寺旁，前有产山，后靠惠山，满目青山，郁郁葱葱，鸟语花香，清风徐来，心旷神怡，废之可惜。顿生一念，摹

寄畅园借景造园之法，因地制宜，略加修缮，变废为宝，岂不两宜？于是勘踏其间，草成图纸——池塘有三，飞瀑一注，理水叠石，亭台楼榭，植树栽花，环绕四周，中有回廊连接，希望能化腐朽为神奇。时不多久，小园便告完工，一亩见方，花费不多，可谓壶中天地，迄今已二年有余。每当残阳西落，一抹余晖洒落院墙，光影斑驳，曲径通幽，青山晚钟，声声回荡。时至晚秋，院墙外数株古树参天，浮光耀金，在碧净的蓝天下格外夺目。院后又有金桂飘香，秋风送爽。再到落叶飘零，萧瑟秋光，又让人感念天地之悠悠。凡有朋友故旧来此观之，无不为之赞叹。有古琴会同仁挂牌于此，操琴会友，琴瑟悠扬；又有书法大家尉天池、苏州弹词响档盛小云、海上画家陈琪、中生代诗人安琪等兴会于此，清茶一杯，友朋满座。小园虽一亩，揽物之情得无异乎？刘禹锡"山不在高，有仙则名，水不在深，有龙则灵"。陈从周先生《说园》中亦云："园林造景，有有意得之者。亦有无意得之者，尤以私家小园，地甚局促，往往于无可奈何之处，而以无可奈何之笔化险为夷，终挽全局。苏州留园'华步小筑'一角，用砖砌地穴门洞，分隔成狭长小径，得'庭院深深深几许'之趣。"可见造园之小，足能见造园者之大手段。

读《说园》在前，览《造园匠意》在后，笔者不才，以一亩之地实践先生们的教导，所得甚微。闲时痴想，倘陈从周先生在世，我当如从前所建公园开园一样请先生来评点，但又想到，如真再来，又恐先生问起当年所建之园安在。李正先生虽居同城，却又担心老先生见多识广，区区小园岂敢惊动他老人家！我前一次所造之园至今仅二十余年，已被拆除殆尽，眼前这一小园又不知能阅世几载，天知道有几个后人还能说得出："那容膝斋，大概就在这里！"

风景总在行旅中

少年游

旅游现在已是老百姓生活的一部分，不仅有国内游、出国游，更有富于个性的各色旅游，不胜枚举，据说每年国人有四亿人次出国旅游。其实旅游是一件非常有吸引力的好事，它使人眼界开阔，体魄健康，情操高尚。我是一个对旅游一往情深的人，旅游是我生活中最惬意的文化大餐和精神享受，也是最好的文明交流和文化体验。曾记得父亲说过，中华人民共和国成立初期他渡江到无锡后的第二天，就坐上缴获的美式吉普带上几个人开车去了苏州，结果回来后被狠狠批评了一通。因为打游击时，上海来的学生兵总在父亲这些"土包子"面前吹大上海如何繁华，苏杭如何好玩，"上有天堂，下有苏杭"给父亲留的印象太深了。我的初次旅游，好像也是从苏州开始的。

1969年，我刚刚小学毕业，正值"文革"动荡年代，全国上下为战备动员，各单位都搞长途拉练，学生也不例外。一天，班主任告诉我，学校要组织学生出去拉练，从无锡出发步行至常熟县虞山镇，然后经苏州附近的小镇陆慕回程。大队人马步行出发前，学校组织工宣队、老师和学生组成的三人小组作为先遣队骑自行车出发，负责沿线住宿和餐饮的联系落实。我们三人可谓老中青三代，工人师傅最大，我当然最小，掐指数来当时年仅 14 岁。毕竟年纪小尚未长途骑自行车跑过，第一天下来，两条腿酸疼还是小事，裤裆磨破了加上汗水淹，实在吃不消，还不能说，要不怎么叫"一不怕苦，二不怕死"呢。出发当天我们第一站到无锡县的羊尖人民公社。从锡沪公路骑车东行，傍晚时分到达羊尖镇，远远望去映入眼帘的是公社的大会堂，绕过大会堂的南边就是小镇的老街，粉墙黛瓦，青石板铺的街面，干净而清幽。我们没有花太多时间就找到了公社接待处，并把学校拉练队伍第一宿安顿妥当，然后三人就在老街的一家面馆吃了碗阳春面休息了。

第二站是常熟县虞山镇。我接触常熟是从京剧样板戏《沙家浜》中的一句台词"常熟城里有名的美人"开始的，但常熟城到底如何并不清楚。到常熟第一件事就是到县接待站转介绍信到附近的农村住宿，记得那时的县城不大，但精致干净，接待站设在一栋民国的小洋楼里，转盘楼梯，五色拼花的窗格，老红木桌椅，在阳光的映照下显得格外静谧。我们拿到介绍信很快就找到城东的乡村住下。第二天，大队人马就入住了。下一站赶往苏州陆慕，刚到陆慕就接到学校总部通知，拉练队伍不必步行回程，到苏州后改座车船回校，无锡有重要接待任务。后来才知道是柬埔寨西哈努克亲王来访，所有学校师生上街夹道欢迎。本来我们三人以为在陆慕安顿好人马后，可以进苏州城遛遛，结果被紧急通知弄吹了。在苏州陆慕唯一的好事是在下榻的乡镇工厂的澡堂洗了个热水澡。记得那是家石棉制品厂，条件简陋，澡堂也不避风雨，污水遍地，我们深一脚浅一脚地进出，生怕弄脏了白洗。这样，苏州就擦肩而过了，但没有想到，第二年的初春，我再次获得了苏州游的机会。

我祖籍南通县，父亲是南下干部，爷爷奶奶在城里住不惯，常年留在乡下生活。爷爷喜欢在城里乡下跑来跑去，一是看看儿孙们咋样，二来看看城里的西洋镜。有一次春节过后，爷爷到我家小住后经上海坐船回南通，父亲要我送爷爷到火车站，我便买了张月台票把爷爷送上火车。由于人多拥挤，我还没来得及下车，火车就开了。没有办法只能在下一站下车，因是快车，下一站就是苏州，这可把我急死了，因为身上没带钱啊。爷爷给了我一元钱让我从苏州下车再买票回去（那时苏州—无锡的区间票，慢车票五角，快车票八角），我觉得拿爷爷的钱真不好意思，但也没有办法，车到苏州站后就与爷爷告别下车。因为没有车票，不敢贸然出站，看到站台上旅客基本出站了，只有一位戴着红袖章工人模样的老大爷在月台上扫地，我走上去主动打招呼，说明我没有车票出不了站的原因，那位老师傅看我学生模样，又主动说明情况，笑嘻嘻地摸着我的头说，小家伙自己不当心点，接着问我身上有钱吗，我回答说祖父给我一元钱买票回去的，说着把上衣、裤子口袋全翻转过来，自然空空如也。老师傅就领着我走到车站围墙根边的一扇小门，边打开边说你从这里出去，到车站售票处买下一班的火车回去吧，家里父母要等的。我连连点头谢师傅。等我出了车站，看着"苏州站"三个大字心里想，我是马上回去呢，还是到苏州城里转上一圈再回去呢？既来之则安之，我到售票处看了一下列车时刻表，下午五点多有一班慢车到无锡，车票价格五角。我算了一下，除去车票钱还有五角可以派用场，至少可以去一两个风景点看看。接着我打听了公交车的线路就直奔虎丘、西园玩了起来，期间还在公交车站附近的馄饨店一角钱买了碗馄饨充饥。整个下午，我完全陶醉在虎丘的剑池传说和西园栩栩如生的罗汉雕塑艺术之中。公园里没什么游客，空荡荡的有点孤单，但那时一个刚刚小学毕业的学生觉得这里与外面轰轰烈烈的批"封资修"完全是两重天，可谓大开眼界，不虚此行。天色不早了，我就坐公共汽车赶到火车站售票处买票，刚刚进门又看见早上放我出站的师傅低着头在认真扫地，我怕被师傅撞见，就猫着腰转了过去，售票处有两三个人在排队买票，我跟在后面，边排队边从口袋里掏钱，摸来摸去却只有四角八分，就是缺二分钱，眼看就要轮到我怎么办？好在快到售票窗口时，我终于七掏八掏地从衣角里摸到了二分钱硬币，真是如释重负啊！老话说 "一分钱逼死英雄汉"，一点不假。如果缺二分钱买不到票，我只能厚着脸皮还去找那位好心的老师傅。呵呵，我的首次苏州游至今难以忘怀。

说来也巧，有了第一次苏州游，第二次接踵而来。没过多久，父亲被造反派从"牛棚"里放了出来，也是这一年的初夏，父亲回来告诉我要去苏州东山转转，问我去否，我高兴极了，第二天一大早就跟着父亲坐着北京吉普车去东山。那时的东山宛如世外桃源，绵延的山村公路弯弯曲曲，一派田园风光，刚刚熟了的东山枇杷，老乡们采摘下来装在一只只小竹篓里整整齐齐地放在路旁，等待过路的人来买。没有来得及采摘的枇杷一串串挂在绿树丛中，像一个个饱满的金蛋，在阳光照射下黄灿灿的特别诱人。一路上小车开开停停，我们看看说说，司机又是百事通，什么都懂一点，三个人聊起来更闹猛了。接着，父亲带我到东山的雕花大楼和紫金庵参观。因为是"文革"期间无人管理，常年失修，雕花大楼周围的墙门和庵庙的门窗塌方的塌方，倒闭的倒闭，断垣残壁，满目疮痍。好在大楼和庵里的唐代泥塑还基本完好。父亲如数家珍般地跟我讲述其来历，他知道我喜欢画画，于是把每一尊泥塑、每一根雕梁画栋的艺术特点给我一一讲解，我记得最清楚的是，在紫金庵里，父亲要我从不同的角度看一尊泥塑手上托举的一方手帕，如风中飘动的丝巾，惟妙惟肖，真是神奇！自那时起，我才知道木雕和泥塑在中国古代还有如此高超的艺术水准。看门的老人告诉我们，就是这些也差点让红卫兵砸掉，是被村里的农民群众保护下来的。

作者年轻时照片

这次苏州东山之行，让我不仅知道了东山是座花果山，风景宜人，民风淳朴，更让我见识了闻名遐迩的"雕花大楼"建筑艺术和紫金庵的唐代泥塑艺术，了解了祖国传统艺术源远流长，精彩绝伦，在我年少的心中留下了深刻的印象。在后来的岁月中，我对旅游和艺术的爱好随着阅历的增长与日俱增，与父亲带我这次东山行不无关系。

这三次与苏州有关的出游，是我人生游历的第一课，它告诉我旅游是书本上难以体察的；它告诉我旅游可以锻炼体魄心智；它告诉我"行万里路"与"读万卷书"有异曲同工之妙；它告诉我人类不同的文明成果是可以在旅游中进行交流和传播的；它告诉我人类文明的长河与历史的遗存是要通过旅游去细细品味的。

午梦堂之探幽

丁酉隆冬，与曲友相约赴吴江黎里参加吴江清音曲社举办的分湖雅集活动。

黎里镇位于苏州市吴江区，是一座典型的江南古镇。黎里别称梨花村，其历史可追溯到二千五百年前，明代弘治年间已成为市井繁盛的大镇。这里自古才子佳人辈出，南社诗人柳亚子先生故里是也。有专家考证，《红楼梦》中林黛玉的原型叶小鸾就出生在吴江黎里北厍。据《北厍镇志》记载：叶氏祖先原生活于楚地，吴中叶氏一支北宋初由乌程（浙江吴兴）迁至太湖洞庭山，至玄孙之子叶梦得（1077—1148）而成官宦书香门第。明初，叶氏因违拗明皇朝把叶家迁移南京的旨意，被灭门杀戮，仅逃出一个不满周岁的福四，由家中佣人护送到分湖陆家改姓埋名，直至后来朝廷大赦，福四才恢复叶姓，并将居住地称为叶家埭。叶小鸾（1616—1632），字琼章，明末才女，是文学家叶绍袁、沈宜修的小女儿。叶家为书香门第，出过好几个进士。叶小鸾从小能诗善画，会鼓琴弈棋，为一代全能女才子，与《红楼梦》中的林黛玉多有相契之处。叶氏容貌气质出众，小时候曾随舅舅生活，倍受舅父舅母钟爱。这一点与林黛玉小时候在舅舅家生活的经历非常相似。据史书记载，叶小鸾4岁即能诵《离骚》。12岁时作《春风晓妆》一绝，已初露才气："揽镜晓风清，双蛾岂画成？簪花初欲罢，柳外正莺声。"16岁学琴，经琴师略加指点，即能为调，清泠可听。继而又每日勤练书法，刻意临摹王子敬的《洛神赋》和怀素的草书。舅父称她"不喜华饰，玉容明秀，额致亭亭，慈仁宽厚"。叶小鸾虽为闺中女子，却"姿性颖慧，风度潇洒"，且高情旷达，绝无脂粉之气。小鸾与昆山张立平订婚，因叶家日渐清贫，婚期将近，又无力筹办嫁妆，小鸾劝慰父亲说："荆钗布裙，贫士之常，父何自苦为？"其父母仍然费心借款置办，眼看好事将近，不料出嫁前五天竟染病去世，年仅16岁。叶小鸾妙龄仙逝，才比天高命比纸薄，也与林黛玉的命运颇为相似。

小寒过后，如约来到吴江叶家埭，寻访叶小鸾故居午梦堂遗址。午梦堂，因叶小鸾父亲叶绍袁的《午梦堂文集》而名闻海内，该文集是叶绍袁在崇祯九年（1636）为其妻女等人精心编辑的一部诗文合集。遗址隐藏在四周村居中间，有一条气势汹汹的黄狗看门。黄狗初见陌生人狂吠不止，奇怪的是见我等进门之后便乖乖趴在地上一声不响了。叶小鸾家旧屋至今尚留半间，有手植腊梅一株，太湖石两块，据当地地方史研究者介绍，这些均为原物。我们在村落周遭转了一圈，再也找不到太多昔日芳华的痕迹。在旧屋南边河埠头留下的几步石阶应是叶家旧石料，屋后竹园里露出地面的是叶家旧房地基的黄石，旧屋侧厢房半间，其木屋架构显然是明代旧制，靠河岸外墙脚还嵌着一块一米多见方的老青石门当，以小窥大，可见当年午梦堂非同一般的规模。值得庆幸的是，叶小鸾手植的梅树历尽几百年风雨沧桑依然含苞待放。同行的两位道友即兴在梅下吹起箫来，此情此景不禁让人想起姜夔词句："旧时月色，算几番照我，梅边吹笛？唤起玉人，不管清寒与攀摘。何逊而今渐老，都忘却、春风词笔。但怪得、竹外疏花，香冷入瑶席。"（《暗香疏影·旧时月色》）

午后，从午梦堂来到黎里古街毛家弄毛宅，此处原是明代进士毛衢旧居，翻建于明重建于清，保存完好，为苏州市文保单位。参加分湖雅集的曲友在毛宅一间四开间堂屋集中，活动由吴江清音曲社举办。曲社社长是一位典型的江南水乡女子，操着一口柔软细腻的吴江口音，她宣布活动开始后，来自上海、苏州和无锡的曲友相继表演自己的拿手曲目。一段段昆曲，一支支山歌，一首首古琴雅乐，竞相呈现，美不胜收。席间主人还上了一道当地名点"油墩"，与无锡的玉兰饼相仿，有豆沙和鲜肉两种馅，个儿硕大，几乎是玉兰饼的两倍，香甜可口。曲会临近尾声，主持人笑呵呵地让人拿出早已准备好的笔墨纸砚，邀请一位上海画家和我为雅集作画。我不习惯在大庭广众之下画画，但盛情难却，遂挥毫写下一支墨梅，算是为寻访午梦堂遗址叶小鸾手植梅留下一点记忆，当然也为曲会雅集助兴添趣吧！

曲终人散后，月色如水的古镇格外宁静，白天熙熙攘攘的人流不知何时已悄然隐去。镇上文化站的朋友热情好客，安排我们在小镇的一家饭馆用餐，一色的江南水乡传统菜，让来自各地的朋友赞不绝口。红烧青鱼划水、红焖带皮羊肉、红烧河鳗、生麸面筋肉丸汤等，尤其让人印象深刻。黎里之行，访古探梅，史迹文踪曲径通幽；雅乐佳肴，流连忘返回味无穷，可谓收获满满，兴尽而归。

同好者有：著名学者苏州大学周先生，资深曲友上海师大钱先生，老戏骨苏州戏校杨先生，梁溪曲友高、陈二女士和顾先生等，特记之。时在公元 2018 年 1 月 6 日，去年今日退休始矣！

古寺遗存寻访

今年 8 月中旬由北京到天津看展，天津蓟州的朋友知之特邀我们去那里玩，还专门派车到北京下榻处接，盛情难却啊！

说实话，蓟州早就想去了。位于京津附近的蓟州（即原来蓟县），有座大名鼎鼎的独乐寺，是中国仅存的三大辽代寺院之一，也是中国现存著名的古代建筑之一，又称大佛寺。据传，其寺庙历史最早可追至贞观十年（636）。1936年，先后被日本学者和梁思成调查并公布而闻名海内外。我从阅览闲书中知道这些，早已期盼一睹芳容。

独乐寺占地总面积1.6万平方米，山门面阔三间，进深四间，上下两层，中间设平座暗层，通高二十三米。寺内现存最古老的两座建筑物山门和观音阁，皆辽圣宗统和二年（984）重建，其他都是明、清所建。寺庙的主要建筑物，由山门、观音阁、东西配殿等组成，山门与大殿之间以回廊相连接。山门斗拱相当于立柱的二分之一，粗壮有力，为典型唐代风格，是中国现存最早的庑殿顶山门。山门内有两尊高大的天王塑像守卫两旁，即俗称的"哼哈二将"，是辽代彩塑珍品。

观音阁，是一座三层木结构的楼阁；阁高二十三米，中间腰檐和平座栏杆环绕，上为单檐歇山顶。阁内中央的须弥座上，耸立着一尊高十六米的泥塑观音菩萨站像，头部直抵三层的楼顶。因其头上塑有十个小观音头像，故称之为"十一面观音"。佛像面容丰润慈祥，两肩下垂，躯干微微前倾，仪态端庄，似动非动。虽制作于辽代，但其艺术风格类似盛唐时期的作品，是我国现存最大的泥塑佛像之一。梁思成《华北古建筑调查报告》云："观音阁中有一庞大泥塑，为高达六十英尺的十一面观音。靠上的两层阁板只得在中央留出空腔，在像腰及像胸的高度上形成展廊状空间。这是迄今为中国已知的现存最大泥塑像。"在观音塑像两侧，各有一尊协侍菩萨塑像。这也是辽代的原塑，其造型立姿与我在大同华严寺内所见的露齿美人菩萨风格相似，略有前倾，体态轻盈，飘逸优雅。

实话实说，独乐寺不算大，但保护和管理相当有效，寺院内环境整洁，不见香客，也无香火缭绕，游人三三两两，清静幽然。据了解，寺院不归宗教僧道，而属当地文化遗产部门管理。独乐寺在中国文化建筑史上有着无可替代的地位，作为文化遗产保护和管理是有道理的。据说当年梁思成专门考察独乐寺，详细丈量和剖析其建筑结构，特别对古寺建筑斗拱构成进行了详实的考证，并从中获得启发，从而助推了对《营造法式》

的精准解读。经典著录与经典建筑相互印证，由此完成了中国古建筑规范的全面科学系统的诠释，对中国和世界建筑史论做出不可磨灭的贡献。

这次朋友热情邀请我们去蓟州，不仅陪同参观了向往已久的独乐寺，还去了白塔、孔庙和鲁班庙。一大圈兜下来早已过了午餐时间，饥肠辘辘。朋友说午餐为我们准备好了，特地专门请人帮忙宰了自家饲养的珍珠鸡、贵妃鸡、大雁鹅，还切了一大盘驴肉，又从田里摘来新鲜的玉米、花生、毛豆等，整整搞了一大桌子菜，香喷喷热腾腾，真是丰盛极了！由于肚子饿得慌顾不上客气，于是大口吃肉，大碗喝酒，肉美酒香，爽快极了！

蓟州之行令人难忘，美景加美味，既饱眼福又饱口福，这是旅行的最大乐趣。

记得去年春天，我到大同游览华严法寺、云冈石窟、应县木塔等名胜古迹。华严寺始建于辽重熙七年（1038），依据佛教经典《华严经》取"慈悲之华"而命名，辽末因为战争，寺院局部建筑被毁，金天眷三年（1140）重修。夕阳西落，已到快闭院时间，恢宏的寺院更显得空空荡荡，只有千年佛塔的风铃在晚风中发出阵阵清脆的声音。在佛塔的地宫见到了寺院第一代主持法师的舍利子，也看到了堪称中国佛像雕塑第一美人的露齿菩萨。其雕塑风格与山东青州出土的佛像石雕大体相当，顿时觉得中国佛像的传承与佛经传播走向是由西往东的文化融合。在汉地佛教造像的中国化进程中，东晋戴逵、戴颙父子将印度传来的佛像样式加以"褒衣博带"服饰进行改造；刘宋时期，陆探微又塑造了佛像"秀骨清像"的艺术风格。至此，汉化佛像逐渐呈现出褒衣博带式佛衣及秀骨清像的风貌。

从寺院出来往东走到古城墙边一家名叫"大不同"的饭馆吃饭，两个人点了三菜一汤，一个面点，才41元。回到旅馆通过网络联系了一家大同景点一日游的旅行社，搞定第二天的行程安排。

翌日，起个大早赶到旅游大巴集合点，找了个路边摊吃了点热乎乎的豆浆油条，等待新旅程开始。导游边点名边收钱，十多位来自四面八方的散客就这样聚到一起，坐车去恒山和悬空寺。大巴在距离寺院二十多分钟路程的途中遇到塞车，导游说大家只能步行到景点了。清明节后，塞外的天气依然寒冷，加上海拔比较高，游客们都穿着厚厚的御寒外衣，我仅穿了件体恤加外套，虽然凉飕飕的，但还是经受住考验。上了悬空寺举目眺望，蓝天白云，阳光灿烂，顿觉温暖许多。小小的悬空寺，儒释道三教合一，历经磨难而不衰，在高高的山崖之上经受了千年的风吹雨打，仍然气势雄伟，傲视天下。

午饭后，驱车前往应县木塔观看。中国古代建筑有着悠久的发展历史和精湛的建造技艺，应县木塔是古代建筑的经典。应县佛宫寺释家塔，一层为释迦牟尼，高十一米，面目端庄，神态怡然，顶部有精美华丽的藻井，佛像背部袈裟用朱砂涂画，至今仍然色泽红亮。据介绍说是先塑佛像再建木塔，但从佛塔的基座和构建看，又似乎出于道家风水布局。木塔建在上下两层的石砌阶基上，另外还有青色太极石、八卦万年灯树，这些无遗都是道教的产物和标志。应县木塔始建于北魏太和十五年（491），为道教的崇虚寺，木塔原名"静轮天宫"。辽代佛教盛行，道教处于低潮，"辽清宁二年重建"（《嘉庆重修一统志》第160卷第32页），因为"重建"而非"始建"，是在原有的基础上"重建"，把"道"请出去，将"佛"迎进来，于是乎"宝宫寺"就变成"佛宫寺"。

云冈石窟是这次大同行的主要目的地。石窟造像气势宏伟，内容丰富多彩，堪称五世纪中国石刻艺术之冠，被誉为中国古代雕刻艺术的宝库。按照开凿的时间可分为早、中、晚三期，不同时期的石窟造像风格也各有特色。其中的昙曜五窟，布局设计严谨统一，气势磅礴，具有浑厚、纯朴的西域情调，是中国佛教艺术第一个巅峰时期的经典杰作。因为时间的关系，只是看了前二十个窟，其中最主要的五号窟刚刚修缮完毕向观众开放，真是有缘啊！

从石窟出来太阳掉下了山岗，只见对面山坡上的拉煤列车有气无力地一节一节往前挪。我们跑了整整一天，也感到饥肠辘辘，导游向大家推荐一家当地有名的刀削面店，同车的游客纷纷前往品尝。山西面食天下一绝，据导游介绍这家面馆大同第一。我点了一碗羊肉浇头的刀削面，末了看到走油肉很诱人，又加了一大块，再要了一碗醋。哈哈，果然名不虚传，特别筋道，最后连碗里的老陈醋也喝得一干二净。

离开大同的最后一站，便是参观大同博物馆。午饭在火车站附近找了一家老字号餐馆，空荡荡的大厅铺满了整整齐齐的餐桌，几个零零落落的客人，靠墙站着一排穿着白色制服的服务员，待我们坐下，马上就有两位中年模样的服务员迎上前来问询。我们俩点了一盘刀切馒头、一盆青菜豆腐汤、一碗番茄鸡蛋拉面和一小碟子酱菜，结账才31元。一大盘刀切馒头基本没有动，请服务员连酱菜一起打包带走，权当作在绿皮火车上的晚餐，慢悠悠地感受一回过去时光的温婉。

从蓟州回想到大同，不管是独乐寺、华严寺，还是云冈石窟，其佛像雕塑北魏风情一脉相承，都是东西文化融合的产物；不管是独乐寺还是应县木塔，其建筑拱斗结构也是一脉相承，都是宋辽所建，大唐遗韵，为中国古建筑经典之作。不管是古寺还是佛像，千百年来历经战乱和灾难而能够保存下来，真是造化！

蓟州、大同之行，颇有趣味以记之，并和朋友分享——独乐不如众乐吧！时在2018年8月。

戊戌三地观展

一

借8月中旬赴京参加在荣宝斋举行的书画大赛评委活动之际，参观了北京画院美术馆举办的齐白石山水画展。虽然天气炎热，但确实是难得一见的书画大展。

"胸中山水奇天下——齐白石笔下的山水意境"专题展览，是北京画院联合故宫博物院、中国美术馆、中国艺术研究院、中央美术学院美术馆、清华大学艺术博物馆、首都博物馆、天津博物馆、重庆中国三峡博物馆、辽宁省博物馆、湖南省博物馆等十家国内重量级文博单位及艺术机构共同主办，展出齐白石山水画作逾一百六十件（套），可谓观一展可遍览不同省市公立机构收藏的齐白石经典山水画。

众所周知，齐白石大写意花鸟画最为世人瞩目，但他的山水画成就和风格却并不为人所充分认知。齐白石经过十余年的"衰年变法"，创立了属于自己的独特风格。他的花鸟画成就最大，山水画也在"变法"中逐渐形成自己的面貌。

展览所见，有两处最为震撼。一是1932年创作的《四季山水十二条屏》，乃齐白石晚年山水巨制。这幅作品技法圆熟，风格独特，绘制用心，是齐白石山水画的扛鼎之作。二是《借山图册》，画面构图新颖，剪裁大胆，极其简省，不肯多花笔墨，充分利用留白，甚至没有题款，只有一方小印而已，全凭位置和观者的想象联系到一起。

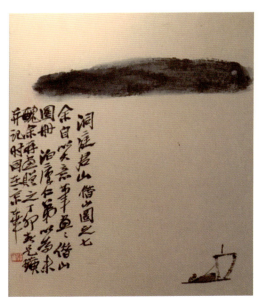

齐白石《借山图册》

业界总有人将齐白石与吴昌硕对比，孰高孰低，谁雅谁俗。笔者认为，吴昌硕可谓诗、书、画、印四绝，但还是属于传统文人画的范畴。而齐白石的艺术成就虽然从八大山人、吴昌硕那里有所借鉴，但经过十年"衰年变法"而完全具备了自己的艺术风格。其写意花鸟画如此，其山水画更见自己的面孔，或者说更现代化，可谓前无古人。据说当年齐白石在日本展出成功，最受日本业界认可的也是他的山水画。

此次观展最大的体会，就是要更加重视齐白石山水画的研究，从中获取"传统与创新"的最大启迪！

二

北京观展后的第二天，朋友开车接我们到天津，去天津博物馆观看"清代中期绘画特展"。此展规模宏大，由天津博物馆整合馆藏精品，同时借调北京故宫博物院、上海博物馆、辽宁省博物馆、浙江省博物馆、西安博物馆、扬州博物馆等机构的藏品集中展示，充分反映了清代中期绘画艺术的景象，可谓绚烂缤纷。

清代康熙、乾隆、嘉庆年间，随着政权的巩固，经济的发展，绘画艺术也得到较大的发展和提升。四王、吴、恽为当时画坛主流，追随者众；"扬州画派"亦独树一帜，应时而生；宫廷画派和传教士的绘画也给画坛带来不小的影响。这三者都在展览的藏品中得到充分体现。

此次展览，有些藏品是其所属博物馆的镇馆之宝，难得一见。各馆藏精品的集中呈现，使得清代中期的绘画艺术蔚为大观，非常夺人眼球。展览中，有几件藏品印象深刻：

一是无锡人邹一桂乾隆辛未（1751）66岁所作《杜牧诗意图轴》（远上寒山石径斜），山峦高耸，红叶秋景尽现。作者用笔松秀，极为精彩。其擅工笔花卉，花卉学恽南田；间作山水，山水效法宋人，清润秀逸，别具一格。

二是李方膺的《竹石图轴》。此图以竹石自比，将作者的忿忿之气表现得淋漓尽致。笔墨技法打破传统的竹叶表达方式，挥毫横扫而过，痛快淋漓，既抒发了作者磊落不平之气，又表现出狂风大作的状态，加上自题诗"波涛宦海几飘蓬，种竹关门学画工。自笑一身浑是胆，挥毫依旧爱狂风"，诗画合一，相得益彰，是写意画的扛鼎之作。

三是高其佩的山水册页，为指画山水，约康熙五十年作，极为精彩。所绘人物山石，线条简练自然，烘染得当，一勾一点一勒，平静安逸，极具情趣，淡泊之心跃然纸上。

四是冷枚的《春闺倦读图轴》，绢本设色，雍正二年作。冷枚，山东胶州人，康熙后期入宫供职，擅长仕女和山水楼阁，画风整洁。此画构图颇具匠心，人物肖像的刻画、纹饰的勾勒、色彩的渲染都十分精致。图中女子倚靠桌前，一腿搭于绣礅之上，左手托腮，右手持书卷，呈曲线形的姿态婀娜优雅，桌下一名贵小犬与之呼应，高贵冷艳之情栩栩如生，堪称是冷枚的传世经典之作。

总之，观天津博物馆"清中期绘画特展"不胜感慨，展览是反映康熙、乾隆、嘉庆年间绘画艺术成就的饕餮盛宴，大到袁江的十二条屏巨幅山水楼宇画，小到一尺见方的册页，无所不有，琳琅满目，美不胜收！

三

从天津坐四个小时的高铁到沈阳，下榻酒店位于大帅府附近，离沈阳故宫也很近，但离辽宁省博物馆就比较远了。第二天起个大早打的直奔辽博。这次千里迢迢来沈阳的主要目的就是观看辽博的"中国古代书画展""中国古代绘画展"两大专题陈列，是我这次"三地观展"的最后一站，也是重要的一站。从上午十点进馆到下午四点离开，除了花20元在馆内观众餐厅吃点简餐外，看展几乎整整站了一天。两个展览可谓阵容豪华，内容丰富，实在是太精彩啦！

辽宁博物馆位于沈阳市浑南区智慧三街157号，是一座综合性博物馆。其前身为1949年7月7日开馆的东北博物馆，是中华人民共和国建立的第一座博物馆，也是收藏晋唐宋元书画数量最多、品质最精的博物馆之一，素以藏品丰富、特色鲜明而享誉海内外，其中尤以《曹娥诔辞》《唐摹王羲之一门书翰》、张旭《草书古诗四帖》《簪花仕女图》《虢国夫人游春图》、北宋徽宗《草书千字文》《瑞鹤图》等晋唐宋元书画精品声名卓著。这次展出的有宋徽宗赵佶的《瑞鹤图》《草书千字文》、五代董元的《夏景山口待渡图》、唐代周昉的《簪花仕女图》、欧阳询的《仲尼梦奠帖》、张旭的《草书古诗四帖》等四十六件古代书法、三十九件古代绘画，总共八十五件珍贵馆藏书画。

红衣西域僧图
元　赵孟頫

　　《洛神赋图》，无锡人顾恺之名作，《洛神赋》本身就是曹植的一篇雅到无人企及的情书，观看此卷真是一大享受。由于年代久远，画圣顾恺之的《洛神赋图》真迹早已失传，现在所见为宋人摹本，仅六件，除了台北故宫博物院所藏一件为册页外，其余五件构图、造型基本一致，都是依据曹植《洛神赋》文意绘制的连环画式长卷，其中三卷藏于故宫博物院，另美国佛利尔美术馆藏一卷，辽宁博物馆藏一卷。而辽博藏卷是其中摹制水平最高、也是唯一图文并茂的一件。

　　《簪花仕女图》，周昉贵族人物画风格的代表。全图六个人物的主次、远近安排巧妙，景物衬托少而精。两只小狗、一只白鹤、一株辛黄花，使原本显得孤立的人物产生了左右呼应、前后联系的关系。半罩半露的透明织衫，令人物形象显得丰腴而华贵。而用笔和线条细劲有神，流动多姿。浓丽的设色，头发的钩染、面部的晕色、衣着的装饰，都极尽工巧之能事。

　　《夏景山口待渡图》，作者董源（934—约962），五代南唐画家，南派山水画开山鼻祖。一作董元，江西钟陵（今江西进贤县）人。董源、李成、范宽，史上并称北宋三大家，南唐李璟时任北苑副使，故又称"董北苑"。存世作品有《夏景山口待渡图》《潇湘图》《夏山图》《溪岸图》

《平林霁色图卷》等。

宋徽宗的《瑞鹤图》与《草书千字文》，不管是画图还是草书都表达了一种精神状态，动静相宜是最难表达的，时代的气息会把你彻底框住。仙禽更难画，没有仙气的人画出的仙禽只能是俗物。《草书千字文》，草而不狂，枯润相间，抑扬顿挫，气韵贯通，确实很值得细细观赏。

瑞鹤图
宋　赵佶

欧阳询《仲尼梦奠帖》，纸本，行书，七十八字，无款。流传有序，曾入南宋内府收藏，钤有南宋御府法书朱文印记两方，绍兴朱文连珠印记，后经南宋贾似道、元郭天锡、乔篑成，明杨士奇、项元汴，清高士奇、清内府等递藏。郭天锡在跋中曰："此本劲险刻历，森森然如武库之戈戟，向背转折深得二王风气，世之欧行第一书也。"

《悟阳子养性图》，唐寅精品无疑，用笔细腻，墨色苍润，北宗南派兼而有之。卷后还有文徵明的题跋，文徵明小楷和行草皆精，结体紧凑有力。另外，文徵明与唐寅文人之间的这种互动，非常融洽自如，算是一件美事。

王原祁《西岭云霞图卷》，图中山峦连绵起伏，湖水浩渺蜿蜒，云烟缭绕飞动，屋宇板桥错落。章法繁而不乱，疏密有度，错落有致。笔墨虽以前人为师，融会贯通，但还是主法元黄公望而自成一家。王原祁，字茂京，号麓台，太仓人氏，王时敏孙，供奉内廷《佩文斋书画谱》编纂总裁。

　　总而言之，辽博的两个古代书画展美不胜收，举不胜举，仅谈上面几例。末了再说句题外话，辽博的建立及藏品之多之珍贵，不得不提到一位皇帝，这就是末代皇帝溥仪。溥仪偷运的清宫文物，不但辽博，中国各大博物馆的唐宋元藏品中都有，我的家乡无锡博物院也收藏有六七件，如韭花帖、朱元璋手谕、董其昌岩居图及书法卷、宋人写经卷等，还有一张蓝瑛的山水卷。

　　辽博初建时（东北博物馆），无锡才女、著名画家杨令茀受邀请为博物馆临摹一批历代帝王画像，以供博物馆陈列之用，并于1925年5月5日举办了为期六天的"历代帝王画像展"正式展。

2018 年 9 月

后　记

　　《味绿居闲话》即将出版。

　　"味绿居"是我的书斋名，我常以"味绿居主人"或"云林墨客"的名号发表一些文字。这些随笔文字来源于闲暇之际我对艺术美和生活美的所思所感。此书从首章《人生咬得菜根香》到最后一篇《风景总在行旅中》共十七个篇章，是我在寻觅美的历程中的点滴絮语，现整理出版以飨读者，为方家一笑。由于所收文章时间跨度较大，从少年谈到退休，有些篇章在称谓、时间的表述上不很明了，为保留原貌，皆一仍其旧；另书中所收画作，凡未注明作者的，则为拙笔，请读者诸君明鉴。在此要感谢出版社的支持和编辑的辛劳，特别要感谢于殿利先生在百忙之中抽暇给这本小册子作序。

　　近年来，我出门总会选择高铁，而不是飞机，盖欲借此调整一下过于紧张的节奏。望着窗外一闪而过的风景，任思绪飘飞，云游天外，心静如水，优哉游哉。有时也会码上几个方块字，散淡地写下片言只语，自得其乐。

　　人在旅途，常会勾起镌刻在脑海深处的记忆，那些倥偬岁月，那些前尘往事，那些世间纷扰，那些沉淀下来的美好……

　　大概是上了年纪，而今行进的节奏似乎从容了些。年轻时，总想走快一点，脚步匆匆，有时难免会忽略周遭的事物和旁人的感受，做事也往往欲速不达。随着年龄渐长，才慢慢体会到园林中曲径通幽的妙处，觉得就这样悠然自得间，将身心沉浸其中，细细品味这世间的种种，你会觉得快不是绝对有效，慢不是绝对被动；峰回路转，能让你把"山穷水尽疑无路，柳暗花明又一村"的意境体会得更加透彻。所谓千山万水只是飞鸿一瞥；所谓沧海桑田仅是弹指一挥。遥想那些学有所成的前贤，在他们经国济世之余，也都比较注意自己的人生修为。忙中偷闲，一部书、一幅画、一张椅、一把壶、一场音乐会，往往会给你带来意想不到的愉悦和美感。忙与闲、快与慢在乎心境，抛却功利心即可成就一份淡然。人生路上，如果因为赶了这班车筹划着下班车，那会错过多少风景！等你回头想起，曼妙的时光已一去不复返了。

　　坐高铁比飞机慢，但比过去的绿皮火车快多了。想当年，乘火车一坐几十个小时，甚至几天几夜，听着车轮与铁轨碰撞发出的咔嗒声，在卧铺车上酣然入眠，彼情彼景已恍如隔世。现在的高铁出行真应了"一日千里"的老话。岁月可以改变你的容颜，却抹不去沉淀于人心底的记忆。列车行驶过每一个站台，你总会有意无意地想起彼时彼地发生的大大小小的故事；窗前所闪现的每一幅画面，你总会在咀嚼与回味中感受到几分意趣。

　　生活就是一本美育教科书，你不把时间当回事的时候你还年轻，当你觉得时间过得太快时你就开始老了。"风雨一杯茶，江山万里心"，这是我题写在自己旅行杯上的一句话。漫漫人生路，不要总是追赶，也不要总是匆匆忙忙，不妨放慢脚步，调整节奏，留意周遭，可能会有意想不到的惊喜和发现。走过岁月就是诗意生活，精彩常倏然出现在你眼前，那抑或是天边的一抹云霞，是山间的一脉清泉，也可以是人们友善与真诚的微笑……

时在 2018 年 10 月